KB038197

위대한 소원

VI

위대한소원 6

초판 1쇄 인쇄 2019년 5월 8일
초판 1쇄 발행 2019년 5월 22일

지은이 하늘가리기
발행인 오영배
편집 편집부
디자인 Another
본문편집 오정인
제작 조하늬

펴낸곳 (주)삼양출판사 · 피오렛
주소 서울시 강북구 도봉로 173
대표 전화 02-980-2112 / **팩스** 02-983-0660
편집부 전화 02-987-9393 / **팩스** 02-980-2115
블로그 blog.naver.com/dan_gul
출판등록 1999년 3월 11일 제9-00046호

ISBN 979-11-283-9657-1 (04810) / 979-11-283-9651-9 (세트)

fioret 은 (주)삼양출판사의 로맨스 판타지 문학 브랜드입니다.

ROMANCE FANTASY NOVEL

하늘가리기

로맨스 판타지 장편 소설

위대한 소원

The Great Wish

VI

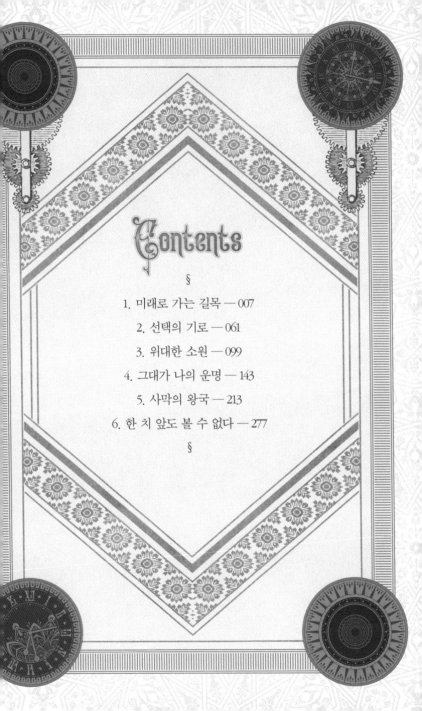

Contents

§

§

1장

미래로 가는 길목

은왕의 방문 소식을 들은 비올렛이 뛰어나와서 시에나를 맞이했다.

"전하! 어서 오세요!"

늦은 시각에 어쩐 일이냐, 비올렛은 그런 말은 한마디도 없었다. 그저 기쁘게 웃었다.

시에나가 며칠 앓아누웠던 사실은 주변에 알려지지 않았다.

파장이 커질 수 있어서 패트리샤와 베스가 한마음으로 입단속했다.

두 사람은 응접실로 들어갔다.

"철왕 전하께서는 지금 안 계세요. 기다리셔야 할 텐데 어쩌지요?"

갑자기 찾아온 사람은 시에나인데 비올렛은 도리어 미안해했다. 시에나가 미소지었다.

"철왕을 만나러 온 게 아니에요. 비올렛을 보러 왔어요."

비올렛이 눈을 크게 뜨고 숨을 들이켰다.

두 손을 모아 제 가슴에 얹으며 감격스러워했다.

"정말요?"

"좀 어때요? 아직도 식사를 잘 못 하나요?"

"그건 괜찮은데 이번에는 다른 문제가 생겼어요. 갑자기 먹고 싶은 음식이 생겨서요."

"그게 왜 문제예요?"

"황궁에 없는 특이한 음식이거든요. 조금 전에는 철왕 전하와 장터 구경을 갔다가 먹은 군것질이 자꾸 생각나서……. 사실 전하께서 그 일 때문에 출궁하셨어요."

"그럼 철왕은 장터에 갔어요? 비올렛이 먹고 싶은 음식을 구하러?"

"네. 위치를 전하께서 기억하고 있어서 어쩔 수 없이……."

비올렛이 부끄러워하며 배시시 웃었다.

"좋은 남편이군요."

"네."

비올렛이 더 붉어진 얼굴로 행복하게 웃었다. 시에나는 미소 지으며 찻잔을 들었다.

심장이 따끔거렸다.

꿈속 자신이 아이를 가졌을 때도 비올렛처럼 행복했을까?

시에나의 시선이 비올렛의 배에 닿았다. 부른 배를 확연히 알아볼 수 있었다. 5개월쯤 되었을 것이다. 얼마 전에 봤을 때는 저 정도로 배가 나오지 않았었다.

"안에…… 아이가 있다는 것을 느낄 수 있어요?"

"그럼요. 아이가 움직이는걸요."

시에나는 화들짝 놀랐다.

"움직여요?"

"네. 꼬물꼬물하는 느낌이에요. 내가 여기 있다고 주장하는 것 같아서 귀여워요."

비올렛이 키득키득 웃었다.

비올렛의 배를 물끄러미 쳐다보던 시에나가 조심스레 말했다.

"만져 봐도…… 될까요?"

"그럼요."

비올렛은 벌떡 일어나 시에나의 옆자리에 앉았다. 만지기 편하도록 등을 기대고 배를 살짝 내밀었다.

시에나는 손을 뻗은 상태로 차마 만지지 못하고 망설였다. 천천히 그리고 신중하게 시에나의 손바닥이 비올렛의 배를 덮었다. 살짝 힘을 주었는데 쑥 들어가는 느낌이 들어 흠칫했다.

'부드러워.'

시에나는 놀란 눈을 깜빡였다. 상상했던 것과 달랐다. 부른 배가 팽팽하게 긴장해 있을 줄 알았다.

꿈속 황제가 느낀 모정을 지금의 시에나는 온전히 이해할 수 없었다.

그런데 아프게 울던 황제의 오열이 귓가의 이명처럼 사라지지 않았다.

듣는 사람도 고통스럽게 만드는 애통한 절규였다.

"전하. 황궁에서 아이의 탄생이 무척 오랜만이라지요."

"내가 마지막이었으니. 오래되었지요."

"그래서 다들 관심이 많으신가 봐요."

시에나는 손을 떼며 물었다.

"누가 관심을 보이던가요?"

"폐하께서 부르셔서 이것저것 물으셨고 적왕께서도……."

시에나가 미간을 확 찌푸리자 비올렛이 움찔했다.

"적왕께서 어떤 관심을 보이셨지요?"

"아……. 얼마 전에 초대를 받아서……."

"초대? 적왕궁으로요?"

"네……."

"그래서요. 다녀왔어요?"

"제가 거절할 수 있는 처지가 아니라……. 별다른 일은 없었어요. 그냥 차 마시고, 아이는 잘 크냐고, 오랜만의 황실 경사라고, 좋은 말씀만 해 주셨고."

"그것뿐이에요?"

"제가 입덧으로 고생한다고 하니까 증상 완화에 도움이 된다며 찻잎을 보내 주셨어요."

"마셨어요?"

"……."

비올렛이 눈동자만 굴렸다.

"비올렛."

"그 차가 정말 효과가 있었어요. 마시면 메슥거림이 가라앉았거든요."

시에나는 눈을 마주치지 못하고 우물쭈물 변명하는 비올렛을 노려보았다.

그토록 경고했건만!

"혹시나 해서 의관에게 보여 주고 물어봤어요. 마셔도 괜찮다고 했어요."

비올렛은 시에나가 한숨을 내쉬자 고개를 더 숙였다.

시에나의 경고를 늘 마음에 새겨 두었지만, 설마 적왕께서 공개적으로 선물한 차에 이상한 짓을 했을까 싶었다.

그리고 차의 효과가 진짜 좋았다. 물 냄새만 맡아도 속이 울렁거렸는데 차를 마시면 싹 가라앉았다.

"그 차는 남아 있어요?"

"네. 입덧 증상이 나아진 후에는 마시지 않았어요."

"남은 것을 내게 줘요."

"네."

비올렛이 시녀를 불러서 그 찻잎을 가져오라고 지시했다.

"혹시 적왕께서 또 차를 선물하면 받지 말고……."

시에나는 잠시 생각한 후 말을 정정했다.

"아니에요. 뭐든 받아요. 받아서 내게 보내요. 어떤 내색도 하지 말고. 그 정도는 할 수 있지요?"

"네."

시에나는 또렷하게 대답하는 비올렛이 영 미덥지 않았다. 대답은 참 언제나 잘한다.

비올렛은 세상의 무서움을 모르는 작은 동물 같았다. 사나운 맹수가 소리 없이 다가와 목덜미에 송곳니를 들이대도 곧 닥칠 횡액을 모르고 해맑게 웃을 것이다.

하지만 남을 의심하고 미워하는 비올렛은 상상이 되지 않았다. 이 모습 그대로 계속 있어 줬으면 좋겠다. 시에나가 빙긋 미소 짓자 눈치를 살피던 비올렛이 헤헤 웃었다.

'지켜 줘야지.'

저 웃음이 사라지지 않도록.

*　　*　　*

제프리와 란델이 재회했다. 블레스 공작령에서의 만남 이후 거의 넉 달 만이었다.

블레스 공작이 수도에 온 지 거의 한 달이 되었다. 공작은 수도에 오기 전에 이미 제프리 조사관의 등장을 전해 들어 알았지만, 굳이 제프리를 찾아가지 않았다.

제프리가 만나자고 연락했다. 만남의 장소는 란델이 머무는 수도의 공작가 저택이었다.

"어서 오게. 자네 신수가 훤하군."

란델이 웃으며 친구를 맞이했다.

넉 달 전에 봤을 때와 인상이 달라졌다. 그때의 음울한 느낌이 한결 옅어졌다.

"자네도 좋아 보이는군. 먼 길 오느라 고생 많았네."

"그렇게 말하는 사람이 이제 인사하러 오는가? 자네 연락이 하루만 더 늦었어도 절교장을 보내려 했네."

"늦지 않아 다행이군."

제프리가 껄껄 웃었다. 친구의 밝은 웃음을 보는 란델의 표정이 흐뭇했다.

"수도에 얼마 만에 온 건가?"

"젊을 때 오고 처음이니. 가만있자. 마지막에 와 본 때가 언제더라. 그 일이 벌어진 후 살아생전 다시는 수도에 올 일은 없을 거라고 생각했는데 말이지. 오랜만에 오니 좋더군. 옛 생각도 나고."

제프리가 고개를 끄덕였다.

"폐하도 많이 늙으셨더구먼. 마지막으로 뵈었을 때는 한창 나이셨는데."

"세월은 어쩔 수 없지."

"누구에게나 공평한 것은 시간뿐 아니겠나. 폐하의 뒤를 이을 후계가 든든하니 내 마음이 더 좋더군."

술잔을 입에 가져가던 제프리가 멈칫했다.

"……후계? 누구 말인가?"

"은왕 전하 말일세. 폐하의 후계로 그분 외에 누가 계신가?"

제프리의 미간이 굳었다. 친구의 표정을 살피지 못하고 란델은 흥겹게 술을 들이켰다.

"야무지고 단단한 분이시지. 저번에 공작령에 오셨을 때 뵈면서도 느꼈지만. 영명하고 성품 곧고 아름답기까지 하시지. 그분이 제위에 오르시면 지금 폐하보다 더 제국을 잘 이끌어 가실 걸세."

란델은 은왕에 대한 찬사를 끝없이 늘어놓았다.

제프리의 표정에서 점점 웃음이 사라졌다.

란델이 막내아들 이야기를 꺼내며 '안드레, 그 녀석이 영 시원치 않아. 전하께 퇴짜맞았다네.'라는 말을 하자 제프리는 심각성을 깨달았다.

'아뿔싸.'

친구의 마음이 은왕에게 기운 것을 느꼈다.

'공작령에서 만났을 때 디안 이야기를 해야 했나.'

"그럼 자네는 은왕을 지지하는 건가?"

제프리의 떠보는 질문에 란델은 말려들지 않았다.

두 사람은 살아온 세월이 달랐다. 제프리가 도망자로 사는 동안 란델은 영지를 운영하는 대영주였다. 속내를 감추고 대화하는 데 훨씬 능했다.

란델은 깊이 생각해서 나온 말이 아닌 것처럼 가볍게 말했다.

"장차 제위에 오르실 분인데. 제후 가문이 보필하는 것은 당연한 의무 아닌가."

제프리는 친구의 표정에서 어떤 이상한 낌새도 찾지 못했다.

'그래. 아직은 늦지 않았어.'

이제라도 진실을 밝혀서 란델을 설득해야겠다고 마음먹었다. 친구의 도움이 꼭 필요했다. 썩어빠진 귀족들 틈에 친구만 한 인물은 없었다.

"장차 제위에 오를 분은 은왕이 아닐세."

제프리가 목소리를 낮추었다.

큰 비밀을 가진 자의 흥분된 눈동자가 떨렸다.

"무슨 소린가?"

"디안 황자, 철왕이 에디스 아들이네."

란델이 눈을 부릅떴다.

술잔을 쥔 손에 불끈 힘이 들어갔다. 표정 관리에 능한 그도 경악한 심정을 그대로 드러냈다.

디안 황자의 출신이 밝혀지면 바뀌는 계승 서열, 빠르게 상황 파악이 끝났다.

'은왕께서 알고 계시는가?'

이 순간 가장 먼저 생각나는 사람은 은왕이었다. 제프리의 우려대로 이미 란델의 마음은 완전히 기울었다.

"그런…… . 난 상상도 못 했네. 에디스가 아이를 가졌었나? 자네는 내게 그런 말을 하지 않았잖아."

"혼인 전의 임신이 자랑은 아니니까. 에디스의 혼인이 구체화 되면 말하려 했지."

제프리가 긴 한숨을 내쉬었다.

"……끝내 그렇게 되었지만."

분위기가 무거워지고 두 사람의 대화가 잠시 끊겼다.

"그런데 왜 아직 밝히지 않았나? 아, 아케론 가문이 먼저 복권되어야겠군. 일에 차질이 있나?"

"복권은 시간 문제네. 내게 좀 더 시간이 필요해."

"무슨 시간?"

"이름만 살아나서 뭐하겠나. 철왕의 든든한 힘이 되어 주어야지."

"욕심이 과하네. 아케론 가문은 주춧돌만 남았어. 어느 세월에?"

"내가 집을 만들 시간이 부족하니 이미 지어 놓은 집을 빼앗아야지."

"리먼 공작령에 문제가 생겼다던데. 자네 짓이었나?"

란델이 심각하게 캐물었다면 제프리는 조심했을 것이다.

제프리가 피식 웃으며 고개를 저었다.

"아니. 그건 폐하 뜻이네."

"폐하께서?"

란델은 내심 놀랐다.

자신은 제프리도 관여했을지 모른다고 의심했다. 그런데 은왕은 황제만 배후로 지적하고 제프리는 언급하지 않았다. 정보 부족이 아니라 오히려 은왕의 정보가 정확했다.

"그럼 리먼 공작령에서 벌어지는 일에 자네는 전혀 관여하지 않았다는 건가?"

"내가 그럴 여력이 어딨나. 수도에서 이리저리 뛰어다니는 것만으로도 힘에 부치네."

제프리는 도망자 생활을 하며 사람들과 정상적인 교류를 나누지 못했다.

즉, 제프리가 세상을 바라보는 인식 수준은 청년 시절에 멈추어 있었다. 그는 순진하게도 자신이 모습을 드러내면 많은 사람이 구름처럼 몰려들 줄 알았다.

그러나 세상인심은 냉혹했다.

아케론 가문의 찬란한 영광은 이미 너무 오래전의 일이었다. 사람들은 추억을 추억으로만 기억할 뿐 현실의 이득과 맞바꾸려 하지 않았다.

제프리는 최근 사교계에서 가장 화제의 인물이었다. 누구나 제프리와 인사를 나누려 했고 매일 아침 초대장이 수북이 쌓였다. 그런데 딱 거기까지였다.

아케론 가문이 복권된다고 해도 돈도 권력도 없는 제프리는 매력적이지 않았다. 사람들은 혹시 제프리가 돈 얘기라도 꺼낼까 싶어 은근히 경계했다.

제프리는 아케론 가문이 정말 망했다는 현실을 깨달았다. 쓰디쓴 현실 앞에 그는 온몸으로 부딪치는 중이었다. 그는 자신이 겪는 고충을 친구에게 하소연했다.

"이 나이에 할 짓이 아니더군. 날이 저물면 피곤해서 그대로 곯아떨어진다네."

"고생이 많네."

란델은 적절히 추임새를 넣으며 친구의 표정을 유심히 살폈다. 바빠서 리먼 가문에 신경 쓸 틈이 없다는 말은 진실인 듯했다.

'하긴. 이제 막 수도에 복귀했는데 그럴 만한 능력은 없지.'

제프리에게 숨긴 한 수가 있었다면 진즉 뭔가를 도모했을 것이다.

'그래서 라드 후작이 그날 제프리를……'

라드 후작의 주선으로 백암성에서 제프리를 만났다. 그때는 라드 후작이 제프리와 무슨 관계인지 섣부른 결론을 내리지 못했다. 정보가 부족해서가 아니라 정보가 너무 많아서였다.

란델은 수도 정계에 거리를 두는 지난 세월, 제국 외부의 정보 수집에 공을 들였다. 라드 일족에 관해 자신보다 많이 아는 제국의 귀족은 없을 것이다.

란델은 라드 일족이 비록 영토는 없으나 경계할 대상이라고 생각했다.

그들의 부유함이 상상 이상이기 때문이다.

그런데 라드 후작의 행보는 의아한 점이 많았다. 후작이라는 파격적인 작위를 받은 후 예상과 다르게 딱히 정치적인 영향력을 키우지 않았다. 은왕과의 스캔들 때문에 더 혼란스러웠다. 대체 그자가 뭘 노리는지 알 수 없었다.

그래서 라드 후작이 철왕의 측근이라는 정보를 접했으면서도 제프리와 철왕을 바로 연결 짓지 못했다.

'그런데 철왕이 에디스 아들이었다니. 기가 막힌 반전이야.'

라드 후작은 공신이 되어 황제가 된 철왕한테 뭔가를 얻고자 하는가.

'그럼 은왕 전하는? 이 사실을 알고 계시는가? 전하께서 그자에게 농락당하고 계신 건 아니겠지?'

란델은 복잡한 생각을 하는 중에도 제프리와 태연하게 대화를 나눴다.

"자네와 철왕의 관계만 밝혀지면 다들 자네 편이라고 핥으려 할 텐데?"

제프리가 냉소를 지었다.

"그러니 지금 사람을 걸러야지. 길게 갈 사람인지, 눈앞의 이득에만 달려드는 굶주린 개인지."

"이미 철왕께는 라드 후작이라는 든든한 우군이 있지 않나."

제프리가 인상을 찌푸렸다.

"그자는 안 돼."

"무슨 문제가 있나?"

"철왕께 고개를 숙여 복종할 자가 아니라네. 그리고 제국인이 아닌 자의 영향력이 커지면 곤란해."

제프리는 디안과 쿤의 동맹이 깨진 사실을 몰랐다. 디안은 누구에게도 알리지 않았다. 그는 숙부가 등장한 이후 달라진 주변인, 특히 밀러 백작 등의 움직임을 시치미 떼고 지켜보는 중이었다. 제프리는 자신 또한 디안의 주시 대상이라고는 짐작조차 못 했다.

"일리 있는 말이군. 하지만 이미 철왕께 상당한 지원을 하지 않았나? 라드 후작이 순순히 물러나겠나?"

"세상은 만만하지 않지. 땀 흘려 농사를 지어도 풍작을 거둔다는 보장은 없지 않은가."

란델은 내색 없이 쓴웃음을 삼켰다.

신의를 쉽게 내버리는 발언을 하는 친구가 실망스러웠다.

'자네야말로 라드 후작을 만만하게 보고 있군. 자네한테 뒤통수 맞을 자가 아니라네.'

란델은 친구를 위한 조언은 하지 않았다.

제프리의 얼굴에서 들뜬 기색을 읽었다.

단꿈에 젖어 잔뜩 흥분한 친구는 어떤 말을 해도 귀담아듣지 않을 것이다.

"자네의 도움이 필요하네."

"나?"

"철왕을 도와주게. 철왕께서 장차 제위에 오르면 국정을 잘 이끌어나갈 수 있도록 곁에서 조언해 주게."

란델이 허허 웃었다.

"난 수도 정계에 영향력이 거의 없네. 내가 툭 튀어나오면 다른 자들이 가만있겠나?"

"다들 대세에 따르는 줏대 없는 자들이지. 리먼 가문만 치우면 돼."

"그래서 리먼 공작령의 저 난리는 언제까지 계속되는 건가? 블레스 공작령에도 영향이 미칠까 염려되네."

제프리가 미간을 찌푸렸다.

"으음. 모르겠군. 폐하께서 대체 무슨 생각이신지……. 조만간 폐하를 뵙고 의중을 여쭈려 한다네. 리먼 가문을 적당히 흔드는 건 좋지만 아예 망가뜨려서는 안 되겠지. 망가진 무기는 가져 봤자 쓸모가 없으니."

제프리는 끈질기게 란델을 설득했다. 철왕의 장점, 철왕이 황제가 되어야 하는 이유, 철왕이 이끌 제국의 장밋빛 미래를 늘어놓았다.

란델은 긍정적으로 호응했다. '과연 돌아가신 백부님의 핏줄이시군.' 같은 말로 받아쳐 제프리의 흥을 돋웠다. 란델의 화법은 교묘했다. 철왕을 돕겠다고 명시적으로 말한 적이 없는데도 제프리는 그렇게 받아들였다.

다른 사람이 대화 상대였다면 제프리는 더 꼼꼼히 따졌을 것이다. 하지만 친구가 모호한 표현으로 자신을 속일 거라고는 조금도 의심하지 않았다.

술자리를 파하고 일어나는 제프리는 몹시 만족스러운 표정이었다.

"자주는 힘들겠지만, 가끔 술 한잔이 생각나면 오겠네."

란델은 웃으며 배웅했다.

"친구와의 즐거운 술자리는 인생의 낙 아니겠나."

제프리가 돌아간 후 란델은 뒷정리하려고 들어온 하인에게 말했다.

"치우지 말고 두어라."

"예, 주인님."

란델은 술잔을 들고 이동의자를 움직여 창가로 갔다.

"망가진 무기는 쓸모없다……."

친구가 남긴 말을 되뇌었다.

낮은 한숨을 내쉬며 탄식했다.

"자네는 고통받을 백성들은 전혀 생각하지 않는군."

친구는 변한 것일까, 복수에 눈이 멀어 자기 자신을 잃은 것일까.

그는 잔을 공중으로 들어 올렸다.

"자네와 나의 추억을 기억하며 한 잔. 돌아가신 백부님을 기리며 한 잔. 되찾은 친구를 다시 잃은 나를 위로하며 한 잔……."

* * *

발터는 뜻밖의 손님을 맞이했다.

"오랜만일세."

멍하게 시에나를 바라보던 발터가 무례를 깨닫고 얼른 고개를 숙였다.

"어, 어서 오십시오. 그런데 지금은 주인께서 출타 중이시라……."

발터의 속이 바짝 타들어 갔다. 설마 은왕께서 쿤이 장기 외유 중이신 것을 모르시는가? '쿤, 말없이 간 건 아니죠?!'라고 속으로 외쳤다.

"알고 있네. 글린……. 레반을 불러 주겠나? 긴히 전할 말이 있네."

"아! 예!"

발터는 안도하며 크게 대답했다. 은왕을 어디로 모셔야 하나 고민하다가 그냥 늘 하던 대로 쿤의 침실 옆 응접실로 안내했다. 물러 간 발터가 차를 갖고 들어왔다.

"연락을 넣었으니 레반이 상회에 있으면 금방 올 겁니다. 아니면 조금 기다리셔야 합니다만……."

"급하지 않네."

"예. 필요한 일이 있으시면 부르십시오."

혼자 남은 시에나는 주변을 둘러보았다.

레반을 만나려면 즉시 라드 상회로 가는 편이 나았을 것이다. 그런데 여기로 오고 싶었다.

담쟁이 저택에 마지막으로 다녀간 지 한 달이 넘었다. 쿤이 사막으로 떠난 후 그만큼 시간이 흘렀다. 아직 그에게서 어떤 소식도 없었다.

'한가롭게 편지나 쓸 상황은 아니겠지만, 무사히 잘 있다, 정도만이라도 보내 주면 좋잖아.'

그녀는 반쯤 찻물이 남은 찻잔을 내려다보았다. 항상 이쯤에서 그는 문을 열고 들어왔다. 남은 차가 다 식도록 문은 열리지 않았다.

그녀는 한숨을 내쉬며 찻잔을 내려놓고 일어났다. 오래 기다린 것도 아닌데 왠지 가만히 앉아 있으려니 갑갑했다.

소파 주변을 천천히 걸었다. 무심히 주변을 보던 그녀는 구석에 시선을 고정했다.

'아무리 봐도 옷장 같아.'

여기서 기다릴 때마다 짙은 암갈색의 저 가구가 눈에 띄었다. 응접실에 옷장이라니. 부자연스럽다고 생각했다.

그녀는 예법을 철저히 지키는 사람이었다. 사적인 공간에 있는 물건을 멋대로 뒤지는 짓은 예의에 어긋났다. 굳이 캐물을 만큼 궁금하지도 않아서 쿤에게 묻지 않았다.

그러나 이번만큼은 그냥 지나치지 못하고 시에나는 옷장으로 다가갔다. 두 손이 옷장의 손잡이를 잡았다. 그녀는 닫힌 출입문을 흘끔 본 후 손잡이를 잡아당겼다. 해서는 안 될 짓을 하는 것처럼 가슴이 두근거렸다.

안에 한 벌의 옷이 있었다.

마치 전시를 해 둔 모양새였다. 고급 의상실에서 드레스가 구겨지지 않도록 걸어 놓을 때 쓰는 입체적인 옷걸이에 여인의 드레스 한 벌이 입혀져 걸려 있었다.

'누구 옷이지?'

무도회에 입고 갈만한 화려하고 고급스러운 드레스는 아니었다. 어깨에는 망토를 걸쳤다.

시에나는 망토의 끝단을 장식한 여우털을 만지작거렸다.

보들보들한 느낌이 꼭 언젠가 만져 본 것 같았다.

「그 망토. 아주 비쌉니다. 평민이 일 년 소득을 쓰지 않고 모아도 못 사요.」

'어?'

그녀의 손이 정지했다.

"어?"

그녀는 놀란 소리를 입 밖으로 내며 얼른 망토에서 손을 뗐다. 드레스의 전체적인 모습을 찬찬히 살펴보았다.

"세상에……"

틀림없었다. 그녀가 처음 암행을 나간 날, 나름대로 변장한답시고 저 드레스를 입었다. 그에게 잔뜩 핀잔을 듣고 다른 옷으로 갈아입었던, 바로 그 옷이었다.

그때 문을 닫은 점포에서 갈아입은 후 그 차림 그대로 환궁했다. 궁에서 입고 나왔던 옷을 점포에 두고 온 것이 뒤늦게 생각났지만, 신경 쓰지 않았다.

그 옷이 여기 있었을 줄이야.

"그 남자 정말."

그 옷을 챙겨서 침실 가까이에 보관하다니. 이런 엉큼한 남자를 봤나. 어이가 없어서 그냥 웃음이 나왔다. 그녀는 쿡쿡 웃으며 옷장을 닫았다.

돌아오면 실컷 놀려 주리라. 그는 숙녀의 옷을 훔친 대가를 치러야 할 것이다.

"뭘 요구할까."

시에나는 즐겁게 중얼거렸다.

연락 없는 그에게 야속했던 마음이 어느새 풀렸다.

"전하. 레반입니다."

바깥에서 문을 두드렸다. 시에나는 얼른 소파에 앉고 얼굴에서 웃음기를 지웠다.

"들어오게."

레반이 들어와 꾸벅 고개를 숙였다. 그를 보는 시에나의 기분이 이상했다.

레반이 모르는 미래에서 그는 죽은 사람이었다. 이번에는 죽음의 위기가 그를 비껴갔다. 또 다른 위기가 그를 찾아올지도 모르지만, 어쨌든 시에나는 자신이 할 수 있는 노력을 다했다.

'좋은 결과로 나타나서 다행이야.'

"와서 앉게."

"예, 전하. 안 그래도 오늘내일 중으로 연락을 드리려 했습니다."

레반이 가죽 주머니를 소파 테이블에 올렸다.

"쿤이 인편으로 보내셨습니다."

시에나가 주머니를 쥐었다.

안에 편지라도 들었나 싶었는데 딱딱한 것이 만져졌다. 손바닥을 펴고 주머니 속에 든 것을 조심조심 털었다. 갓난아이 주먹만 한 붉은 것이 나왔다. 혹시 뭐가 더 있나 싶어서 안을 뒤졌다. 그냥 이 것뿐이었다.

"이게 뭔지 아는가?"

"아……."

레반의 표정이 순간 경직되었다가 목 뒤를 긁적였다.

"씨앗입니다. 홍화씨."

"이게 씨앗? 특이하게 생겼군. 쿤이 내게 왜 이것을 보냈는지 아는가?"

"홍화는 사막에서 피는 꽃 중 하나입니다."

"사막에서 꽃이 핀다고?"

"사막에도 우기가 있습니다. 폭우가 쏟아지지요. 그럼 사막에 홍수가 나고 모래 속에 잠들어 있던 씨앗이 일제히 발아하여 꽃을 피웁니다. 참 장관입니다."

"그 꽃을 내게 보여 주고 싶다는 의미인가?"

"그게 아니라요……."

레반의 태도가 이상했다.

말하기 싫어 죽겠는데 억지로 한다는 표정이었다.

"사막에서…… 여자에게 구애할 때 홍화씨는 주는 풍습이 있습니다. 홍화씨가 사람의 심장 모양과 비슷하게 생겼다고 합니다. 그래서……."

레반은 속으로 비명을 질렀다. 이런 낯간지러운 말을 해야 하다니!

심부름꾼이 '쿤께서 은왕을 뵙고 직접 전해 드리라고 하셨습니다.'라길래 '굳이 왜?'라고 생각했더니만. 지독한 임무를 맡긴 쿤을 원망했다.

"내 심장을 당신에게 바치겠습니다…… 라는 뜻입니다."

레반은 온몸을 벅벅 긁고 싶은 충동을 간신히 참았다.

홍화씨가 구애의 선물이 된 이유는 희귀하기 때문이다. 우기가 아니면 구하기가 거의 불가능했다.

사막의 우기는 계절상 가을이다. 다음 우기가 오기 전의 여름, 즉 요즘이 홍화씨를 가장 구하기 어려운 시기였다. 그래서 사막인들은 여름에 홍화씨로 맺어진 연인은 영혼까지 이어진다고 믿었다.

'도대체 어떻게 저걸 구했을까.'

운 좋게 얻었는지, 땅을 파헤치고 다녔는지는 몰라도 어쨌든 상당한 노력을 들였으리라. 당장 전쟁이 일어날지도 모를 상황에서 미친 짓이라고밖에 할 말이 없다. 레반은 쿤이 저깟 홍화씨 때문에 그런 미친 짓을 했다는 게 놀라웠다.

시에나는 잔잔한 감동에 젖어 큼직한 씨앗을 물끄러미 바라보았다.

"사막의 여자는 이 씨앗을 받으면 뭐라고 답을 하는가?"

"구애를 받아들이면 홍화씨를 받아 술로 빚습니다. 그리고 혼인 날 합환주로 마십니다."

"사막의 풍습은 참 낭만적이군. 그럼 거절할 경우는?"

호기심이 많은 시에나는 그냥 지나치지 않았다.

레반이 움찔했다.

한참 주저하다가 마지못해 대답했다.

"받지 않고 되돌려 줍니다."

그는 푹 한숨을 내쉬고 말했다.

"전하. 거절하시면 안 됩니다."

시에나가 미간을 좁혔다. 주제넘은 참견이었다. 하지만 레반의 표정이 마치 애원하는 듯해서 시에나는 이어지는 그의 말을 잠자코 들었다.

"남자는 자신의 심장을 바쳐 구애한 것이라 이미 준 심장을 다시 가져올 수 없습니다. 심장이 없으니 다른 사람을 마음에 담을 수도 없지요. 옛 풍습이라 지금도 그대로 따르는 사람은 없다지만, 쿤이라면 아마 혼자 살다가 늙어 죽을 겁니다. 속 터져서 곁에서 그걸 어떻게 봅니까? 사람 하나 살려 주는 셈 치십시오."

레반의 표정이 애처로웠다.

시에나는 웃음을 터뜨렸다. 소리 내어 한참 웃었다.

'와아…….'

레반의 입이 저절로 벌어졌다.

은왕이 웃는 모습을 처음 봤다. 그는 시찰하러 가던 중에 은왕이 배에서 기사들에게 호령하던 모습을 가장 인상 깊게 기억했다. 주변을 압도하던 무시무시함이 뇌리에 깊이 박혀 은왕의 아름다운 외모가 마치 그림처럼 멀게 느껴졌다.

이렇게 웃을 수 있는 '사람'이었구나.

쿤이 왜 은왕에게 빠져서 허우적대는지 알 것 같았다. 넋 놓고 있던 레반은 아차, 싶어 얼른 눈을 내리깔았다.

'절대 불순한 마음으로 본 거 아닙니다. 쿤.'

저 멀리 사막에 있는 쿤이 눈을 부라리며 달려올 것 같았다.

웃음을 그친 시에나가 미소지으며 말했다.

"그대 말은 내가 깊이 새겨듣지."

시에나는 씨앗을 다시 가죽 주머니에 담았다. 그리고 자신이 가져온 작은 상자를 레반에게 내밀었다. 오늘 레반을 만나러 온 용무를 본격적으로 꺼냈다.

"이 찻잎의 조사를 부탁하네."

패트리샤가 비올렛에게 선물했고 비올렛이 마신 후 남은 찻잎이었다.

"임부의 입덧을 가라앉히는 효과가 좋다더군. 정말 그 효능만 있는지, 해로운 다른 성분은 없는지, 다른 음식과 함께 섭취했을 때 특이한 효과는 없는지. 자세하게 알아봐 주게."

"예. 언제까지 된다고 지금 말씀드리기는 어렵지만, 성분 조사가 끝나는 대로 연락 드리겠습니다."

"앞으로도 내가 사람 편으로 그대에게 뭔가를 보낼지도 모르네. 별다른 말이 없어도 그것도 조사해 주게."

"예, 전하."

"그대를 보자고 한 이유는 그게 전부네. 다른…… 소식은 없었나? 쿤은 무사히 잘 지내고 있다던가?"

'홍화씨를 찾아다닐 정도면 아주 멀쩡히 잘 계실 겁니다.'라고 레반은 속으로 대답했다.

"따로 안부 소식은 받지 못했습니다. 평소에 안부를 챙겨 보내는 분이 아닙니다. 저희는 그냥 무소식이 희소식이라고 생각하는 편이라……. 뭔가 알게 되면 바로 연락 드리겠습니다."

시에나는 고개를 끄덕였다.

그녀는 후작 저를 나와 바로 환궁했다. 시녀를 불러 맑은 술 한 병과 깨끗한 물을 가져오라고 지시했다.

시에나는 은그릇에 담긴 물로 홍화씨를 깨끗이 씻었다. 그리고 맑은 술이 가득 찬 원통 유리병에 홍화씨를 넣었다.

홍화씨로 술을 담그는 방법은 모른다.

하지만 시에나는 굳이 형식에 얽매일 필요는 없다고 생각했다. 마음이 더 중요하니까.

홍화씨는 술병의 바닥에 가라앉지도 위에 뜨지도 않았다. 아래위로 조금씩 움직이다가 거의 중간에 멈추었다.

투명한 유리병을 가득 채운 투명한 맑은 술.

그 속의 중앙에 자리 잡은 붉은 씨앗은 마치 공중에 둥둥 뜬 것처럼 보였다.

시에나는 눈에 잘 띄지만, 햇빛이 비치지 않는 곳에 술병을 두었다.

'언젠가 이 술을 쿤과 나누어 마실 날이 왔으면.'

그 남자의 심장이다.

이것이 자신의 손에 있는 한 그는 무슨 일이 있어도 자신의 곁으로 돌아올 것이다. 확신 같은 예감이 들었다.

*　　　*　　　*

베스는 적왕의 부름을 받았다. 그녀를 데리러 온 적왕궁의 시녀 태도가 오늘따라 공손했다. 느낌상 나쁜 의도로 부른 것 같지 않았다. 베스는 시에나에게 말하지 않고 적왕궁으로 갔다. 그래도 들어가는 입구에서는 긴장되어 숨을 가다듬었다.

적왕궁의 시녀가 뒤에서 이동의자를 밀고 안으로 들어갔다. 패트리샤가 소파에 앉아 있다가 그들을 발견하고 손짓했다. 시녀가 곧바로 소파 테이블 앞까지 이동의자를 밀었다.

베스가 도착할 시간에 맞추었는지 이미 테이블에는 차가 준비되어 있었다.

"어서 오게."

"평안하셨습니까, 적왕."

패트리샤가 고개를 끄덕이며 시녀들에게 손을 내저었다. 시녀들이 전부 물러가고 두 사람만 남았다.

패트리샤가 찻잔을 들었다. 베스도 말없이 차를 마셨다.

적왕과 함께 있을 때 느꼈던 숨 막히는 기분이 오늘은 거의 없었다. 참 신기한 일이라고 생각했다.

"은왕은 어떠신가?"

"평소 생활로 돌아오셨습니다. 알현도 다시 시작하셨습니다."

"다시 열이 오르는 증상은 없나?"

"제가 아침저녁으로 확인하고 있습니다. 건강하십니다."

패트리샤는 그날, 은왕궁에서 큰 충격을 받고 돌아왔다. 은왕이 마음속 깊이 자신을 그토록 원망하는 줄 몰랐다. '밉다', '원망스럽다' 같은 원초적인 표현을 할 정도면 절대 가벼운 마음은 아닐 것이다.

아마 열 때문에 정신이 오락가락하는 와중에 엉겁결에 드러냈으리라. 은왕은 절대 그런 속마음을 내비칠 성격이 아니었다. 차라리 은왕이 타당한 이유를 대며 논리적으로 비난했으면 이 정도로 심각하게 생각하지 않았을 것이다.

패트리샤는 현 황제의 모친이며 전대 적왕인 자벳 슐츠를 떠올렸다.

자벳은 선황제의 두 아들을 낳았다. 두 번째 황자는 태어난 즉시 죽었다는데 자식을 잃은 충격이 컸는지 그때부터 시름시름 앓았다고 들었다.

자벳은 거의 매일 누워 지내며 바깥 활동을 하지 않았다. 사람들이 '적왕 자벳'의 존재를 거의 잊을 정도였다.

하지만 그녀는 선황제보다 오래 살았다. 시에나가 태어난 후 팔 년을 더 살았다.

그리고 패트리샤는 황제의 친모인데도 걸맞은 대우를 받지 못하는 자벳을 보고 충격받았다.

황제가 자신의 어머니에게 관심이 없어서였다. 황제는 형식적인 안부 인사차 방문도 거의 하지 않았다.

모자 사이가 지극히 냉랭했다.

패트리샤는 자벳의 모습이 언젠가 자신의 미래가 될지 모른다는 공포에 휩싸였다. 그래서 은왕에게 어머니인 자신의 존재를 각인시키려 했다.

선대 리먼 공작이 언젠가 패트리샤에게 조언한 적이 있었다.

「애야. 황녀는 황제 폐하와 닮은 듯 닮지 않았다. 네가 정도를 지키면 황녀도 너에게 도리를 다할 거다. 과욕은 부리지 마라.」

그때는 부친의 말을 흘려 넘겼다.

내 딸은 내가 더 잘 안다고 자신했다.

오만했던 것일까.

'그래. 아버지가 사람 보는 눈은 정확하셨지.'

은왕은 황제와 닮지 않았다. 인간의 기본적인 온기 자체가 없는 황제와 다르게 은왕은 차가워 보여도 마음이 있었다.

그런데 황제와 닮은 부분도 있었다. 한 번 아니다 싶으면 가차 없었다.

어쩌다 이렇게 된 것일까.

패트리샤는 고민하고 또 고민했다.

그리고 결국 떠올린 원인이 포프 백작부인이었다.

백작부인이 걷지 못하게 되어 은왕의 마음이 풀리지 않은 것으로 해석했다. 패트리샤가 생각할 수 있는 한계는 거기까지였다. 그 외에는 도통 모르겠다.

패트리샤는 베스에게 사과하기 위해 불렀다.

진심으로 자신의 잘못을 뉘우친다기보다는 은왕을 달래려는 마음이었다.

하지만 어쨌든 적왕 패트리샤가 자신의 잘못을 인정하고 사과하려는 것은 대단히 놀라운 결심이었다.

죽은 리먼 공작이 알았다면 '너도 자식은 못 이기는구나'라고 말하며 껄껄 웃었을 것이다.

"그…… 이동의자는 언제 봐도 기이하군."

"예. 개량한 특수 제작품입니다."

패트리샤는 이것저것 물었다.

대부분 쓸데없는 질문이었다. 베스는 꼬박꼬박 대답하며 적왕이 왜 이러나 싶었다. 오랜 시간을 끌다가 패트리샤는 겨우 말을 꺼냈다.

"자네한테…… 내가 좀 과했네."

베스가 눈을 크게 떴다.

"자네가 나와 은왕 사이를 이간질한다고 생각했어. 내 오해였고 오해는 풀렸으나 자네 다리는 그렇게 되었지. 유감……스럽게 생각하네."

말투도, 표정도. 패트리샤는 가해자가 아니라 피해자인 듯 당당했다. 하지만 베스는 패트리샤가 얼마나 큰 양보로 먼저 손을 내미는지 알 수 있었다.

그래도 선뜻 '괜찮습니다'라는 대답이 나오지 않았다.

아직도 가끔 악몽을 꾸다가 깬다. 그녀가 받은 상처는 아물지 않았다.

패트리샤는 침묵하는 베스가 괘씸했다. 이 정도까지 했으면 됐지 발치에 엎드리기라도 하라는 말인가!

하지만 삐죽한 마음을 가라앉혔다.

일단 지금은 은왕의 속을 풀어 주는 일이 우선이었다.

"자네 마음이 금방 풀리지는 않겠지. 오래 붙들고 말해 봤자 피차 고역스러운 일이니, 그만 가 보게."

"예, 적왕. 물러가겠습니다."

"백작부인."

"예."

패트리샤가 잠시 뜸을 들이다가 말했다.

"은왕······ 께도 잘 말씀드리게."

"예, 적왕."

베스는 적왕궁을 나와 복도를 지나며 피식 웃었다.

적왕의 속셈이 너무 뻔했다. 과연 진심 어린 적왕의 사과를 들을 날이 올까?

"사람은 변하지 않지."

베스는 고개를 저으며 쓸쓸히 중얼거렸다.

＊　　＊　　＊

"자네 차는 정말 독보적이야. 왜 이 맛을 누구도 흉내 내지 못할까?"

오랜만에 엠마가 입궁했다.

시에나는 모처럼 엠마가 끓여 준 차를 마시고 기분이 좋았다.

엠마가 혼사 준비 때문에 황궁을 나가면서 은왕궁의 시녀들에게 차를 끓이는 비법을 모두 전수했다. 하지만 아무도 완벽히 맛을 재현하지 못했다.

"과찬이십니다. 전하. 오랜만에 찻주전자를 들었습니다. 실수하지 않아 다행입니다."

"자네의 손에 밴 맛인데 실수할 리가 있나. 결혼식이 한 달 남았던가?"

"예."

"준비는 잘 되고?"

"예. 백작부인께서 친어머니처럼 이것저것 자상하게 챙겨 주십니다."

"남편 될 사람이 자네를 무척 좋아한다지. 백작부인이 그러더군."

엠마가 얼굴을 붉히며 웃었다.

"결혼을 앞둔 기분이 어떤가?"

"저는 좀 별난가 봅니다. 두렵고 우울해진다는데 저는 그냥 좋습니다."

"어떤 점이?"

"알버트……. 그 사람과 새 가족을 꾸리게 되어서요. 그리고 어머님께서 신혼은 즐겨야 한다며 작은 집을 따로 마련해 주셨습니다. 저희만의 집이 생긴다는 게 정말 기대됩니다."

시에나는 미소지으며 찻잔을 입에 댔다.

"그리고 제일 좋은 건. 그 사람에게 무슨 일이 생기면 가장 먼저 연락받는 사람이 저라는 거예요. 그 사람 부모님이 아니라요."

'그렇구나.'

시에나는 진리를 발견한 학자처럼 감탄했다.

결혼하여 가족이 된다는 진짜 의미가 뭔지, 즉시 와 닿았다. 배우자의 모든 것을 가장 먼저 알 권리를 갖게 되는 거다.

"전하, 베스입니다."

바깥에서 베스가 문을 두드렸다.

잠시 후 안으로 들어왔다.

"드릴 말씀이 있습니다."

엠마가 눈치껏 알아서 물러갔다.

베스는 적왕의 부름을 받아 적왕궁에 다녀온 사실과 적왕과 나누었던 대화를 전했다.

"형식적인 사과라도 없는 것보다는 나은가? 백작부인 생각은 어떻소?"

"그분으로서는 크게 양보하신 겁니다. 그만큼 전하와 관계 개선을 바란다는 손짓이겠지요."

베스는 모녀 사이가 회복되기를 바랐다.

적왕은 은왕을 받쳐 주는 든든한 기둥이라는 생각에 변함없었다. 은왕을 위해서라면 과거의 일은 흘려보내고 얼마든지 적왕의 비위를 맞출 수 있었다.

시에나는 말없이 차를 마셨다. 엊그제 벤을 만났다. 벤이 온실에 다녀온 경험담을 전했다.

패트리샤는 시에나의 회복을 위해 꽁꽁 감춰 둔 온실을 공개했다. 아마 이번 일이 아니었으면 벤이 온실에 들어가기까지 무척 오래 걸렸을 것이다.

하지만 시에나는 감동하지 않았다. 어머니를 향한 그녀의 심장은 이미 완벽히 식어 버렸다. 머릿속으로 어머니의 계략에서 비올렛을 지킬 방법만 골몰했다.

시에나는 벤에게 그 약초의 생김새와 특징을 자세히 적으라고 해서 그걸 레반에게 보냈다.

"백작부인."

"예, 전하."

"혹시 어머니께서 백작부인을 불러 오늘 일을 물으시거든, 내가 어머니의 변화를 좋게 받아들이고 있다고 하시오."

시에나의 목소리는 건조했다.

잠시 그녀를 바라보던 베스가 대답했다.

"……예, 전하."

베스는 처음으로, 시에나가 무척 차가운 사람이라는 생각이 들었다.

엠마의 결혼식은 원래 일가친지들만 모아 소박하게 할 계획이었다. 하지만 시에나가 황궁의 홀을 결혼식 장소로 제공하면서 엄청난 규모의 행사로 변했다.

황족의 생일 연회나 큰 파티를 여는 연회홀은 아니었다. 그곳의 사용 허가는 황제만 가능했다. 황궁의 외곽 쪽에 홀을 갖춘 별궁이 있었다. 황족은 누구나 사용할 수 있는 공공건물이었다.

적왕이 이곳에서 여름마다 며칠의 소풍을 열고 귀부인들을 초대하곤 했다. 적왕의 여름 소풍은 누구나 초대받기를 갈망하는 사교 모임이었다.

그런데 은왕이 이 별궁을 귀족의 결혼식 장소로 빌려주다니.

그것도 별 볼 일 없는 남작 가문의 혼사에.

엠마가 누군지, 엠마와 결혼할 남자가 어느 집안 출신인지 알아내려고 사람들은 난리가 났다.

순식간에 수도 사교계에서 엠마의 이름을 모르는 사람이 없게 되었다.

결혼식은 성대하게 치러졌다.

홀은 참석자들로 발 디딜 틈이 없었다. 시에나도 참석하여 엠마에게 축하의 말을 전했다.

"감사합니다. 전하. 이 은혜를 제가 어찌 다 갚을까요."

엠마가 눈물을 글썽거렸다.

"자네 차를 계속 마실 수 있는 대가로는 오히려 부족하지."

다정한 대화를 나누는 시에나와 엠마를 곁눈질하며 사람들이 수군거렸다. 엠마의 시부모님이 된 브릴 남작 부부 주변을 사람들이 에워쌌다.

"좋으시겠어요. 남작부인. 며느리를 복덩이로 들이셨네요."

"호호호. 심성도 참 고운 아이랍니다."

남작부인의 콧대가 잔뜩 높아졌다. 턱을 치켜들고 웃으면서 은왕과 대화하는 며느리를 뿌듯한 눈으로 봤다.

"그보다 소식 들으셨어요? 리먼 공작령이요. 이게 무슨 일이래요."

"아, 저도 들었어요. 세상에. 어쩐지 리먼 공께서 오래 자리를 비우시는가 했더니만."

오늘 모인 사람들은 결혼식 다음으로 리먼 공작령을 화제 삼아 떠들었다.

시에나의 귀에도 들려왔다.

'이만하면 오래 감추었지.'

더그가 공작령으로 떠난 지 넉 달이 훌쩍 지났다. 공개적인 장소에서 사람들이 대놓고 말할 정도면 소식이 빠른 사람은 진즉 다 알았다는 뜻이다.

시에나는 더 오래 머물지 않고 연회장에서 나왔다.

다들 시에나에게 어떻게 해서든 말 한마디 붙여 보려고 안달이 나 있었다.

'오늘 주인공은 내가 아니니까.'

별궁을 나오는 그녀의 뒤를 한 남자가 빠른 걸음으로 따라갔다.

"전하!"

시에나가 고개를 돌렸다.

안드레가 다가왔다.

"가시는 겁니까?"

안드레는 꾸준히 알현을 신청했다.

시에나는 그의 알현 신청을 대부분 받아 주었다. 가장 큰 이유는 그가 블레스 공의 아들이기 때문이다. 그리고 안드레와의 대화는 편했다.

그는 과하게 예의를 차리거나, 자신의 매력을 과시하거나, 이상한 농담으로 웃기려고 시도하지 않았다. 그 또래의 젊은 귀족 남자 중에서는 유일했다.

"내가 오래 있을 자리는 아닌 듯하오. 오늘 참석해 줘서 고맙소."

"별말씀을요."

"블레스 공께도 감사 인사를 전해 주시오."

"예, 전하."

엠마의 결혼식 며칠 전에 블레스 공작을 만났다. 주된 용건은 리먼 공작령의 정보를 공유하기 위함이었다. 블레스 공작의 지원으로 리먼 공작은 돌파구를 찾았다. 리먼 공작이 상경하는 대로 두 공작은 만남의 자리를 갖기로 했다.

블레스 공작은 중요한 대화를 끝내고 일어나기 직전에 물었다.

「전하. 왜 제게는 초대장을 주지 않으십니까?」

「초대장이라니요?」

「브릴 남작가 결혼식 말입니다. 남작가에서도 보내 주지 않고 전하께서도 영 말씀하실 기색이 없으시니 어쩌겠습니까. 제가 주 십사, 요청하는 수밖에요.」

시에나는 공작의 뜻밖의 요청에 당황했다.

브릴 남작가에서는 블레스 공작가에 당연히 초대장을 보내지 않았을 것이다. 감히 보낼 수가 없다.

특별한 친분이 있지 않고서는 신분 차이가 큰 상대에게 초대장을 보내는 것은 실례였다.

시에나가 평소에 받는 초대장의 발신자도 전부 이름만 대면 알 만한 가문 출신이었다.

시에나가 엠마에게 결혼식 장소를 제공한 것은 단순한 호의로 끝날 일이 아니었다. 사람들은 엠마의 결혼식을 은왕이 주최한 사교 모임과 비슷한 의미로 받아들였다.

결혼식 하객이 빈한하면 은왕의 체면과도 연결이 되었다. 하지만 시에나는 사람 동원은 하지 않았다.

그녀가 초대장을 보내면 암묵적인 강요가 된다. 초대장을 받은 자는 좋든 싫든 은왕의 눈 밖에 나지 않으려고 모두 참석할 것이다.

시에나의 체면은 차릴 수 있으나 자칫 참석자와 브릴 남작가 사이에 감정이 상할 수도 있었다.

그래서 블레스 공작이 '초대장을 주십시오.'라고 말하는 속뜻은 '은왕 전하의 체면을 위해 기쁜 마음으로 참석하겠다'라는 말이었다.

시에나는 공작의 섬세한 배려가 고마웠다.

「내가 주최자는 아니니 초대장을 갖고 있지 않습니다. 남작가
에 연락해서 공께 초대장을 보내드리라고 하겠습니다. 하지만 공
께서 직접 참석하는 건 과합니다. 적당한 사람을 보내 축하만 해
주셔도 충분합니다.」

「그럼 아들 녀석을 보내겠습니다.」

그래서 블레스 공작 대신 오늘 안드레가 참석했다.

"전하. 당장 급한 일정이 있으십니까?"

"그렇지는 않소."

"그러면 전하께 차 한 잔만 얻어 마실 수 있을까요? 아까부터 목
이 마르는데 결혼식 연회장이라서인지 마실 것이 전부 술뿐입니다."

안드레의 핑계는 진부했지만, 시에나는 미소지었다.

"그럽시다. 뭐가 어렵겠소."

두 사람을 각각 태운 두 대의 마차가 은왕궁으로 향했다. 황궁
안이라 속도를 내지 않았다.

'아직 멀었나?'

안드레는 오늘따라 유난히 마차가 느릿하게 움직인다고 생각했
다. 그는 한쪽 다리를 올렸다. 반대쪽 다리로 바꿔 올렸다가, 두 손
으로 깍지를 끼고 고개를 숙여 이마를 댔다. 초조했다.

'오늘은 꼭.'

마차가 은왕궁에 도착했다.

두 사람은 응접실에 마주 앉았다. 시녀가 차를 테이블에 내려놓고 물러갔다.

"오늘 브릴 남작 자제와 혼인한 숙녀분께서 차를 끓이는 솜씨가 그토록 훌륭하시다지요?"

"엠마의 차를 마시면 모두가 격찬한다오."

"저도 언젠가 그 행렬에 합류할 수 있을까요?"

"엠마가 오는 날 초대하겠소."

"약속하셨습니다."

두 사람은 오늘 결혼식을 화제로 삼아 가벼운 대화를 나누었다.

시에나는 최근 알현을 통해 많은 사람을 만나면서 대화를 주고받는 재주가 늘었다. 전에는 말없이 듣기만 했다면 이제는 적절히 추임새를 넣거나 받아칠 수 있게 되었다.

"이달 말에 성대한 황궁 연회가 열린다지요. 사람들의 기대가 대단합니다."

시에나는 살짝 고개만 끄덕였다.

"모처럼 적왕께서 나서시는 자리라 더 화제입니다."

본래 이맘때 사냥 대회가 열린다. 하지만 올해는 건너뛰기로 했다. 철왕비가 임신 중이기 때문이다. 황손을 잉태한 중에 생명을 죽이는 행사는 상서롭지 못하다는 이유였다. 유별나게 구는 것이 아니라 원래 관습이 그랬다.

황제가 올해는 사냥 대회가 없다고 공표한 얼마 후, 적왕이 성대한 궁중 연회를 예고했다.

적왕의 사교 활동이 뜸했던 와중이라 사람들은 환호했다.

"전하. 그날……."

안드레가 긴장된 숨을 삼킨 후 말을 이었다.

"제가 전하를 에스코트해도 되겠습니까?"

사냥 대회는 기사의 참가를 제한하므로 사냥이라는 이름만 붙인 축제였다. 귀족 남자들은 기사들에게 밀렸던 자신들의 남성성을 과시하고 귀족 여자들은 선물 받은 여우로 자신의 인기를 자랑했다.

작년은 사슴 사냥으로 건너뛰었다. 그래서 더욱 기대했을 텐데 올해도 취소되어 다들 실망했을 것이다. 패트리샤는 그 빈틈을 노렸다.

사람들은 '사냥 대회가 취소된대.', '왜?', '철왕비께서 회임 중이시니까.', '아, 그렇지.' 등의 대화를 나누며 오랜만의 황족 탄생에 관심을 두었다.

그런데 패트리샤가 연회를 발표하자 휙 눈을 돌려 우르르 몰려갔다. 시에나는 담쟁이 저택의 파티 때 패트리샤가 동시에 연회를 발표한 사건과 비슷하다고 생각했다.

사람들의 관심이 다른 데 쏠리는 것을 견디지 못하는 심술 맞은 성미다. 그래서 패트리샤가 명분 없이 성대한 연회를 개최하는 의도에 동조하지 않을 생각이었다.

시에나는 그런 저간의 사정을 설명하는 대신, 말없이 안드레를 바라보았다.

안드레는 단순히 파트너를 제안한 게 아니었다.

'당신 옆에 서고 싶다.'라고 조심스럽게 허락을 구하고 있었다.

"블레스 경."

"……예, 전하."

안드레의 표정이 어두웠다.

대답을 듣지 않아도 느낌이 왔다.

"나는 이미 경의 청혼을 받았소."

"예?"

"경의 부친께서 대신 한 청혼이지만."

안드레의 입이 떡 벌어졌다가 이를 꽉 악물었다. 속으로 '망할 아버지!'라고 소리쳤다.

"전하. 그건 제 뜻이 아닙니다. 그러니까 제 말은 그런 방식은, 정치적인 이유로 접근할 의도는 없었습니다. 저는 제 마음이 시키는 대로 따랐습니다. 전하를 더 알고 싶고 전하와 함께 미래를 이야기하고 싶었습니다. 저는 전하의 신분도 지위도 탐나지 않습니다. 아끼는 사람을 위해 결혼식 장소를 빌려주고 참석한 제게 고맙다고 말씀해 주시는 전하의 따뜻한 마음이 저는 좋습니다."

시에나가 묘한 표정으로 잠시 생각에 잠겼다가 가볍게 웃었다.

"경. 우리가 좀 더 일찍 만났다면 상황이 달랐을 거요. 경은 아마 날 냉정한 사람이라고 생각했겠지. 나와 차 한 잔만 마신 후 도망갔을지도 모르겠군."

안드레가 미간을 찌푸렸다.

"그럴 리가요."

"그리고 난 경이 지금과 똑같은 말을 했더라도 속으로 비웃었을 거요. 청왕의 자리가 갖고 싶다는 말을 그럴듯하게 돌려 말하는구나."

"전하! 저는!"

"알고 있소. 경의 진심이라는 것을."

안드레는 도통 종잡을 수 없다는 표정을 지었다. 조금 더 노력해 보라는 뜻인가? 그는 아직 희망을 놓지 않았다.

"내가 경의 진심을 알아본 것은 내게 진심을 보여 주었던 사람이 있었던 덕분이오. 내 마음이 따뜻해 보였다면 그 사람이 나도 몰랐던 날 일깨워 준 덕분이오."

하지만 이어지는 말을 들으며 안드레는 깨달았다. 이보다 완벽한 거절의 말은 없었다.

"그 사람은 라드 후작입니까?"

안드레는 알면서도 물었다.

"나는 라드 후 외에 다른 사람의 에스코트는 받을 생각이 없소."

시에나의 대답은 확고했다. 혹시 했던 안드레는 실망했다.

라드 후작이 사막으로 떠난 지 두 달이 넘었다. 이때다 싶어서 안드레는 은왕궁에 열심히 알현을 신청했다.

안드레를 고깝게 보는 사람도 있었다. 어느 날은 사교 클럽을 갔더니 누군가가 '빈집털이'를 한다고 비아냥거렸다. 그래도 개의치 않았다.

은왕은 알현을 거절하지 않고 만나 주었다. 그녀가 자신에게 최소한 호감은 있다고 생각했다. 은왕이 라드 후작의 부재를 아쉬워한다는 느낌을 받은 적도 없었다.

'내게 기회가 주어진 것이 아니었구나.'

은왕은 라드 후작이 있건 없건 흔들리지 않았던 거다. 안드레의 어깨가 힘없이 처졌다.

하지만 이대로 물러서기엔 포기가 안 된다. 라드 후작은 언제 돌아올지 모르고 은왕과 라드 후작의 미래는 불투명했다.

"전하. 저는……."

기다릴 수 있다는 말을 하려 했다.

그때 바깥에서 문을 두드렸다. 시에나가 대답하자 시녀가 들어왔다.

"전하. 전하께 드릴 급한 소식을 가져왔습니다."

시녀는 '누가' 왔는지 모호하게 표현했다. 일종의 신호였다. 레반이 왔다. 시에나는 안드레에게 양해를 구했다. 안드레는 아쉬워하며 일어났다.

"전하. 또 뵈러 와도 됩니까? 부디 거절은 마십시오. 저 같은 친구 한 명 정도는 있어도 괜찮지 않습니까?"

안드레의 간절한 표정을 보며 시에나는 쿤을 떠올렸다. 블레스경과 차를 마셨다고 할 때마다 쿤은 못마땅해하면서도 태연한 척했다.

그 모습이 재밌었다. 그가 어디까지 관대한 척할 수 있을까, 궁금했다. 눈치 없는 척 안드레 얘기를 꺼내 그의 반응을 엿봤다.

쿤에게 지금 하는 안드레의 말을 전하면 그는 뭐라고 할까. 그놈이 뻔한 수작을 부린다고 펄쩍 뛰겠지.

가슴 안쪽이 저릿했다.

보고 싶다.

오늘따라 유난히 더 보고 싶었다.

"친구는 언제나 환영하오."

안드레는 시에나를 복잡한 시선으로 바라보다가 꾸벅 고개를 숙이고 물러갔다.

*　　　*　　　*

레반은 다른 사람처럼 변장했다. 오늘은 살집 있는 중년 남자였다. 이번이 세 번째 방문인데 세 번 전부 외모가 달랐다. 성별만 남자일 뿐, 생김새는 물론 나이와 체구도 달랐다.

그는 시에나와 미리 약속한 암구호를 시녀에게 전달해서 들어왔다. 아마 시녀는 세 번 방문한 사람이 모두 동일인이라고는 짐작조차 못 할 것이다.

"지난번에 보내 주신 물건도 그저 평범한 머리핀입니다."

레반이 '이상 없음'이라고 결론을 내린 보고서를 내밀었다.

패트리샤는 비올렛에게 입덧에 효과 좋은 차를 보낸 이후 몇 번 더 선물을 보냈다. 찻잎, 과일 같은 먹을 것뿐만이 아니라 허리끈, 머리핀 등 다양했다.

얼핏 보면 패트리샤는 아이를 가진 식구를 챙기는 자애로운 집안 어른이었다.

하지만 시에나는 어머니의 선의를 믿지 않았다.

비올렛은 받은 물건을 전부 시에나에게 보냈고 시에나는 레반에게 보냈다. 아직 패트리샤가 보낸 선물에서 어떤 수상한 점도 발견하지 못했다.

"그대 생각은 어떤가? 이 물건들이 무슨 의미 같은가?"

"저는 두 가지를 생각했습니다."

"둘? 말해 보게."

"첫째는 상대의 방심을 유도하는 겁니다. 실제로 대륙의 왕실에서 벌어진 유명한 사건이 있습니다. 왕비가 왕의 총애를 독차지한 후궁에게 매일 꽃을 보냈습니다. 후궁은 처음엔 받지 않고 돌려보냈으나 나중엔 받아서 구석에 방치했습니다. 그 후 응접실 꽃병에 꽂았다가 나중에는 침실을 장식했고요. 결국 그 후궁은 꽃잎에 뿌려진 독에 서서히 중독되어 죽었습니다. 지금도 그 왕국에서는 꽃 선물이 금기입니다. 둘째는 의도 모를 선물을 보내고 상대가 고민하는 중에 뒤로 다른 일을 꾸미는 겁니다. 관심 돌리기 용인데 흔한 일입니다."

레반은 자신이 조사하는 물건이 적왕이 비올렛에게 보내는 선물이라는 것을 안다.

시에나는 물건에 얽힌 사정을 알면 조사에 도움이 될까 싶어서 적왕의 의도를 의심한다고 솔직히 말했다.

사정 이야기를 들은 후에도 레반의 태도는 변화가 없었다.

태연하게 '꽃 살인'의 사례를 들먹이는 레반은 확실히 보통이 아니었다.

시에나는 할 말, 못 할 말을 가리지 않는 레반이 마음에 들었다. 그녀의 주변에는 레반처럼 말하는 사람이 없었다.

그녀는 팔짱을 끼고 생각에 잠겼다. 당장 조치할 일이 없었다. 아직 패트리샤는 아무 짓도 하지 않았다.

'비올렛에게 경고하는 수밖에 없나.'

하지만 경고만 받고 계속 아무 일도 일어나지 않으면 주의력은 흐트러질 것이다. 비올렛은 성격상 주변을 끊임없이 의심해야 하는 상황을 견디지 못할 테니까.

"그런데 이건 성과가 있었습니다."

레반은 또 다른 보고서를 내밀었다. 시에나가 고열이 났을 때 먹었던 정체 모를 약초 분석이었다.

"말씀하신 형태와 효능을 지닌 약초를 아는 자가 없어서 애를 먹었습니다. 그러다가 발상을 바꿔서 단서를 얻었습니다."

시에나가 보고서 내용을 훑었다.

"자연 상태에서는 존재하지 않는다?"

"예. 이종 교배와 개량으로 만든 신종으로 파악합니다. 추측하건대 아마 인위적으로 환경을 조성하지 않으면 제대로 성장하지 못할 겁니다. 형질이 온전히 보존되는 종자를 남길 수 있을지도 의심됩니다. 그러니 대량 재배는 불가능합니다."

"라드 상회에서도 온실을 운영하지 않나? 자네들 측은 이런 시도를 한 적 없나?"

"왜 없겠습니까. 생산물 증대를 위한 종자 개량은 저희뿐만 아니라 누구나 시도합니다. 하지만 독성 같은 특이한 성질의 개량은 거의 하지 않습니다."

"왜?"

"독의 효능을 알기 위해서는 실험을 해야 합니다. 실험체 확보가 어렵습니다."

시에나의 표정이 굳었다. 보고서를 쥔 손에 힘이 들어갔다. 그 온실에서 자라는 독초들을 만들기 위해 과연 어떤 사람들이, 얼마나 희생됐을까.

"무엇보다 중요한 이유는 돈입니다. 들이는 비용, 시간에 비해 손해가 큽니다."

레반의 대답은 시에나가 전혀 예상하지 못한 부분이었다.

"라드 상회 정도면 돈 문제를 고민할 필요가 없지 않나?"

"아무리 부유해도 황금 바다는 아닙니다. 퍼내기만 하면 언젠가는 바닥이 드러납니다."

"그 정도로 비용이 많이 드나? 하지만 실물이 여기 있지 않은가. 불가능은 아니라는 건데."

"몇 가지 정도는 만들어 낼 수 있습니다. 다만, 들이는 비용 대비 거둬들이는 수익을 고려하지 않으면 값비싼 취미 생활일 뿐입니다."

값비싼 취미 생활.

'아, 그렇군. 정확해.'

시에나는 패트리샤가 온실에서 하는 독초 재배를 그 이상으로 표현할 말이 없다고 생각했다. 그렇다면 패트리샤는 온실 운영의 비용을 어디서 충당할까. 적왕에게 할당하는 예산은 한계가 있었다.

'당연히 리먼 공작가겠지.'

어머니와 리먼 가문의 연결을 끊어야 할 필요성을 다시 한번 실감했다.

"그대 말은 생산성이 없다는 거군. 하지만 무색무취의 독이라면 효용이 있지 않겠나?"

"전하. 인간을 죽이는 독이 없어서 곤란을 겪을 일은 없습니다. 독을 마시도록 유도하는 과정이 어렵지요."

시에나는 피식 웃으며 고개를 끄덕였다.

"그리고 오늘은 사막의 소식이 있습니다."

다시 한번 약초 분석 보고서를 읽던 시에나가 바로 고개를 들었다.

"아마 곧 제국에서 연합국에 파병한 군사들이 되돌아올 겁니다."

"되돌아오다니?"

"연합국의 세력이 크게 둘로 갈렸습니다. 둘의 힘이 거의 엇비슷합니다."

전 일왕비 레카와 레카가 즉위시킨 양아들 요타, 그리고 그들을 지지하는 투이사 부족들이 기존 세력이다. 그들과 대치하는 신흥 세력은 왕의 유지를 받은 어린 왕자 아힌과 배후에 있는 라마 부족이다.

레카 세력은 왕궁을 차지했고 아힌 세력에게는 죽은 왕의 유언이라는 명분이 있었다.

아힌은 왕의 아내로 인정받은 여자가 낳은 아이가 아니므로 후계가 될 수 없음이 원칙이었다.

그런데 아힌 세력은 연합국은 사막의 관습에 따를 필요가 없다고 주장했다. 왕국은 왕이 곧 법이며 왕의 유언이 절대적인 규칙이라며 맞섰다.

상황은 레카 세력에게 유리하게 돌아가는 듯했다. 그런데 관망하던 호투 부족이 왕궁의 보물고에서 신목의 가지를 빼내 아힌 세력에 합류했다.

신목의 가지는 황제가 제후국으로 인정하는 증표였다. 그것을 누가 갖고 있느냐는 어느 쪽이 왕국으로 인정받느냐의 문제였다. 제국의 군사들이 연합국에 도착했을 때는 신목의 가지가 아힌 세력에 넘어간 후였다.

레카 세력은 저들이 훔쳐 간 신목의 가지를 되찾아 달라고 요구했고, 아힌 세력은 우리가 정당한 주인이라 주장했다.

제국의 군사들은 이러지도 저러지도 못하는 상황에 부닥쳤다. 파병 군사들의 책임관에게는 신목의 가지 주인이 누구인지를 결정할 권한은 없었다.

"그래서 돌아오는 군사들과 양쪽 세력의 대표들도 함께 올 겁니다."

"그럼 혹시 쿤이……."

레반이 고개를 저었다.

"아닙니다. 쿤이 자리를 비우면 균형이 무너집니다. 현재 무력은 아힌 세력이 유리합니다. 라마 부족과 호투 부족이 손을 잡은 모양새이니까요."

그가 오는 걸까, 잠시의 기대감으로 두근거렸던 시에나는 애써 실망감을 감추었다.

"양 측의 대표가 온다는 것은 황제 폐하께 어느 쪽의 손을 들어 줄지 결정해 달라는 뜻이겠지?"

"예. 누구도 신목의 가지를 포기하지 못할 테니까요."

"그렇지."

제국이 비록 제후국의 내정에 간섭하지 않는다지만, 신하국을 자처하는 이상 나라 대 나라의 동등한 관계는 성립할 수 없었다.

왕국의 귀족은 제국에 오면 당연히 등급이 낮아진다. 왕국의 공작은 제국에서는 백작급이 되는 것이다. 귀족들의 신분 차이는 물론, 왕국의 백성이 제국에 와도 차별받았다.

제후국은 얼마든지 독립국이 될 수 있다. 신목의 가지만 반납하면 된다. 하지만 신목의 가지의 위대함을 경험한 나라는 절대 스스로 가지를 반환하여 제후국의 위치를 놓지 못했다.

신목의 가지는 사막귀의 접근을 막는다. 신목의 가지를 보관하는 왕궁과 반경 일정 지역은 괴물의 공격에서 안전했다. 왕궁이 위치한 수도에는 사람이 몰리고 번성하며 수도에 사는 자들은 특권층이 된다.

누가 자신의 이권을 포기하겠는가.

신목의 가지를 포기하려는 왕은 거센 반발을 감수해야 한다. 반란이 일어날 수도 있었다.

"폐하께서 결단을 내리셔야겠군."

"결과는 정해져 있습니다."

레반이 망설임 없이 대답했다.

의아한 눈으로 보는 시에나를 보며 그는 어깨를 으쓱했다.

"투이사 부족 세력이 원하는 것을 얻어 돌아가겠지요. 거기 쿤이 계시니까요. 아마 그쪽 대표가 황제 폐하의 마음에 쏙 드는 협상안을 가져올 겁니다."

확고한 믿음이었다. 시에나의 눈이 커졌다가 이내 웃음을 흘렸다.

"그럼 연합국은 다시 안정되겠나?"

"아흰 세력 측이 신목의 가지를 순순히 내놓는다는 전제에서는, 그렇습니다."

"그건…… 어려운 문제군."

"예. 보물을 넘기느니 부숴 버리는 편을 택할 수 있습니다. 그런데 그 일도 쿤이 알아서 하실 겁니다."

시에나는 쿤에 대한 레반의 신뢰가 신기했다.

그동안 겪었던 레반의 성격은 현실적이고 조목조목 분석해서 따지기 잘하며 논리적이었다. 그런 레반 마저 신의 뜻에 따르는 사제처럼 말하는데 다른 사람은 오죽하겠는가.

쿤이 아랫사람의 신앙 같은 믿음의 대상이라는 게 뿌듯하다가도 그가 느낄 부담감을 생각하니까 안쓰러웠다. 오직 자신만 바라보고 따라오는 사람들의 앞에서 걸어가며 얼마나 힘들었을까.

그가 생각하는 모든 계획이 순조롭게 이루어져 연합국이 안정을 되찾고 그가 제국으로 하루빨리 돌아왔으면 좋겠다. 고생이 많았을 그를 꽉 안아 주고 싶었다.

"마지막으로, 리먼 공작령 소식입니다."

"내가 그대에게 그쪽 소식을 부탁한 적은 없는데?"

시에나의 서늘한 눈빛을 읽은 레반이 긴장했다.

"예. 한데 쿤이 떠나기 전에 리먼 공작령에 중요한 변동이 생기면 전하께 알리라고 하셨습니다. 필요 없다고 하시면 이후에는 공작령 정보는 알아보지 않겠습니다."

시에나의 표정이 풀렸다.

"아니. 말해 주게."

레반은 은왕이 쿤과 결혼하여 은왕이 자신의 윗전이 되면 꽤 고달프겠다는 생각이 들었다.

쿤은 아랫사람의 어느 정도의 월권행위에 관대한 편이었다. 그런데 은왕은 바늘 하나도 안 들어갈 것 같다.

"리먼 공작이 곧 상경합니다. 제가 소식을 들었을 때 공작이 출발한 지 며칠 지난 후였으니 아마 머지않아 도착할 겁니다."

"정말인가? 리먼 공이 온다……."

'공작령을 비우고 수도에 올 정도로 수습이 되었다는 거군.'

레반은 생각에 잠긴 시에나의 눈치를 살피며 조심스레 말했다.

"전하. 그럼 저는 물러가겠습니다."

시에나가 시선을 들었다.

"가 보게. 수고가 많았네. 혹시 내가 부탁하는 일이 그대를 곤란하게 하면 부담 없이 얘기하게. 정말 비용은 필요 없나?"

"어이구, 아닙니다. 약간의 수고일 뿐 돈 들어가는 일이 아닙니다. 물건 조사는 발품만 팔면 되는 일이고 정보는 전하께서 부탁하지 않으셔도 어차피 알아볼 일들입니다."

레반이 걸음을 멈추고 돌아섰다.

작아진 은왕궁이 보였다.

쿤은 사막으로 떠나기 전, 레반을 불러 말했다.

「은왕께서 널 찾아 부탁하는 일이 있으면 네 모든 노력을 다해
서 도와드려라.」

「어디까지…… 말씀입니까?」

「일족에 치명적인 위해를 가하는 일만 아니라면 무엇이든.」

레반은 의미심장한 수식어를 흘려넘기지 않았다.

쿤이 아무 의미 없는 단어를 썼을 리가 없었다. 일족에게 해로운
일이라도 치명적이지 않은 수준이라면 은왕을 도우라는 말로 해석
했다.

쿤의 말을 곱씹을수록 레반은 미묘한 기분에 빠졌다.

일족에게 쿤이 절대적 대상인 것처럼 쿤에게도 일족은 유일한 가
치였다. 그런데 쿤에게 일족만큼, 혹은 일족보다 더 중요한 존재가
나타났다.

엄청난 일이다.

레반이 보기에는 천지개벽 수준이었다.

'원로님들이 알면 엄청 충격받으실 텐데.'

레반은 원로들이 혀를 차며 말하는 '요즘 젊은것들'이었다. 개인
주의적인 성향이 강했다. 개인의 가치보다 무조건 공공의 이익을
우선하지 않았다. 그래서 쿤의 변화에 거부감은 없었다.

'사랑이라…….'

사람의 마음만큼 변하기 쉬운 것은 없다고 생각했다. 저 두 사람은 어디까지 함께 갈 수 있을지 궁금했다. 두 사람 사이에 놓인 현실의 장벽을 극복할 수 있을까.

2장

선택의 기로

밀러 백작이 철왕궁을 방문했다. 철왕은 여상한 미소로 백작을 맞이했다. 날씨, 사소한 가십 등 겉도는 대화가 이어졌다. 철왕이 '무슨 일로 왔는가'라고 끝내 묻지 않자 밀러 백작은 직접 본론을 꺼냈다.

"전하. 엊그제 제가 라드 상회에 들렀습니다. 상회의 정보력을 빌려 부탁할 일이 있었는데 이상한 말을 들었습니다."

디안은 말없이 차를 마셨다. 백작이 눈알을 아래위로 굴리며 디안의 안색을 살폈다.

"더는 도움을 줄 수 없다며…… 자세한 이야기는 철왕 전하께 들으라고 했습니다."

디안이 찻잔을 내려놓았다.

"라드 후작과 동맹 관계를 끝냈소."

백작은 디안의 간결한 대답을 어안이 벙벙한 표정으로 보다가 뒤늦게 '예?!' 하고 소리쳤다.

"도대체 언제, 어째서입니까?"

"시기는 좀 되었고. 이유는……. 중요하오?"

"예?"

"어차피 그대들은 라드 후작을 마땅치 않게 생각했지. 후작과 잘 지내려 노력하지도 않았고. 내가 그동안 후작에게 면이 서지 않았소. 후작의 도움만 받는 건 미안한 일이라 내가 후작에게 제안했소. 내 마음이 한결 홀가분하다오."

백작은 경악한 표정을 감추지 못했다. '이분이 미쳤나.'라고 노골적으로 말하고 있었다.

디안이 히죽 웃었다.

"내게는 후작보다 더 든든한 그대들이 있지 않소."

"예……? 예에……."

"그동안 후작이 지원한 재물을 오직 쓰기만 하지는 않았겠지? 나름대로 정보 조직도 구성하고 자본으로 상단을 꾸린다는 말도 들었고. 문제는 없으리라고 믿소."

백작은 등에서 식은땀이 났다. 이 엄청난 재난을 어떻게 대처해야 할지 눈앞이 깜깜했다.

"그…… 그럼 지원금은……."

"지난번에 그대들에게 준 것이 끝이오. 더는 라드 후작에게 받을 수도 없지."

디안은 사태의 심각성을 전혀 모르는 사람처럼 태평했다. 백작은 철왕이 일부러 태도를 꾸민다고 생각하지 못했다. 철왕은 평소 모습 그대로였다. 낙천적이었고 누구에게도 싫은 소리를 하는 법이 없었다.

"하온데 전하. 라드 후작이 전하의 제안에 순순히 응했습니까?"

"물론이오."

"그럴 리가……."

"의문 나는 점이 있소?"

'라드 후작이 미쳤나?'

얼마 전 백작은 엄청난 진실을 알았다. 철왕은 아케론 공녀의 아들이다.

'라드 후작도 분명히 알고 있을 텐데?'

아케론 조사관이 한 말이니 틀림없었다. 후작이 철왕을 제위에 올려 제국을 휘두르려 한다고, 절대 그런 일은 없어야 한다고 말했다.

백작은 대단한 충성심으로 철왕 밑에 들어간 것이 아니었다. 어차피 제위에 오르는 사람은 은왕이었다. 줄을 댈 수만 있다면 은왕 쪽에 붙었을 것이다.

하지만 가문은 별 볼 일 없고 끈을 댈 인맥도 없었다. 차라리 아래 계승 서열의 철왕 곁에서 닭의 머리라도 되자고 생각했다. 그래서 자신에게 굴어 들어온 행운이 믿기지 않아 며칠은 밤잠을 설쳤다.

"라드 후작이……."

"라드 후작이?"

백작은 어물어물하다가 입을 다물었다. 아케론 조사관은 '자네와 내가 손잡은 것은 비밀이네. 철왕 전하께도 비밀로 해야 하네.'라고 했다.

"전하. 저는 돌아가 주변 사람들과 의논을 해야겠습니다. 단순히 사람 한 명 자리가 빈 것은 아니라서……."

"으음. 하긴. 라드 후작의 자리가 크긴 할 거요."

백작은 잔뜩 굳은 표정으로 철왕궁에서 나왔다. 그는 현실적인 사람이었다. 돈이 얼마나 중요한지 잘 알았다.

철왕이 장차 제위에 오른다고 해도 당장 내일 황제가 되는 게 아니면 무슨 소용인가. 현재 황제가 10년, 20년 자리를 지킨다면? 그때까지 빈 손가락을 빨고 있을 수는 없었다.

라드 후작은 철왕 세력의 가장 든든하고 거의 유일한 돈줄이었다. 라드 후작만 믿고 여기저기 일만 벌여 놨지 따로 대책을 마련해 둔 것이 없었다.

'그분이라면 무슨 수가 있겠지.'

백작은 제프리를 떠올렸다. 아무리 망했다지만 아케론 공작가는 한때 제국 최고의 가문이었다. 숨겨 둔 광산 하나 정도는 있지 않을까.

혼자 남은 디안은 픽 웃었다. 싸늘한 조소였다.

그는 몸을 돌려 아예 소파에 누웠다. 허공을 보며 언젠가 쿤이 했던 말을 떠올렸다.

『네 문제가 뭔지 알아?』

『나야 문제 많지. 한두 가지겠어.』

언제나처럼 웃으며 가볍게 받아쳤다.

『넌 사람을 안 믿어. 네 사람조차도.』

생각지도 못한 상대한테 급소를 얻어맞은 기분이었다.

웃으려 했는데 입술이 일그러졌다. 얼굴 근육이 제멋대로 경련했다.

쿤은 그때 당황한 자신을 의미 모를 시선으로 보더니 화제를 돌렸다. 그 후 쿤이 다시는 비슷한 말을 꺼내지 않았다.

쿤에게 종종 넌 가면이 몇 개냐고 타박하곤 했다. 하지만 사실은 자신도 가면을 썼다. 가면이라기보다는 자신을 스스로 지키려는 방어막에 가깝지만.

'네 말이 맞아.'

사람 좋은 척, 모든 사람을 포용하는 척하며 실상은 누구도 믿지 않았다. 자신의 출생을 숨겨야 했고 황궁에 들어온 후에는 계속 목숨의 위협을 받았다. 항상 그는 혼자였다.

믿고 싶은 사람이 필요했다. 그래서 그는 혈육에 집착했다. 외숙을 찾아 기뻤고 결혼해 얻은 아내가 사랑스러웠고 곧 태어날 아기를 생각하면 눈물이 났다.

그러나 '철왕'의 곁에 모여든 자들은 자신이 그들을, 그들도 자신을 서로 이용할 뿐이라고 생각했다. 전에는 당연한 줄 알았다. 권력이란 그런 거니까. 그런데 요즘은 조금씩 회의가 들었다.

그리고 불안했다. 쿤의 도움 없이 해낼 수 있을까.

'망할 녀석.'

디안은 투덜거렸다. 이제 와서 손 떼면 자신은 어쩌라고.

"전하."

바깥에서 시종이 문을 두드렸다.

"들어 와."

시종이 소파에 누워 있는 디안의 곁으로 다가왔다. 소파에 널브러져 누워 있는 디안을 보면서도 시종은 표정 변화가 없었다.

"리먼 공작이 입궁했습니다."

디안의 눈이 확 커졌다가 벌떡 일어나 앉았다.

"리먼 공이? 공작령의 문제가 꽤 심각하다고 들었는데 이 시기에 수도에 오다니……."

디안이 두 손으로 머리를 감싸 쥐며 한숨을 푹 내쉬었다. 이럴 때 정말 쿤과 동맹이 끝났다는 것을 체감했다.

돈도 돈이지만 정보력의 부재가 가장 아쉬웠다. 예전이라면 리먼 공작령에서 벌어지는 일을 제 손바닥 보듯 읽으며 구경했을 것이다.

칠 년 전, 쿤을 만나기 전까지 디안은 가진 게 아무것도 없었다. 그저 살아남기에만 급급했다. 라드 일족의 도움이 아니었으면 여기까지 오지 못했다. 그리고 칠 년은 디안이 독립적인 자기 기반을 마련하기에는 부족한, 짧은 세월이었다.

쿤의 빈자리는 클 것이다. 디안은 자신의 사람들이 그 자리를 채울 거라는 믿음이 전혀 생기지 않았다.

＊　　＊　　＊

패트리샤는 더그가 입궁했다는 소식을 들었다. 그녀의 얼굴에 화색이 돌았다.

"지금 어디 계시다더냐?"

"폐하를 뵌 후 은왕궁으로 가셨다고 합니다."

"너는 근처에 나가 있다가 은왕궁에서 나오시는 대로 모셔 오너라."

"예, 적왕."

패트리샤가 오라버니와의 재회를 손꼽아 기다리고 있는 그 시각, 더그는 시에나와 마주 앉아 있었다.

"오랜만입니다."

"예, 전하."

몇 달 전에 봤을 때보다 몇 년은 더 나이가 들어 보였다. 그가 겪었을 마음고생이 얼굴에 드러났다.

"폐하를 먼저 뵙고 인사를 드렸다지요. 폐하께서 따로 이른 말씀은 없습니까?"

"인사만 드렸습니다. 별다른 말씀은 없으셨습니다."

"아무 말씀도 없으셨다는 겁니까?"

"예. 그건 왜……."

더그는 생각에 잠긴 은왕의 얼굴을 흘끔거렸다.

황제는 계획했던 일이 방해를 받아 심기가 무척 불편할 터였다. 더그의 얼굴을 보면 분통이 터졌을 것이다.

'폐하께서 감정적으로 분노를 쏟을 분은 아니지만……'

황제의 침묵은 좋은 징조가 아니었다. 황제가 리먼 가문에게 호된 맛을 보여 주는 정도로 어느 정도 꼬인 심기가 풀렸다면 더그에게 뭐라고 한마디 했을 것이다.

'하긴. 끝을 볼 생각이 아니면 시작도 할 분이 아니지.'

더그가 고개를 숙였다.

"전하. 전하께서 도움을 주신 덕분으로 큰 위기를 넘겼습니다. 전하께서 저와 리먼 가문에 베푸신 은혜를 절대 잊지 않겠습니다."

"끝이 아닙니다."

"예?"

"지금은 잠시의 소강상태일 뿐이라는 거지요."

더그의 표정이 굳었다.

"전하. 뭔가를 아시는 겁니까?"

블레스 공작은 불친절했다. 더그에게 얽힌 사정을 아무것도 알려 주지 않았다. 더그가 뭔가를 물어도 란델은 퉁명스럽게 '나는 은왕 전하의 말씀에 따를 뿐.'이라는 말로 넘겼다.

란델은 가뜩이나 리먼 가문에 감정이 안 좋은 데다가 사전에 그러기로 시에나와 말을 맞췄다.

"리먼 가문은 위기를 벗어나기 어려울 겁니다. 리먼 가문의 위기를 조장하는 지휘자가 황제 폐하이시기 때문입니다."

더그의 안색이 창백하게 탈색된 듯했다. 굳어 움직이지 못하고 눈동자만 혼란스럽게 흔들렸다.

더그는 짐작조차 하지 못했다. 그만큼 황제의 작전은 은밀하고 완벽했다. 제국의 정보부 못지않은 능력을 갖춘 라드 일족의 정보부이기에 알아냈다.

"폐, 폐하께서요? 도대체 왜?"

"정말 이유를 모르십니까?"

"모르겠습니다."

"아케론 가문의 멸문. 이래도 모르겠습니까?"

더그는 황당하다는 표정으로 고개를 저었다. 표정만 봐서는 이 세상에서 가장 억울한 사람이었다.

시에나는 놀랍지 않았다. 이 정도의 연기력과 거짓말은 외숙에게 어려운 일은 아닐 것이다.

"정말 폐하께서 배후이시라면……. 이제라도 알았으니 대응하면 됩니다. 공작 가문 둘이 힘을 합하면 충분히 상황을 반전시킬 수 있습니다."

"둘이라니요?"

"블레스 공이 조금만 더 힘을 보태 주면 됩니다."

블레스 공작은 리먼 가문을 돕기는 하되 소극적이었다. 정체를 드러내지 않으려면 나설 수가 없었다. 치고받는 두 싸움꾼의 뒤에 숨은 채 몰래 돌을 던져 돕는 식이었다.

리먼 가문을 도우려고 황제를 적으로 돌리는 것은 위험 부담이 컸다. 그리고 시에나도 블레스 공작의 희생을 바라지 않았다.

"블레스 공은 지금 하는 이상으로 움직이지 않을 겁니다."

"블레스 공은 전하의 명을 받는다고 했습니다. 그러니 전하께서 한 말씀만 해 주시면……."

시에나는 더그의 말을 잘랐다.

"리먼 공."

"……예, 전하."

"정말 이유를 모릅니까?"

더그는 주저하지 않고 대답했다.

"모릅니다. 전하."

시에나는 자리에서 일어났다.

"돌아가세요."

"전하."

"거짓으로는 대화를 이어 갈 수 없습니다. 리먼 가문이 장차 어떻게 되든 나를 원망하지 마세요."

"전하. 리먼 가문을 버리시겠다는 겁니까?"

시에나가 피식 웃었다.

"비약이 심한 결론이군요. 난 솔직하지 않은 사람을 도와줄 생각은 없습니다."

"전하. 리먼 가문은 전하의 힘입니다. 어찌 전하께서 스스로 자신의 팔다리를 잘라 내려 하십니까?"

"나는 내 팔다리가 썩어 가면 그 독기가 심장에 닿기 전에 잘라 버릴 겁니다. 불편은 하겠지요. 하지만 제대로 쓰지도 못하면서 고통받는 것보다는 낫지 않습니까?"

더그의 표정이 일그러졌다. 시에나는 배신당한 사람처럼 참담해 하는 더그의 표정이 어떤 희극 보다 웃긴다고 생각했다.

그녀는 돌아섰다. 거침없는 걸음으로 응접실의 출입문을 향해 걸어갔다. 문의 손잡이에 팔을 뻗는 순간 '전하!'라는 비명처럼 내지르는 외침을 들었다.

시에나는 멈추어 서서 돌아섰다. 더그는 시에나를 쫓아와 잡을 것처럼 소파에서 몇 걸음 나온 상태로 서 있었다. 궁지에 몰린 자의 눈동자가 이글거렸다.

"전하. 다시 생각하십시오. 리먼 가문이 없으면 전하도 끝입니다."

시에나가 하, 찬웃음을 흘렸다. 협박을 협상의 방식으로 쓰는 건 오누이가 똑같았다.

"내가 황제가 되지 못하는 것이 리먼 공이 말하는 나의 끝이라면, 그런 끝은 나쁘지 않군요."

더그는 눈을 부릅떴다. 은왕의 성품을 알기에 은왕의 말이 괜한 허세가 아님을 알았다. 그래서 더 충격이었다. 어떻게 그토록 쉽게, 천하를 지배하는 그 자리를, 미련 없이 놓을 수 있을 것처럼 말하는가.

"리먼 공은 과거의 비극이 반복될 수 있다는 사실을 명심하세요. 한때 제국을 호령했던 공작 가문이 하루아침에 멸문했지요. 황제는 그게 가능한 자리입니다."

"제가…… 제가 어찌해야 한다는 말씀입니까?"

"다시 묻겠습니다. 이유를 모릅니까?"

더그는 이를 악물었다. 눈에 핏발이 섰다. 주먹 쥔 두 손이 부들부들 떨렸다.

'아버지. 전 어떻게 해야 합니까?'

리먼 가문의 주인이 되어 희희낙락했던 기간은 짧았다. 더그가 부친의 부재에 아쉬움을 처음 느낀 날부터 시간이 지날수록 간격이 점차 짧아졌다. 그는 언젠가부터 매일 아버지를 떠올렸다.

아무리 생각해도 좋은 방법은 떠오르지 않았다. 아버지는 이럴 때 어떻게 하셨을까, 고민해 봤자 자신은 아버지가 아니었다.

'내 대에서 가문을 망하게 할 수는 없어.'

"제가 아는 것을 전부 말씀드리겠습니다."

더그는 모든 힘을 소진한 표정으로 대답했다.

시에나가 움직였다. 출입문을 등지고 소파로 걸어갔다. 그녀는 더그를 지나쳐 소파에 앉았다. 고개를 숙이고 서 있던 더그도 소파로 걸어가 시에나의 앞에 마주 앉았다.

두 사람은 진짜 대화를 시작했다.

*　　*　　*

황제는 시종장의 보고를 받고 눈살을 찌푸렸다.

"정말 리먼 공이 수도를 떠났단 말이냐?"

"예, 폐하."

리먼 공작이 태양궁에 들어 인사한 후 은왕궁으로 갔다기에 오랜만이니 그저 인사하러 갔구나, 정도로 생각했다. 리먼 공작에게 은왕은 절대 놓을 수 없을 끈일 테니까.

그런데 리먼 공작이 제 누이동생도 만나지 않고 은왕궁에서 나오는 즉시 출궁했다기에 의아했다.

리먼 공작이 저택으로 귀가했는지 확인하라고 사람을 붙였다. 그런데 공작은 저택에 들르지도 않고 곧바로 수도를 떠났다. 공작령으로 돌아간 것이다.

황제는 눈을 가늘게 좁히고 생각에 잠겼다. 손가락이 팔걸이를 두드렸다.

'은왕을 만난 후 돌아갔다고? 왜? 그저 우연인가?'

황제는 자신이 감지하지 못하는 범위에서 은왕이 일을 도모한다고는 전혀 생각하지 않았다. 그는 은왕의 일과를 정기적으로 보고받았다. 그렇다고 은왕이 특별한 감시 대상은 아니었다.

황좌는 주변보다 높다. 위에서 내려다보는 지고한 자리였다. 황제는 황궁 안에서 벌어지는 모든 일을 꿰뚫어 본다고 자신했다. 대화 내용까지 전부 엿들을 수는 없어도 누가 누구를 만나는지는 파악했다.

라드 후작이 은왕궁 벽을 타 넘어 은왕의 침실에 들어간 것도 알고 있었다. 끌끌 혀는 찼지만, 추잡한 소문만 나지 않으면 뭐라고 할 생각은 없었다.

'그러고 보니 최근에……'

얼마 전, 은왕과 라드 후작이 별궁에서 밀회를 즐기다가 번진 추문은 황제가 미리 알지 못한 사건이었다.

자신의 눈 밖에서 그런 일이 벌어져 언짢았다. 하지만 가십거리일 뿐이라 '황제의 눈'이 되어야 하는 직무 관련자를 엄히 문책하지 않았다.

소문의 당사자가 은왕이 아니었으면 굳이 은왕과 후작을 불러 꾸짖지 않았을 것이다. 후작만 처벌한 건 괘씸해서였다. 황궁을 네 집처럼 헤집고 다니지 말라는 경고였다.

두 사람의 행적이 은밀할 수 있었던 이유는 라드 후작이 무슨 수작을 부렸기 때문이라고 생각했다. 은왕은 그럴 재주가 없다.

은왕의 일과는 투명했다. 정해진 시간표로 움직였고 만나는 사람도 뻔했다. 뒤로 남모르게 일을 꾸밀 성격도 아니었다. 그래서 황제는 은왕에 관한 보고는 거의 형식적으로만 받았다.

'하지만 이번에는 라드 후가 간섭하지 않은 게 확실한데……'

리먼 공작령을 뒤흔드는 작전에 누군가 훼방을 놨다. 처음엔 라드 일족을 의심했다. 그래서 알아봤더니 그쪽은 움직인 정황이 없었다. 그리고 라드 일족이 리먼 공작을 도울 이유가 없었다.

'아니지. 후작과 철왕의 동맹이 파기되었다고 하니까.'

철왕과 리먼 가문 사이의 원한 관계를 라드 후가 더는 고려할 필요가 없을 것이다.

철왕의 측근들은 쉬쉬하려 했으나 비밀은 오래 감출 수 없는 법. 철왕 측근 중 누군가가 술자리에서 말실수했고, 그게 암암리에 퍼졌다.

소식에 빠른 자들은 대부분 알았을 것이다. 다만, 동맹 파기의 이유에 대해서는 여러 말이 분분했다.

'은왕에게 마음이 흔들린 건 아닐까?' 하는 의혹도 있었지만, 소수 의견이었다.

사람들은 이렇게 말했다.

> 「설마. 말도 안 돼.」
> 「라드 후작이 여자한테 마음이 흔들려서 철왕을 배신했다고?」
> 「은왕 때문에 철왕을 배신했다면 은왕을 황제로 올리려는 계산속이겠지.」
> 「일방적인 배신이면 뭔가 사달이 났을 텐데 조용한 걸 보니 이유는 따로 있을지도 몰라.」

하지만 황제는 소수 의견에 손을 들었다.

여자한테 미친 사내가 어디까지 미친 짓을 할 수 있을까. 황제는 그 한계를 아주 높게 설정했다. 실제 자기 자신의 사례가 있기 때문이다.

에디스를 끝내 죽인 선황을 용서할 수 없었다. 그는 부친에게 복수하려 했다. 지금 리먼 가문을 흔드는 암중의 세력은 역사가 길다. 처음에는 선황을 공격하기 위한 준비에서 시작했다. 미처 실행하기 전에 선황이 죽었을 뿐이다.

선황이 몇 년만 더 오래 살았다면 제국 최초로 황실에서 존속 살해의 비극이 벌어졌을 것이다.

'라드 후가 은왕의 부탁을 받아 리먼 공작을 도왔을 수도 있지. 다시 한번 알아봐야겠군.'

황제의 눈동자가 차갑게 식었다. 방해하는 자는 용서하지 않으리라. 그의 분노는 선황의 죽음으로 갈 곳을 잃었다. 그 후 그는 텅 빈 가슴을 안고 살았다.

선대 리먼 공작이 자신을 속인 사실을 알게 된 후 황제는 분노와 동시에 희열을 느꼈다. 삶의 목표가 생겼다. 그는 표적을 다시 설정했다.

원래는 몇 년 후에 시작하려 했다. 그런데 제프리를 만난 후 옛 기억이 되살아나고 눌러둔 분노가 샘솟았다. 자다가 치미는 분노를 참지 못해 벌떡벌떡 일어났다. 몇 번 그런 후에 '내가 왜 참아야 하지?'라는 생각이 들었다.

그래서 황제는 움직였다. 그는 요즘 비로소 자신이 살아 있다는 기분이 들었다. 그의 마음속 깊이 켜켜이 쌓인 분노는 깊고 짙었다.

황제는 시종장을 불렀다. 시종장은 짧은 지시를 받고 물러갔다. 잠시 후 머리부터 발끝까지 검은 옷을 입은 자가 소리 없이 나타나 한쪽 무릎을 꿇었다.

"라드 일족이 관여했는지 다시 철저히 알아보라."

"존명."

사내는 나타났을 때처럼 조용히 사라졌다.

황제는 며칠 후 보고를 받았다. 결과는 변함없었다. 그런데 뭔가가 껄끄럽게 걸렸다.

'은왕 곁에 감시자를 붙여야 하나?'

시종장이 들어와 고개를 숙였다.

"무슨 일이냐."

"폐하. 연합국에 파병한 병사들이 귀환했습니다. 지휘관이 알현을 청하고 있습니다."

황제는 고개를 끄덕이며 일어났다. 병사들이 되돌아온 배경은 한발 앞서서 전령을 통해 보고서를 받았다. 그리고 그보다 더 먼저 연합국에서 보낸 두 명의 비밀 사신을 만났다.

양측 세력은 귀환하는 제국군들의 틈에 각자의 대표를 딸려 보내면서 약속한 것처럼 뒤로는 얍삽한 수를 썼다.

황제는 어느 쪽 손을 들어 줄지 이미 마음의 결정을 내렸다.

"긴급 현안 국정 회의를 소집한다."

자신의 결정을 회의 결과라는 이름을 빌려 공표하는 일만 남았다.

*　　*　　*

시에나는 보좌관한테 놀라운 소식을 들었다.

"황제 폐하께서 철왕에게?"

"예. 조금 전에 막 정식으로 공표되었습니다."

어제 긴급 국정 회의 결과 제국은 연합국의 요청에 따라 다시 군사를 파병하기로 했다. 더불어 황제의 격려 친서를 함께 보낼 것이라고 했다.

시에나는 연합국의 정세를 자세히 아는 덕분에 친서가 의미하는 바를 눈치챘다. 황제는 친서를 통해 연합국의 갈라진 두 세력 중 하나에 신목의 가지를 차지할 자격을 줄 것이다.

황제의 친서를 들고 갈 대표 사절은 누구일까. 시에나는 어제 공표 내용을 듣고 잠시 그렇게 생각했다. 그런데 그 사절로 철왕을 임명하다니.

'폐하는 철왕에게 제위를 물려주고 싶으신 줄 알았는데. 꿈속 미래에서는 거짓 외가까지 만들어 주셨잖아.'

황제가 해묵은 옛 감정을 자식에게까지 적용하여 철왕과 은왕, 둘을 차별한다면 절대 철왕을 사절로 임명하지 않았을 것이다.

'폐하께서는 대체 무슨 생각이시지?'

사막, 더구나 언제 내전이 일어날지 모를 위험한 곳이다. 연합국이 건국되어 제국의 제후국으로 굽히고 들어와 인식이 조금 나아졌지만, 얼마 전까지만 해도 사막은 유배지였다.

'어제 국정 회의에서 논의가 있었겠군.'

어제의 국정 회의는 전반, 후반에 거쳐 진행했다. 후반은 황제와 제후 공작 가문들 대표들만 참석한 임시 제국 의회였고 비공개 회의였다. 회의 내용을 알기 위해서는 참석자한테 직접 듣는 방법밖에 없었다.

시에나는 심부름꾼을 블레스 공작 저에 보냈다. 그날 늦은 오후, 블레스 공작이 은왕궁을 방문했다.

* * *

"어제 회의 중에 누구를 사절로 보낼지 결정하는 논의도 있었습니까?"

시에나의 물음에 공작이 고개를 끄덕였다.

"예. 후반 회의의 중심 안건이었습니다."

"최초로 철왕을 언급한 사람은 누굽니까?"

"폐하이십니다."

"폐하께서요?"

"딱 꼬집어 철왕이라고 말씀하지는 않으셨습니다."

공작은 황제가 했던 말 그대로를 은왕에게 전했다.

> 「짐의 친서를 갖고 짐의 뜻을 대변할 특사는 누가 적임이겠는
> 가? 짐은 특사에게 상당한 권한을 위임할 생각이다. 어떤 돌발 상
> 황이 발생할지 알 수 없는바, 타당한 이유만 있다면 특사가 판단
> 하여 내린 결정을 모두 승인할 것이다. 만약의 경우 특사는 신목
> 의 가지를 회수하는 역할도 해야 한다. 그대들은 의견을 제시해 보
> 라.」

황제에게 전권을 위임받는 권한 폭의 문제보다 신목의 가지를
회수한다는 상징적 의미가 더 중요했다. 그리고 그만한 특사의 역
할을 맡을 사람은 황족 외에는 없었다.

현재 황실에 특사 임무가 가능한 황족은 둘, 은왕과 철왕뿐이었
다. 그러니 황제는 간접적으로 둘 중 누가 좋겠냐고 의견을 구한 셈
이었다.

"철왕을 가장 먼저 정확히 호칭한 사람은 리먼 의원이었습니다."

리먼 공작은 영지로 내려갔으니 리먼가의 가신이 대리 참석하여
제국 의회의 의원 역할을 맡았다.

"리먼 의원은 전에도 철왕이 외교 사절로 사막에 다녀온 적이 있으니 초행길도 아니고 과거의 경험을 바탕으로 특사의 임무를 훌륭히 완수할 수 있을 거라고 했습니다."

시에나는 쓴웃음을 지었다. 아마 리먼 공작이 그 자리에 있었어도 같은 주장을 했을 것이다. 얼핏 철왕의 경력을 띄워 주는 듯하지만, 과거에 철왕을 사막으로 등 떠밀어 보낸 사람이 리먼 공이었다.

'아마 그때 기회를 봐서 철왕을 죽이려 했겠지.'

쿤과 철왕이 어떻게 만났는지 쿤한테 들었다. 그때 철왕이 사막에 가지 않았다면 쿤을 만나지 못했다.

'쿤이 철왕을 돕지 않았으면 아마 리먼 공과 어머니는 철왕을 더수월하게 치울 수 있었을 거야.'

세상일은 참 절묘하다. 그들은 자신이 놓은 덫에 자신이 걸렸다.

"별 이견이 없었습니다. 폐하께서 '다른 의견은 없는가'라고 두번 더 하문하시고 철왕을 특사로 임명하겠노라 말씀하셨습니다."

"이견이 없었다고요? 그로시 공도 찬성했다는 겁니까?"

란델은 회의가 끝날 때까지 잔뜩 굳은 표정의 그로시 공작을 떠올렸다. 손녀가 출산을 앞둔 상태라 손녀사위가 험지로 떠나게 되어 마음이 몹시 불편했을 것이다.

"그로시 공이 반대를 외쳐 봤자 대안은 없습니다. 나서도 안 될일인데 굳이 혼자서 투사를 자처할 필요는 없다고 생각했을 겁니다. 은왕 전하와 철왕 전하, 두 분 중 한 분은 가야 합니다. 차기 계승권자인 은왕 전하를 보내자고 누가 말할 수 있겠습니까?"

시에나는 한 가지 사실을 추측했다.

'그로시 공작은 모르는구나.'

철왕의 출생을 그로시 공작이 알았다면 결사반대했을 것이다.

"형식적인 반대도, 아무도 하지 않았다고요?"

"예."

란델은 어제 회의에 별다른 의미를 두지 않았다. 그런데 시에나가 심각한 표정으로 캐묻자 회의 내용을 다시 되짚었다. 그는 만장일치처럼 철왕이 특사가 된 배경을 나름대로 추측했다.

"아마 라드 후작이 철왕 전하한테 등 돌렸다는 소문이 나서 그랬을지도……."

시에나가 인상을 썼다.

"라드 후작을 고려할 필요도 없어졌으니까요."

"……그런 소문이 났습니까?"

"예. 철왕 전하 측에서 나온 소문이라 다들 기정사실로 받아들입니다."

"……."

공작이 크흠, 낮게 헛기침했다.

"제 마음 같아서는 사실 어제 리먼 의원 의견에 적극적으로 동조하고 싶었습니다만."

"공!"

시에나가 정색했다. 공작이 얼른 손을 내저었다.

"그러지 않았습니다. 그냥 입 꾹 다물고 있었습니다."

란델은 은왕을 지지하는 공식적인 행동이나 발언을 하지 않기로 시에나와 약속했다.

그는 제프리를 만난 며칠 후 은왕궁에 찾아갔다. 단도직입적으로 물었다.

　「전하. 제가 들은 얘기가 있습니다. 철왕의 출생의 비밀을 아십니까?」

엄청난 비밀을 터뜨린다는 거리낌은 없었다. 왠지 은왕은 알고 있을 거라는 기분이 들었다.

　「압니다.」

역시 은왕은 담담하게 고개를 끄덕였다.
란델은 자신 나이의 반도 되지 않는 은왕의 속내를 도무지 짐작할 수 없었다. 계승 서열이 바뀐다는 의미를 설마 은왕이 모르는 건 아닐까, 하는 생각마저 들었다.

　「대체 무슨 생각이십니까?」
　「철왕이 제위에 오르는 것이 순리라면 나는 거스르지 않으려 합니다.」

무슨 정신 나간 소리냐고, 버럭 소리칠 뻔했다. 차마 은왕을 비난하지는 못하고 라드 후작, 그 사기꾼 같은 놈이 전하를 능멸했다고 이를 갈았다.

「그자가 간악한 세 치 혀로 그게 순리라고 했습니까?」

「아니에요. 내가 알고 있다는 것을 라드 후도 몰랐어요.」

「뻔뻔한 것도 정도가 있지! 철왕을 제위에 올리려고 뒷공작 하는 중에 전하께 수작을 부렸다는 거 아닙니까!」

란델은 극도로 흥분했다. 교양 있는 공작님인 척하던 가면이 벗겨졌다. 그는 원래 입이 걸었다. 실컷 라드 후작에게 거친 욕설을 퍼붓고 나서야 조금 진정이 됐다.

놀라서 크게 뜬 눈으로 자신을 보는 은왕과 시선을 마주치고 멋쩍게 웃었다. 화가 가라앉으니 진심으로 은왕이 걱정됐다.

「전하. 그간 얼마나 마음고생이 많으셨습니까?」

「항상 죽음의 위협을 겪은 철왕만 하겠습니까. 공에게 미안합니다. 공은 온 힘을 다해 나를 도와줬는데 나는 훗날의 영광을 약속할 수가 없군요.」

가식도 위선도 없는 은왕의 미소는 눈이 부셨다. 그래서 그날 란델은 더는 아무 말도 하지 못했다.

그는 심란한 표정을 짓고 있는 은왕의 안색을 살폈다. 소리 없이 한숨을 내쉬었다.

'아까워. 아깝단 말이지.'

은왕이 황제가 된 후 한자리 얻으려는 욕심이 있어서가 아니었다. 은왕이 장차 황제가 되어 다스릴 제국의 미래를 기대했기에 아쉬움이 컸다.

철왕의 사람됨은 모른다. 하지만 이미 완벽한 제왕감이 눈앞에 있었다. 다른 곳에 눈 돌릴 마음이 들지 않았다.

'두 분의 재능은 내가 비교할 기회가 없어 모르겠지만, 외적 조건은 비슷해.'

은왕에게는 리먼 가문, 철왕에게는 제프리 아케론. 힘이자 동시에 짐이 될 존재가 곁에 있었다.

'은왕 전하께서는 리먼 가문에 끌려다닐 분이 아니야. 그러면 은왕 전하가 낫지.'

복수심에 가득 찬 제프리가 권력을 잡으면 제국은 혼란스러워질 것이다.

"······모르겠어요."

한참 고심하던 시에나가 중얼거렸다.

"무엇을 고민하십니까?"

"폐하께서는 왜······. 철왕을 특사로 보내는 의견에 반대하지 않으셨을까요?"

"폐하께서 왜 반대를 하십니까?"

"폐하께서 철왕의 모친을 깊이 마음에 품으셨다고 들었어요. 철왕은 연인의 아들이잖아요."

란델의 눈이 커졌다가 껄껄 웃었다.

"폐하께 철왕, 은왕. 두 분은 다르지 않습니다."

"다르지 않아요?"

"예. 폐하께 철왕이 남다른 존재였다면 지금껏 철왕을 저대로 두셨을 리가 없지요."

란델은 디안 황자가 에디스의 아들이라는 사실을 알자마자 황제에게 자식은 안중에 없다는 것을 알아차렸다.

그리고 리먼 가문을 공격하는 배후가 황제뿐이라는 사실을 알고 난 후 오직 자신의 감정에만 매몰된 황제의 상태도 파악했다.

'유감스럽게도 자네는 모르는 것 같지만.'

란델은 친구를 떠올리며 중얼거렸다. 황제는 결코 철왕의 보호막이 되어 주지 않을 것이다.

*   *   *

제프리는 한가롭게 차를 마시는 황제의 면상을 보자 속에서 뜨거운 것이 치밀었다. 감정이 표정에 드러나기 전에 고개를 숙였다.

"인사 올립니다. 폐하."

"무슨 일인가."

황제의 목소리는 심드렁했다. 휴식을 방해받아 언짢은 기색이었다.

제프리는 이를 꽉 악물었다. 일부러 중정에서 쉬는 황제를 찾아왔다. 서재나 집무실보다는 황제와 좀 더 허심탄회한 대화를 나눌 수 있을까, 기대했다.

"긴히 드릴 말씀이 있습니다. 폐하."

"길어질 얘기면 이따 서재로 오게."

"소신이 마음이 조급하여 기다리지 못하겠습니다. 소신에게 조금만 시간을 내어 주십사 청하옵니다."

황제의 무심한 시선이 제프리에게 닿았다. 황제가 손을 가볍게 휘둘렀다. 주변의 시종들이 일제히 물러갔다.

"앉게."

"황공하옵니다, 폐하."

제프리가 의자를 잡아당겨 테이블에 앉았다.

"폐하께서 하루에 한 번은 꼭 중정을 찾으신다고 들었습니다."

제프리는 본격적인 대화에 들어가기 위해 분위기를 풀어 볼 겸 무난한 화제를 꺼냈다.

"저것."

황제가 손가락으로 가리켰다. 제프리가 등지고 앉은 방향이라 몸을 완전히 틀고 고개를 돌려야 했다.

"줄기에 흰 반점이 있는 나무, 보이나?"

"예."

"자네 누이가 내게 준 거야."

제프리의 눈 밑이 파르르 떨렸다. 잊었던 고향의 정경이 눈앞에 펼쳐졌다. 아케론 공작령 근방에서 자라는 편백나무의 일종이었다.

"저 나무가 어떻게……. 특이한 토질에서만 자랍니다."

"그렇다더군. 처음엔 화분이었지. 후에 아케론 공작령에서 흙을 퍼와서 저리 옮겨 심었고. 저 나무가 사람의 기운을 맑게 해 준다지."

"예……."

제프리는 촉촉하게 젖어 드는 눈을 빠르게 깜빡거렸다.

'저 나무를 보려고…….'

황제가 중정에서 휴식을 취하는 이유를 알았다.

'마침 잘 됐군.'

철왕에 관한 이야기를 하려고 왔다. 황제의 심장이 아무리 차가워도 에디스를 떠올리게 하는 나무를 보면서 에디스가 남긴 아들을 외면하지 못할 것이다. 제프리는 다시 돌아서 앉았다.

"폐하. 연합국으로 파견할 특사로 철왕을 임명하셨다고 들었습니다."

"그랬지."

제프리가 비장한 목소리로 말했다.

"폐하. 부디 재고해 주시옵소서."

황제는 한 손으로 턱을 괸 채 나무를 보다가 눈동자만 슬쩍 돌렸다.

"의원들과 회의하여 결정된 거다."

"폐하께서 결정권자이십니다."

"철왕이 안 가면, 누구를 보내?"

"철왕이 아니라도 갈 사람은 있습니다."

제프리는 은왕을 대놓고 언급하지는 않았다. 하지만 말한 것과 다름없었다. 철왕 외에 갈만한 황족은 은왕뿐이니까.

두 사람의 시선이 마주쳤다. 황제는 희미한 반감을 드러내는 제프리의 눈빛을 보며 피식 웃었다.

딴에는 감추려고 하는데 어설픈 것인지, 일부러 그러는 것인지 몰라도 제프리의 눈 속에는 적의에 가까운 분노가 있었다. 저런 건방진 눈초리, 다른 자라면 가만두지 않았다. 하지만 황제는 모른 척했다.

단지 그녀의 오라버니이기 때문에 용서하는 것은 아니었다. 제프리의 눈을 보면 황제는 자극받았다. 그녀와의 옛 추억이 더욱 생생하게 되살아났다.

"철왕이 가서는 안 되는 이유는?"

"위험합니다. 사막은 괴물이 출몰하는 지역 아닙니까. 그리고 철왕비가 출산을 앞두고 있습니다. 오가는 기간을 예측할 수 없으니 최악의 상황으로는 철왕이 아이의 출산을 지켜보지 못할 수도 있습니다. 그리고 철왕의 계승 서열이 회복되면 철왕이 폐하의 후계입니다."

"혼자 가는 것도 아니고 군대를 함께 파병하는데 무슨 위험? 철왕비의 출산 시기에 맞추지 못한다고 해도 뭐가 문제인가. 철왕비는 황궁 안에서 안전하게 출산할 텐데. 철왕의 계승 서열이 바뀌건 말건 관계없지. 철왕과 은왕, 어차피 둘 중 하나는 내 뒤를 이을 테니까. 자네 의견은 전부 기각이야."

"폐하!"

제프리는 버럭 언성을 높였다가 이를 악물었다. 황제의 노여움을 샀다가는 상황만 더 나빠질 것이다.

"디안은 에디스의 아들입니다."

황제의 시선이 먼 곳을 향했다. 제프리는 황제가 자신의 등 너머 뒤쪽, 편백나무를 본다고 생각했다.

"에디스가 그때 아이를 갖지 않았으면, 그렇게 죽지 않았어."

제프리가 눈을 부릅떴다. 테이블에 올려놓은 두 손이 부들부들 떨렸다. 그는 주먹을 꽉 쥐었다. 속마음으로는 이미 몇 번이나 주먹으로 황제의 얼굴을 후려쳤다.

"폐하. 어떻게 그런 말씀을……."

"지나간 일은 얘기해 봤자 소용없지. 철왕에게 유감은 없다."

제프리의 긴장이 조금 풀렸다.

"철왕이 특사로 가기 싫다고 하던가?"

제프리는 대답하지 못하고 머뭇거렸다. 황제를 만나러 온 것 자체를 디안은 모른다.

"가기 싫으면 본인이 내게 직접 와서 말하라고 해. 자네 뒤에 숨지 말고."

"폐하. 철왕이 저를 대신 보낸 것이 아닙니다. 제가 멋대로."

"그러니까. 왜 자네가 멋대로 판단하나?"

"……."

황제가 일어났다. 제프리는 일어나 예를 차리지 않았다. 황제는 제프리의 무례를 대수롭지 않게 넘겼다.

"철왕이 오라고 해. 하기 싫은 사람이 특사 임무를 맡으면 안 되지."

황제가 제프리를 지나쳐 걸어갔다. 사라졌던 시종들이 어느새 다시 나타나 줄줄이 황제의 뒤를 따라갔다.

제프리는 앉은 자세로 한참을 움직이지 못했다. 속이 들끓었다. 분노를 터뜨리지 않기 위해 계속 숨을 삼켰다.

제프리는 조사관이 되어 자신의 생존을 세상에 알린 후 아케론 가문의 생존자와 연락이 닿았다. 그들은 신분을 감추고 여전히 아케론 공작령에서 살고 있었다. 정기적으로 연락을 주고받던 중에 그들이 리먼 공작령에서 벌어지는 심상치 않은 일들을 귀띔해 주었다.

제프리는 황제가 복수를 시작했다고 확신했다. 리먼 가문에 대한 원한은 황제와 자신이 한뜻인 줄 알았다. 황제를 찾아가 완급을 조절하시라고 요청했다.

「폐하. 리먼 가문을 망가뜨리는 것은 길게 보면 좋지 않습니다.」

황제는 싸늘하게 대꾸했다.

「주제넘군.」

무안을 당하고 돌아서 나오며 뭔가 어긋나는 기분이 들어 찜찜했다. 그런데 이제는 분명히 알았다.

'황제는 죽은 에디스도 철왕도 안중에 없어. 제 분노만 해소할 뿐이야.'

　　　　　*　　　*　　　*

철왕이 사막의 특사로 파견된다는 소식을 듣고 기뻐하는 사람이 있었다.

'철왕이 사막으로?'

패트리샤의 눈이 표독하게 번뜩였다. 보금자리에 처박혀 꼼짝하지 않는 철왕을 도무지 어떻게 할 방법이 없어서 그동안 속만 끓였다.

지긋지긋한 장해물이었던 라드 후작도 철왕의 곁에서 떨어져 나갔다지 않는가.

'이 좋은 기회를 그냥 버릴 순 없지.'

철왕을 눈앞에서 치워 버릴 마지막 기회인지도 모른다.

제국은 황제라는 절대자 아래에 2인자인 제후를 인정하는 구조였다. 왕은 황제의 인가 아래에 폭넓은 권한을 가지며 왕을 해하는 일은 황제의 권위 도전으로 해석했다.

황족이 왕의 칭호와 봉토를 받으면 제후가 된다. 따라서 디안 황자가 철왕으로 책봉 받은 이후 철왕을 함부로 건드릴 수 없게 되었다.

패트리샤가 아무리 핏대를 세우며 철왕 제거에 목소리를 높여도 패트리샤가 황궁 안에서 할 수 있는 일은 한계가 있었다. 리먼 가문이 적극적으로 지원해 줘야 하는데 더그는 소극적이었다.

어차피 은왕이 제위에 오를 텐데 왜 예민하게 구느냐는 식이었다. 패트리샤는 오라버니의 안일함이 못마땅했다.

'그때 없앴어야 했는데.'

디안 황자를 사막의 사절로 보냈을 때. 그 최적의 기회를 놓친 것이 두고두고 아까웠다.

'그날의 실패를 이번에는 반드시 만회해야지.'

철왕의 책봉식 이후, 패트리샤는 계속 얹힌 것처럼 명치가 답답했다. 이 체기는 철왕을 없애야 사라질 것이다. 은왕의 앞날에 작은 돌부리도 용납할 수 없다.

'오라버니가 안 계시니까 차라리 잘 됐어. 도움은커녕 방해나 안 되면 다행이지.'

패트리샤가 입술을 삐죽였다. 얼마 전에 더그가 오랜만에 입궁해서 자신을 보지도 않고 가 버렸다. 그날의 서운함이 아직 풀리지 않았다.

'오라버니는 과단성이 부족해. 아버지를 도통 닮지 않았어.'

공작령에서 벌어진 난리를 지금껏 수습하지 못한 것만 해도 그렇다. 처음엔 걱정했지만, 시간이 지날수록 한심했다. 아버지가 살아 계셨으면 이런 소란은 없었을 것이다.

'철왕을 없애면 나머지는 별것 아니지.'

패트리샤는 철왕비를 떠올리며 코웃음 쳤다. 세상 물정을 모른다고 얼굴에 쓰여 있었다. 그런 애송이에게 손쓰는 건 간단했다.

패트리샤는 공식적으로 단 한 번도 비올렛을 불편해하는 감정을 드러낸 적이 없었다. 오히려 호감으로 대했고 철왕비의 임신 소식을 들었을 때도 곧바로 축하 소식을 보냈다.

패트리샤가 평소에 온화한 모습은 꾸민 채 뒤로 괴롭히는 짓을 해 왔다면 사람들은 그녀의 이중성을 알아차렸을 것이다. 대놓고 싫어하는 사람을 해코지하는 건 조잡한 수법이다.

사교계에서 패트리샤는 호불호가 분명하다고 소문이 났다. 적왕의 눈 밖에 나서 사교 모임에 나타나지 못하는 자들이 여럿이었다.

적왕의 성품이 고약하지만, 비위만 잘 맞추면 탈이 없다고 사람들은 생각했다.

심술은 부리지만 겉과 속이 다른 음모를 꾸미지는 않을 사람이라고 패트리샤는 적당하게 자신의 이미지를 만들었다. 사교계에서 폭군처럼 구는 것도 어느 정도는 계산속이었다.

어리석은 대중은 보이는 대로 믿었다. 그리고 성격 나쁜 윗전 행세는 장점이 많았다. 사람들은 평소 무서운 사람이 어쩌다 부드러우면 칭송하지만, 그 반대의 경우는 오히려 비난하기 때문이다.

오래전, 디안 황자를 사막의 사절로 보낼 때 적왕과 리먼 가문이 관여했다. 다들 수군거렸지만 그러려니 했다. 패트리샤가 디안 황자를 눈엣가시처럼 여기는 태도를 숨기지 않았기 때문이다.

하지만 아는 것은 거기까지다. 디안을 사막으로 쫓아낸 정도를 넘어 죽이기 위해 적극적으로 손을 쓴 정황을 의심한 자는 없었다. 당시 디안이 겪은 죽음의 위기를 사람들은 불운한 사고로 생각했다.

패트리샤는 시녀를 불렀다.

"출궁 준비를 해라. 지난 기일에 찾아뵙지 못한 아버지 묘소에 들를 참이니 소란스럽게 굴지 마라."

"예, 적왕."

패트리샤는 검은 옷을 갖추어 입고 소박한 일행을 구성해서 출궁했다.

지난달 말이 선대 리먼 공작의 첫 기일이었다. 그런데 리먼 공작령에 뒤숭숭한 일이 터진 와중에 더그도 수도에 없으니 기일은 흐지부지 넘어갔다.

얼마 전에 더그가 잠깐이나마 수도에 왔었으니 패트리샤가 뒤늦게 기일을 챙기는 건 이상하지 않았다.

패트리샤는 선대 리먼 공작의 묘소를 참배 후 리먼 공작 저에 들렀다. 공작부인은 물론 공작가의 가신들까지 마치 가주를 맞이하듯 뜰 아래로 내려왔다. 마차가 열리고 패트리샤가 내리자 입을 모아 인사했다.

"어서 오시옵소서. 적왕."

"다들 오랜만이오."

선대 리먼 공작의 살아 있을 때만 해도 패트리샤는 한 달에 서너 번은 공작 저에 들렀다. 패트리샤는 언제나 리먼 공작 저의 최고 귀빈이었고 선대 공작의 죽음 후에도 그녀의 위상은 아직 남아 있었다.

적왕이 움직이는 대로 공작가의 가신들이 따라갔다. 한 걸음 뒤에서 따르던 공작부인은 어느새 하녀들과 사라졌다.

공작부인은 전통은 있으나 세력 없는 가문 출신이었다. 선대 공작이 며느리의 집안이 리먼 가문에 잡음을 일으키는 꼴은 못 본다며 직접 골랐다.

공작부인은 결혼 후부터 지금까지 그림자처럼 조용히 내조만 했다. 타고난 성품도 조용한 편이었다. 적왕과 기 싸움할 생각은 전혀 하지 않았다.

패트리샤는 가신들과 응접실로 갔다.

더그는 오랫동안 저택을 비웠고 가신 중 상당수는 공작령으로 내려갔다. 현재 수도의 공작 저에 남아 빈집은 지키는 자들은 요긴한 쓰임새의 인재들은 아니었다.

"적왕께서 이렇게 살피러 와 주시니 안심입니다."

"타계하신 공작 각하의 첫 기일을 제대로 모시지 못하여 저희가 죄스럽습니다."

"공작령의 상황은 갈수록 나아지고 있다고 하니, 각하께서도 조만간 돌아오시겠지요. 저희야 기다릴 뿐입니다."

패트리샤는 불안해하는 공작가 가신들을 다독여 주었다. 그들이 물러간 후 패트리샤는 집사를 불렀다.

"자네 양부를 만나야겠네."

집사가 움찔했다. 선대 공작의 생전에는 집사의 양부가 공작 저의 살림을 맡았다.

집사의 양부는 선대 공작이 죽기 몇 년 전에 은퇴했다. 양아들에게 집사직을 물려주고 조언만 하다가 선대 공작의 죽음 이후 완전히 뒷방으로 물러났다.

패트리샤는 머뭇거리는 집사에게 호령했다.

"뭐 하는가. 당장 불러오지 않고!"

"……예, 적왕."

집사는 대답 후 물러갔다. 패트리샤는 손님이므로 명령권은 없었다.

하지만 더그의 부재중인 지금 같은 상황에서 공작 저의 누구도 패트리샤의 지시를 무시할 수 없었다.

선대 공작은 아들보다 딸을 더 믿음직하게 생각했다. 생전에 가신들 몇을 조용히 불러 이른 적이 있었다.

「내 뒤는 더그가 잇는다. 자네들은 더그를 나처럼 여기며 충심
으로 보필해야 할 것이다. 다만…… 만에 하나, 급박한 상황에 더
그와 논의하지 못할 때는 적왕에게 의견을 구하라.」

선대 공작은 함구령을 내려 이 말이 더그의 귀에 들어가지 못하
게 했다. 더그가 혹시라도 누이동생에게 감정이 상할까 염려해서였
다.

패트리샤가 찻잔을 반쯤 비웠을 때 바깥에서 응접실 문을 두드
렸다. 조용히 문이 열리고 지팡이를 짚은 노인이 들어왔다.

노인의 걸음걸이는 힘겨웠으나 안광은 또렷했다. 노인을 보는
패트리샤의 미간에 살짝 주름이 잡혔다가 펴졌다.

생전에 부친께서 누구보다 신뢰했던 수족이었다. 자식에게도 못
할 말을 고작 집사 따위와 논의한다는 게 못마땅했다.

더구나 저자의 내력은 비밀이었다. 공작가에 오기 전까지 어디
서 뭘 했는지 모른다.

'아버지는 끝내 말씀해 주지 않으셨지.'

패트리샤는 그저 드러내지 못할 더러운 일을 저자의 손에서 처리
했다고 추측할 뿐이었다. 웃는지 마는지 알 수 없는 모호하고 음산
한 눈빛 때문일까. 저자를 보면 때때로 오싹한 기분이 들어 불쾌했
다.

패트리샤는 고작 집사 따위에게 위협을 느끼는 것이 언짢았다.
그래서 저자가 싫었다. 오라버니인 더그는 자신보다 더 저자를 싫
어했다.

"어쩐 일로 적왕께서 이 늙은이를 찾으셨습니까?"

"자네 도움이 필요해."

노인이 히죽 웃었다. 쭈글쭈글한 입술 주름이 팽팽하게 늘어났다.

3장

위대한 소원

시에나는 몹시 기다리던 서류를 받았다. 봉토의 대관이 보낸 현황 보고서였다.

봉토 영지민들이 특용 작물 재배에 본격적으로 착수했다. 쿤은 약속한 대로 향삼의 씨앗을 지원해 주었다. 향삼의 재배법에 정통한 전문가가 씨앗을 들고 봉토에 갔다.

훗날 수확 후 수익의 일정 비율 만큼 라드 상단과 나눠야 하지만, 현재로서는 무상 지원을 받는 셈이었다.

그런데 펼쳐 놓은 서류가 눈에 들어오지 않았다. 글자는 기호처럼 무의미해지고 자꾸 집중력이 흐트러졌다.

'철왕이 특사로 가면 언제 올지 알 수 없어.'

비올렛이 황궁에 혼자 남게 된다. 최악의 경우에는 철왕이 없는 상태로 출산할지도 모른다. 하필 이 시기에 철왕이 수도를 떠나는 것이 마음에 걸렸다. 이건 꿈에서는 벌어지지 않은 사건일 것이다.

꿈에서는 페로 연합국이 아니라 페로 왕국이었다. 현실에서는 쿤이 간섭하여 사막의 부족들이 연합국을 건국했다. 그럼 꿈속 미래에서는 어떤 일이 벌어졌을까.

'사막 부족들은 최후의 승자가 나올 때까지 계속 싸웠겠지. 그 부족이 왕국을 건국했으면 건국 시기는 현실보다 더 나중일 거야. 그러니까 미래의 이 시기에는 사막에 나라가 아직 세워지지 않은 상태지.'

사막 안에서 저들끼리 싸우거나 말거나 제국은 관여하지 않았을 것이다. 그러니 제국에서 군사를 파병할 이유도 없다. 특사 파견도 없다.

시에나는 책상에서 일어났다. 집무실 안을 돌아다니며 생각을 확장했다. 또 다른 미래에서 이 시기에 벌어질 사건들을 추측했다.

'지금쯤 철왕은 거짓 외가를 얻어서 서열 회복이 되었을까? 나와 철왕은 서로를 극도로 경계하는 관계겠지. 그리고 비올렛의 회임 시기가 현실과 비슷하다면……'

아이는 유산 혹은 사산되었을 것이다.

아무래도 무사히 태어난 후에는 건드리기 어렵다.

아이가 태어나면 황족을 보살피기 위한 유모를 비롯한 인력들이 새로 배정된다.

패트리샤의 재주가 아무리 좋아도 그들을 전부 매수할 수도, 전부 속일 수도 없다.

'딱 이즈음이야.'

시에나는 걸음을 멈추었다.

아이가 태어나기까지 앞으로 몇 개월이 고비다. 그런데 그 기간에 철왕이 황궁에 없다.

'철왕이 없으면 내가 비올렛을 보호하는 데에 한계가 있어.'

시에나는 비올렛이 진심으로 무사히 출산하기를 바란다. 비올렛도 아이도 건강하기를 바란다.

하지만 주변에서는 시에나의 진의를 의심할 것이다. 특히 비올렛의 친정, 그로시 공작가에서는 시에나의 호의를 순수하게 받아들이지 못할 것이다.

중간에서 철왕이 매개해 주지 않으면 아마 비올렛의 얼굴도 보지 못하게 될지도 모른다. 그리고 황궁의 장악력은 시에나보다 패트리샤가 훨씬 위에 있었다. 패트리샤가 작정하고 손을 쓰면 시에나는 속수무책이었다.

시에나는 철왕비의 보호자가 아니기 때문이다. 철왕이 없으면 철왕비의 보호자는 황제와 적왕이었다.

'폐하께서 비올렛을 보호해 주실까?'

시에나는 고개를 저었다. 자식에게도 정이 없는데 태어나지도 않은 손자를 과연?

"전하."

바깥에서 문을 두드렸다.

대답하자 시녀가 들어왔다.

"전하. 손님이 기다리고 있습니다."

"손님? 오늘 접견 예정이 있던가?"

"아닙니다. 연락 없이 갑자기 찾아온 손님입니다. 오늘 꼭 전하를 뵈어야 한다는데 제 선에서 판단이 어려워 여쭈러 왔습니다."

"누구길래?"

"선황 폐하를 모셨던 시종장이라고 합니다."

시녀가 절차를 지키지 않은 손님을 되돌려 보내지 못한 이유가 충분했다.

전대 시종장이라니. 확실히 범상한 손님은 아니었다.

"알았다. 손님을 응접실로 모셔라."

"예, 전하."

시에나는 전대 시종장에 관해 아는 정보를 되짚었다.

선대 황제의 시종장으로서 선황을 보좌했으며 선황이 무척 아꼈다. 선황이 '내가 죽은 후 시종장을 수도원에 보내지 말라'고 생전에 몇 번을 말했을 정도였다. 선황 서거 후 그는 여생을 궁 밖에서 보내고 싶다고 소원했다. 황제가 청을 들어주어 출궁했다.

전대 시종장의 근황은 가끔 사람들 입에 오르내렸다. 하사받은 작은 저택에서 한가로운 여생을 보낸다더라, 누군가 사교 파티에서 떠드는 말을 들었다.

시에나는 전대 시종장의 이름을 기억했다.

만난 적은 없지만, 그의 이름은 세간에 널리 알려졌다.

판.

그는 자신을 직책보다 이름으로 불러 주기를 바랐다고 한다.

궁인들이 그를 '시종장님'이 아니라 '판 님'이라고 불렀다. 그래서 그의 이름은 모르는 사람이 없었다.

'왜 날 만나러 왔지?'

아무리 생각해도 짐작 가는 점이 없었다.

시에나는 집무실을 나와 응접실로 들어갔다. 온몸이 빼빼 마른 노인은 소파에 앉지 않고 서서 기다렸다. 시에나가 들어오자 깊이 허리를 굽혔다.

"와서 앉으시오."

시에나가 먼저 소파에 앉아 권한 후에야 노인은 두 손을 앞으로 모은 자세로 소파로 걸어왔다. 상대를 높이고 자신을 낮추는 태도가 몸에 뱄다.

"은왕 전하께 인사 올립니다. 위대한 아르의 축복 아래에 신족의 성스러운 염원을 이루시길."

시에나는 얼떨떨한 표정으로 고개를 끄덕였다.

"고맙소."

예스러운 황실 인사말이었다. 거창하고 길어서 쓰지 않은 지 오래되었다. 누군가한테서 옛 인사를 받은 건 처음이었다. 아마 요즘 귀족들은 거의 모를 것이다.

고서의 기록에 따르면 제국의 초기에는 지금보다 종교적인 색채가 훨씬 강했다. 황제는 권력자라기보다는 신의 사제에 가까웠다.

애초에 황궁은 신전이었다. 세월이 흐르며 세속화되었다. 점점 황권은 강화하고 종교적 의미는 약화하였다. 옛날에 비해 황실 제례의 횟수는 줄고 절차도 간소해졌다.

'신족의 염원이라……'

무심코 판이 건넨 인사말을 되뇌다가 시에나는 멈칫했다.

'위대한 축복, 성스러운 염원. 위대한…… 염원은 소원이니까. 위대한 소원?'

억지로 끼워 맞추는 것이라도 좋다. 그녀가 그토록 찾아 헤맸던 '위대한 소원'에 대해 단서를 처음 발견했다. 심장이 두근거렸다.

'서고에 가 봐야겠어.'

그녀의 마음이 급해졌다. 얼른 손님을 보내고 고서를 뒤지고 싶다는 생각이 머릿속에 가득 찼다.

시에나는 딴생각에 빠져 잠시 눈앞의 손님을 잊었다. 뒤늦게 시선을 들다가 자신을 빤히 보고 있는 판과 눈이 마주쳤다. 판이 데인 것처럼 움찔하며 얼른 눈을 내리깔았다. 악의는 없으나 왠지 관찰하는 시선이었다.

"왜 나를 보자고 했소? 음, 그대는…….''

"판이라고 불러 주십시오."

"……판. 우리가 전에 만난 적이 있었소?"

"아닙니다. 소인은 먼발치에서 전하를 뵈었으나 전하께서는 소인을 처음 보실 겁니다. 이토록 훌륭히 장성하시다니. 승하하신 선황 폐하께서도 무척 자랑스러워하실 겁니다."

"판. 다른 일정이 있으니 시간을 오래 낼 수 없소. 용무가 무엇이오?"

판이 싱긋 웃었다.

"소인이 살날이 얼마 남지 않았습니다."

"……."

시에나는 떨떠름한 표정을 지었다.

난생처음 보는 사람이 대뜸 찾아와 곧 자신이 죽는다고 고백했다. 그것도 웃으면서.

동정을 바라는 걸까. 죽기 전에 이루고픈 소원이라도 말하러 온 걸까.

"올 초에 올해를 넘기기 어렵겠다는 진단을 들었습니다. 여름이 되기 전까지만 해도 그만저만했는데 지난달부터 상태가 급격히 나빠졌습니다. 이달을 넘기기는 어렵지 않을까, 생각하고 있습니다."

판의 태도는 인상적이었다. 자기 죽음을 말하면서 목소리는 담담했다. 절박해 보이지도 않았다. 현실을 부정하는 것 같지도 않았다.

"전하를 뵈러 오기 직전에 황제 폐하를 먼저 뵈었습니다. 마지막 인사를 드리고 싶었지요."

시에나는 황당했지만, 판의 말을 잠자코 들었다. 모르는 사람이라도 죽는다니 딱하다. 하소연 몇 마디 정도 들어 주는 게 뭐가 어려울까 싶었다.

판의 말을 듣고 유심히 보니 곳곳에 병세의 징후가 보였다.

피골이 상접하다는 표현 그대로 빼빼 말랐다. 눈 밑은 시커멓게 죽었다.

특이하게도 표정에 억울함은 없었다. 오히려 후련해 보였다.

"황제 폐하를 뵙고 폐하의 소생이신 두 분 전하를 뵈어도 된다는 허락을 받았습니다. 그러니 소인이 여기 온 것을 폐하도 알고 계십니다."

시에나는 눈살을 찌푸렸다.

마치 '나중에 문제가 생기지 않도록 조치했다.'라는 뜻으로 들렸다.

"왜 폐하께 허락을 구했소?"

"오래전 황궁을 떠난 소인이 갑자기 입궁해 전하를 뵈면 폐하께서 의아해하시지 않겠습니까? 혹시 모를 일을 방지하기 위해서입니다. 의심이 많은 분이니까요."

"폐하께서 의심이 많으시다고?"

"전하. 제위는 그런 자리입니다."

"……."

말문이 막혔다. 시에나는 헛웃음을 흘렸다.

이 보잘것없어 보이는 노인은 한때 황제의 수족으로서 제후 못지않은 권력을 누렸을 것이다.

"그대의 목적이 오직 날 만나는 것을 전제로 하면 그렇겠지."

"예. 전하. 전하를 뵈러 왔습니다."

시에나는 가늘게 눈을 좁혔다.

"……왜?"

"선황 폐하의 유언을 전해 드리기 위해서입니다."

"내게만?"

"예. 전하께만 전해 드리라는 것도 선황 폐하의 유언이었습니다."

시에나가 표정을 굳혔다.

싸늘하게 경고했다.

"날 기만하면 아무리 그대가 죽음을 앞두고 있다 해도 용서하지 않겠다."

"소인이 어찌 감히 선황 폐하의 유언을 빙자하여 불경한 짓을 하겠습니까."

시에나는 판을 노려보았다. 경계심을 풀지 않았다.

"여기를 나가면 철왕궁으로 갈 거요?"

"예."

"하지만 그것도 눈속임이고?"

"예, 그렇습니다."

"왜 내게만 유언을 전하는가? 선황 폐하의 유언이면 마땅히 황제 폐하께서 들으셔야지."

"선황 폐하께서는 아드님이신 지금의 황제 폐하께 전하지 말라고 분명히 말씀하셨습니다."

"왜?"

"소인은 그저 그분의 유지를 충실히 이행할 뿐입니다. 선황 폐하께서는 지금의 황제 폐하의 뒤를 이어 새 황제께서 즉위하시면 즉위식 전날에 유언을 전하라고 하셨습니다. 그러나 예외적으로 다음의 조건을 충족했을 때는 유언을 전해도 괜찮다고 하셨습니다. 장차 신목의 관을 쓸 후계에게만, 후계가 성년의 생일이 지났을 것, 유언을 전해야 하는 소인이 더는 미룰 수 없는 불가피한 상황에 처했을 때입니다"

"그대가 오래 살 수 없을 것 같아서 날 만나러 왔다는 거로군."

"예."

판이 대답하며 미소지었다.

'아……. 그렇구나.'

곧 죽는다면서 표정이 밝아 이상했는데 어렴풋이 알 것 같았다.

'기뻐하고 있어.'

그는 선황의 유언을 무거운 짐처럼 짊어지고 살았을 것이다. 이제 내려놓을 수 있다는 해방감에 젖어 죽음조차도 기꺼이 받아들이고 있었다.

'내가 들어도 되는 건가?'

시에나는 갈등했다.

아직 철왕은 외가의 혈통을 밝히지 않았다. 현재는 시에나의 계승 서열이 가장 높았다.

'나중에 듣겠다고 할까?'

하지만 돌려보냈다가 오늘내일하는 판이 덜컥 죽으면 그것도 곤란했다.

'내가 듣고 철왕에게 전달하면 되겠지.'

"들어 봅시다. 선황께서 남기신 유언이 무엇이오?"

판이 부르르 몸을 잘게 떨었다. 허리를 세워 자세를 더욱 바르게 했다. 눈을 천천히 감았다가 떴다.

황궁을 나와 사는 동안 하루도 마음이 편한 날이 없었다. 선황이 맡긴 마지막 중임을 무사히 끝마치지 못할까 봐 두려웠다.

드디어 이 순간이 왔다.

"선황 폐하께서는 소인에게 책을 한 권 맡기셨습니다."

"책? 내게 유품을 남기셨다는 거요?"

"단순한 책이 아닙니다. 선황 폐하께서는 그것은 성서이며 위대한 소원이라고 하셨습니다."

시에나는 소리를 지를 뻔했다. 이를 악물었다. 놀란 표정을 드러내지 않으려고 주먹을 꽉 쥐었다.

"위대한······ 소원?"

*　　*　　*

디안은 집무실 책상에 앉아 두 손에 얼굴을 파묻고 무거운 한숨을 내쉬었다. 특사 임무를 맡게 되었다. 1차로 파병 군사들이 이미 떠났고 이틀 후에 2차로 떠날 나머지 일부의 군사들과 함께 가야 한다.

소식을 들은 비올렛이 울음을 터뜨렸다. 눈물샘이 고장 난 것처럼 우는 그녀를 어르고 달래어 그로시 공작 저로 데려갔다. 모처럼 공작 저 식구들과 쌓인 이야기를 나누며 마음 편하게 쉬도록 그녀는 공작 저에 남겨 두고 혼자 돌아왔다.

그리고 환궁하는 길에 마차를 인적 없는 곳에 세우고 외숙을 만났다.

「폐하를 뵙고 임무를 맡을 수 없다고 말씀드려라. 폐하께서는 네가 못 하겠다고 하면 임명을 철회하실 거다. 직접 하신 말씀이니 두말은 안 하시겠지.」

「예? 대체 폐하께 뭐라고 하신 거예요?」

「네가 가도록 내버려 둘 수 없으니까.」

「제가 안 가겠다고 하면 특사 파견을 없던 일로 하시겠다는 건
가요?」

「너 말고도 갈 사람은 있어.」

「누구요? ……설마 은왕이요?」

"으아아!"

디안이 제 머리를 마구 헝클며 괴성을 질렀다. 숙부와의 대화를
상기할 때마다 속이 부대꼈다.

「저는 내빼고 그 자리에 은왕을 밀어 넣으라고요? 그렇게는 못
합니다.」

「디안. 어리석은 고집부리지 마라.」

「어리석은 고집이 아니라 비열해지지 않겠다는 겁니다. 제가
손위 오라버니입니다. 내가 하기 싫은 일을 누이동생에게 떠넘기
는 짓, 못 해요. 안 합니다.」

「누이? 누가? 적왕의 딸이 네 누이라고? 정신 차려라. 네 턱밑에
비수를 들이대는 적에게 뭐가 어째?」

「숙부님. 은왕은 적왕이 아니에요.」

「물러 터진 녀석. 네 처자식을 먼저 생각해야지!」

비올렛, 그리고 그녀의 배 속에서 자라는 자신의 아이.

그들을 지키기 위해서는 온 세상과 맞서 싸워야 한다는 숙부의

말에 어떤 반박도 하지 못했다. 잔뜩 배가 부른 아내를 두고 기약 없는 먼 길을 떠날 생각을 하니 미칠 것 같다.

황궁은 출산을 앞둔 아내를 안심하고 맡길 수 있는 안식처가 아니었다. 어떤 끔찍한 일이 일어나도 이상하지 않은 곳이다. 라드 일족의 도움은 더는 기대할 수 없고 측근이라는 자들은 돈줄이 끊기자 우왕좌왕하고 있다.

'어떡하지.'

하지만 누구를 비난할 수 있을까. 정작 자신도 결정을 내리지 못했다.

'난 정말 왜 이 모양일까.'

자신의 우유부단함이 혐오스러웠다.

이쪽에도 저쪽에도 나쁜 사람이 되고 싶지 않은 거다. 누구도 다치지 않았으면 좋겠다. 실행할 능력은 없으면서 이룰 수 없는 꿈만 꾸고 있다.

바깥에서 문을 두드렸다. 디안은 대답하지 않았다.

잠시 후 다시 문을 두드리며 '전하.'라고 부르는 소리가 들렸다.

짜증이 났다. 분명히 방해하지 말라고 말해 두었다.

무시했으나 밖에서 다시 문을 두드렸다.

"왜!"

버럭 소리치자 빼꼼히 문이 열렸다.

바깥과 안의 경계에 몸을 걸친 시종이 눈치를 살피며 말했다.

"전하. 은왕 전하께서 오셨습니다. 어찌…… 할까요?"

디안의 표정이 누그러졌다.

"알았다. 잠시만 기다리시라고 해라. 곧 갈 테니까."

"예, 전하."

시종이 나간 후 디안은 눈을 감았다. 속으로 열까지 숫자를 센 뒤 천천히 길게 호흡하며 눈을 떴다. 즐거운 일을 앞둔 것처럼 그의 표정이 밝아졌다. 은왕이 왔다는 소리를 들으니 오히려 마음이 정리됐다.

'괜찮아. 괜찮을 거야.'

그는 주문처럼 되뇌었다.

그런 마음가짐으로 지금까지 살아남았다.

*　　　*　　　*

디안은 시에나가 자신을 위로하러 왔다고 생각했다.

'그나마 다행이지. 은왕이 있으니까.'

비올렛은 혼자가 아니다. 은왕이 최선을 다해 비올렛을 지켜 줄 거라고 생각하니 마음이 편안해졌다.

문득 신기했다. 언제부터 은왕을 믿기 시작했는지 모르겠다. 예전이었다면 고민할 문제가 아니었다. 전혀 가책도 받지 않고 은왕의 등을 떠밀었겠지. 아내와 아이의 안전이 은왕과 맞바꿀 가치가 아니었을 테니까.

여전히 디안에게 최우선 순위는 비올렛이다. 비올렛과 은왕, 둘 중 하나를 고르라고 하면 망설이지 않을 것이다. 하지만 은왕이 다치지 않기를 바라는 마음도 진심이었다.

"철왕에게 사과할 일이 있어요."

"내게요?"

"폐하를 뵈었어요. 연합국으로 내가 가기로 했습니다. 미리 철왕의 양해를 구하지는 못했어요."

디안은 찻잔을 든 자세로 굳었다.

그는 자신의 귀를 의심했다.

은왕은 절대 이런 일로 농담을 할 사람이 아니었다.

"······특사 임무를 은왕이 맡기로 했다는 뜻이에요?"

"네."

"미쳤어요?"

불쑥 말을 내뱉자마자 디안은 '미안해요. 말이 심하게 나왔네요.'라고 곧바로 사과했다.

디안은 찻잔을 내려놓고 길게 한숨을 내쉬었다. 자괴감과 수치심이 밀려왔다. 화끈거리는 얼굴을 보이기 부끄러워 고개를 숙였다. 내내 꿍꿍거리고 고민했던 속내가 다 읽힌 것 같았다. 정말 얼굴을 들 수가 없었다.

"폐하를 언제 뵈었어요?"

"오전에요."

"아직은 수습할 수 있겠군요. 내가 다시 폐하를 뵙고 말씀드릴게요."

디안이 일어났다.

시에나는 당장 태양궁으로 달려갈 듯한 디안에게 말했다.

"폐하의 노여움만 살 거예요. 서로 와서 말을 바꾸면 이게 무슨 장난질이냐고 하시겠죠. 그건 철왕에게도 내게도 이롭지 않을 것 같네요."

망연하게 시에나를 바라보던 디안이 다시 소파에 털썩 앉았다.

"은왕. 대체 무슨 생각이에요?"

"내가 멋대로 철왕의 일을 가로챘어요. 그래서 사과한다고 한 거예요."

"아니, 아니요. 내게 사과할 일이 아니에요. 특사 임무에 득보다 실이 많다는 건 내가 알고 은왕이 알고 다른 사람 전부가 알아요. 날 이 이상으로 부끄럽게 하지 말라고요."

시에나는 당황했다. 예상한 디안의 반응과 달랐다. 기뻐하며 고마워할 줄 알았다.

"그래요. 솔직히 가기 싫었어요. 하지만 내가 하기 싫은 일을 은왕에게 떠맡길 생각은 없었어요."

"떠맡긴 게 아니에요. 내가 선택했어요."

"은왕."

"나는 가장 좋은 방법을 택한 거예요. 특사 임무 자체가 어렵다고는 생각하지 않아요. 오래전에 철왕이 사막에 갔을 때와 상황이 달라요. 연합국의 건국으로 질서가 세워졌고 그들은 스스로 제국의 아래로 들어와 제후국이 되었어요. 제국의 특사가 다치면 연합국 입장에서도 무척 곤란하니까 적극적으로 보호하려 하겠지요. 그런데 문제는 연합국이 아니에요. 철왕과 나, 우리는 비올렛을 걱정하고 있어요."

"……."

"난 비올렛을 완벽히 지켜 줄 수 없어요. 철왕이 없으면 폐하와 어머니가 보호자가 되겠지요."

디안의 눈이 커지고 입이 벌어졌다.

거기까지는 생각하지 못했다. 적왕이 비올렛의 보호자가 된다고? 쭈뼛 소름이 돋았다. 맹수 아가리에 작은 동물을 갖다 바치는 꼴이다.

"내 뜻대로 해요. 철왕. 지금은 아이가 건강하고 무사하게 태어나는 일만 생각해요."

"……그렇게까지 비올렛을 보호하려는 이유가 뭐예요? 비올렛이 정말 은왕에게 잘 보였나 보네요."

시에나가 살짝 인상을 썼다.

"비올렛은 좋은 사람이에요. 하지만 그게 이유는 아니지요. 나는 비올렛이 철왕비이기 때문에 움직이는 거예요. 철왕. 내가 궁극적으로 보호하려는 사람은 철왕이에요."

디안은 한참 동안 아무 말이 없었다. 그의 시선이 점점 아래로 내려갔다.

결혼하여 가족을 얻으면서 그는 안정을 얻었지만, 그만큼 무거운 책임감도 느꼈다. 가끔 그는 버거웠다. 알몸으로 전쟁터에 내던져진 것 같았다. 자신이라는 보호막이 없으면 아내와 아이는 어떻게 될까. 상상만 해도 막막했다.

'이런 기분이구나.'

조건 없는 호의, 항상 갈망했던 가족의 정, 든든한 울타리가 자신을 둘러싼 기분.

근질거리고 부끄럽기도 하고 가슴 안쪽이 뭉클뭉클했다. 갈증처럼 시달린 뭔지 모를 결핍이 가득 채워지는 것 같았다.

"철왕."

디안이 고개를 들었다. 시에나의 표정이 엄했다.

"쓸데없는 고집부리지 마요. 곧 아버지가 될 사람이잖아요. 이미 결정된 일로 나와 더 실랑이할 거예요? 내 도움을 받는 게 자존심이 상해요?"

디안이 웃으며 고개를 저었다.

"은왕 말대로 할게요. 그냥 앞으로도 내가 어떻게 살아야 하는지 은왕이 가르쳐 주면 안 돼요? 시키는 대로 할 테니까요."

"지금 심각한 얘기 중이에요. 농담은 가려서 해요."

따끔한 야단을 듣고 디안은 웃음을 터뜨렸다. 하지만 쏘아보는 은왕의 시선에 얼른 웃음을 그치고 표정을 관리했다.

여전히 자신은 누이동생이 어려웠다.

두 사람은 비올렛을 화제로 삼아 잠시 떠들었다. 그리고 본격적으로 특사 임무에 관련된 이야기를 시작했다.

"특사가 바뀐 사실을 공지하지는 않을 거예요. 그 점은 폐하께도 말씀드렸고 폐하께서는 알아서 하라고 하셨어요."

시에나는 자신의 계획을 말했다. 예정대로 디안은 특사 임무를 받아 떠나는 것처럼 출궁하고 시에나는 그를 배웅한다는 명목으로 선착장에 갈 것이다. 그리고 그날 배에 오르는 사람은 시에나이며 환궁하는 사람은 디안이다.

"그러니까 철왕도 비밀을 지켜요. 비올렛에게도 말하면 안 돼요."

"알았어요. 하지만 장기 여행의 준비를 전부 날 기준으로 할 텐데요."

"그건 내가 알아서 할게요."

배만 타고 가는 기간만 열흘이 넘는 긴 여정이었다. 다른 건 큰 문제가 아니지만, 갈아입을 옷이 없으면 곤란할 것이다. 전부 남자용 물건으로만 짐을 꾸릴 테니까. 그래서 시에나는 라드 상회의 도움을 받을 생각이었다.

디안은 별말 없이 고개를 끄덕였다.

알아서 한다는 대답 한마디에 무조건 믿음이 갔다.

"은왕이 간다고 하니까 폐하께서는 뭐라고 하시던가요? 이유를 묻는다거나, 별다른 말씀은 없으셨나요?"

"이유는 물으셨어요. 철왕비의 출산이 머지않아서 철왕이 곁에 있어야 한다고 말씀 올렸더니 알았다고 하시더군요."

디안은 그때의 황제 표정이 궁금했다. 흥미로워했을까, 아무 관심도 없었을까.

외숙은 그날 마차에서 황제를 향한 분노를 드러냈다.

「그런 자 때문에 내 누이가 그렇게 비참하게 죽다니. 두고 봐라. 그자는 죽을 때까지 혼자만의 지옥에서 절대 빠져나오지 못할 테니. 그자는 안쪽이 텅 비었어. 살아도 살아 있는 게 아니야.」

제프리가 황제에게 저주에 가까운 악담을 퍼부어 디안은 화들짝 놀랐다. 마차 안이었지만, 자기도 모르게 듣는 자가 없는지 주변을 살폈다.

「숙부님. 말씀이 과하세요.」

「디안. 황제를 믿지 마라. 그자는 자기밖에 몰라. 은왕이 황제를 빼닮았다지? 네가 어릴 때 황궁에서 자라지 않아 난 오히려 다행이라는 생각이 드는구나.」

'숙부님. 은왕은 황제 폐하도 아니고 적왕도 아니에요. 전혀 다른 사람이라고요.'

디안은 시에나가 테이블에 올려 내미는 물건을 내려다보았다. 안 그래도 아까부터 저게 뭘까 궁금했었다. 디안이 응접실에 왔을 때 소파에 앉아 있는 은왕의 옆에 비단으로 감싼 정체 모를 물건이 있었다.

디안은 흘끔 시에나를 쳐다봤다.

손가락으로 물건과 자신을 번갈아 가리켰다. 시에나가 고개를 끄덕이자 그는 비단을 풀었다.

"책?"

가죽 표지의 책 한 권이었다. 디안은 책을 들고 이리저리 돌려보았다.

"보통의 책이 아니에요. 성서입니다. 진짜 신의 힘이 담긴 성물이며 위대한 소원이라고도 칭해요."

"위대한 소원?"

"어제 선황 폐하의 시종장이 날 찾아왔어요."

"어, 나도 만났는데요."

"무슨 이야기를 나눴나요?"

"별 내용은 없었어요. 곧 먼 길을 떠난다며 평생 몸담았던 황궁을 마지막으로 보고 싶었다고. 선황 폐하의 핏줄을 한 번은 보고 싶었다고 하더군요."

"그자의 진짜 목적은 내게 이걸 주기 위해서였어요."

시에나는 그날 판과 나눴던 대화를 풀어놓았다. 디안은 진중한 태도로 귀를 기울였다. 흥미 위주로 들을 이야기가 아님을 알아차렸다.

"판이 내게 직접 성물을 전해 준 것은 아니에요. 성물의 위치를 알려 줬지요."

판은 오래전 황궁을 나갈 때 눈에 띄는 물건을 가져갈 수 없었다. 그래서 그는 선황한테 받은 성물을 황족의 서고에 두었다. 책 속에 책을 감추는 방법을 택한 것이다.

괜찮은 선택이었다.

황족만 드나드는 서고이니 아무나 들어갈 수 없고 만약 판이 선황의 유지를 이행하지 못해도 성물은 여전히 황궁 안에 있는 셈이다.

황실 서고에 성서만 꽂힌 책장이 있었다. 성서는 본디 단권이다. 책장 가득한 수십 권의 성서는 같은 내용을 시대마다 필사한 것이었다. 그러니 서고의 책 중에서 중요도는 가장 낮았다.

서고의 모든 책을 펼쳐 본 시에나도 그쪽 책장은 건드리지 않았다. 그 책장 안에 보물이 숨겨져 있을 줄은 몰랐다.

시에나는 판이 알려 준 대로 서고에 가서 성서 사이에 꽂혀 있는 성물을 찾아냈다. 그것은 서고의 고서 목록에 기록되지 않은 책이었다. 서고의 책은 반출 금지지만, 목록에 없으니 가지고 나올 수 있었다.

"성물에 대한 기록은 어디에도 없어요. 오직 황제가 다음 황제에게만 직접 전하면서 비밀을 지켜 온 거지요."

시에나의 이야기에 깊이 빠져 듣던 디안은 손에 들고 있던 책을 얼른 내려놓았다. 왠지 함부로 만지면 안 될 것 같았다.

"안에 무슨 내용이 있어요?"

"열어 봐요. 판이 말하기를, 자신은 그 책을 열지 못했대요. 오직 황족만 열 수 있다는군요."

"신기하네요. 은왕은 열어 봤어요?"

시에나가 고개를 끄덕였다.

디안은 조심스럽게 두꺼운 가죽 표지를 열었다. 맨 첫 장에 신의 언어로 불리는 고어 몇 문장이 쓰여 있었다.

―성스러운 염원을 위대한 아르가 축복할지니. 염원하라. 이루어지리라.

디안은 다음 장을 넘겼다. 백지였다. 그다음 장을 넘겼다. 또 백지였다. 페이지를 계속 넘겨도 백지만 나왔다.

"아무것도 없네요. 설마 내 눈에만 안 보이는 건 아니지요?"

시에나가 웃으며 고개를 저었다.

"가르침을 담은 성서가 아니에요. 신께 직접 닿을 수 있는 매개물이죠. 그러니까 성물이에요."

판은 성물의 사용법을 알려 주었다. 선황의 유언을 잊지 않기 위해 매일 하루 열 번씩 외웠다고 한다.

「즉위식 전날, 신의 언어로 이름을 적어 신께 너의 존재를 알려라. 네 목소리가 신께 닿았다면 네가 신목의 관을 머리에 쓸 때 대답을 주실 것이다.」

"이 안에 이름을 쓰라고요?"

디안은 다시 한번 페이지를 쭉 넘겼다.

"그럼 역대 황제들도 여기에 이름을 썼을 텐데. 아무것도 없잖아요."

"나도 그건 잘 모르겠어요. 판은 선황 폐하의 유언을 전할 뿐 아는 건 없었어요. 선황 폐하께 직접 여쭐 수 있으면 좋았을 텐데……."

"어쨌든 정리하면, 이 안에 이름을 쓰고 소원을 빌라는 건가요? 그럼 신께서 들어준다고? 소원 수리함 같은 거군요."

시에나의 눈초리가 곱지 않았다.

디안이 멋쩍게 웃었다.

"굉장하다는 뜻이었어요."

"신의 성물이에요. 경외심을 가져요."

디안이 기가 죽어 대답했다.

"네."

"위대한 소원은 아무나 이룰 수 있는 게 아니에요. 소원의 성사는 신께서 판단하시는 거예요."

"위대한 소원이 뭔데요?"

"신목의 꽃. 성스러운 아르의 축복이지요."

허공을 응시하는 시에나의 눈빛은 마치 벅차오르는 꿈을 꾸는 듯했다. 디안은 은왕의 이런 모습을 처음 봤다. 은왕도 뜨거운 열정을 지닌 사람이었다고 새삼 깨닫게 되는 표정이었다.

'그게 그렇게 대단한 건가?'

디안은 공감할 수 없었다. 어릴 때 바깥에서 자라서일까. 그는 신앙심이 거의 없었다. 황족을 신족이라고 부르는 것도 두드러기가 돋았다.

신목의 꽃에 얽힌 전설은 안다. 위대한 성군이 즉위할 때 신목은 꽃을 피운다고 했다.

'그런데 그게 소원을 빌어야 이루어지는 거라면 확률이 너무 낮잖아. 나라면 다른 걸 원하겠어. 좀 더 현실성 있는 것으로. 나는 신목의 꽃을 피울 리가 없으니까.'

디안은 속으로만 생각했다. 말하면 은왕이 불경함을 나무라며 무시무시한 눈으로 노려볼 것이다. 그건 무서웠다. 그는 이 정체 모를 책보다는 다른 진실이 더 흥미로웠다.

"폐하와 선황 폐하. 부자의 사이가 아주 나빴나 봐요."

디안은 선황의 유언이 황제에게 전해지지 않은 점을 주목했다.

"이건 정말 대단한 보물이잖아요. 하지만 아들에게는 절대 주고 싶지 않았던 거죠. 대체 두 분 사이에 무슨 일이 있었던 걸까요?"

"……글쎄요."

디안은 '노인네, 성격이 진짜 고약하네.'라고 중얼거렸다가 시에 나의 눈치를 살폈다. 시에나는 미간을 찌푸렸으나 별말은 하지 않았다.

디안은 책을 다시 비단으로 쌌다. 그리고 시에나 쪽으로 밀었다. 하지만 시에나는 받지 않았다.

"성물은 철왕이 갖고 있어요."

"내가요? 왜요?"

"판은 폐하의 후계에게 성물을 전하러 왔어요. 폐하의 후계는 철 왕이니까 철왕이 갖는 게 맞아요."

"엑? 그런 게 어딨어요. 받은 사람이 갖고 있어야지. 그리고 지금 은 은왕이 폐하의 후계예요."

시에나가 일어났다.

"가 볼게요."

"은왕."

디안이 당황하여 성물을 들고 일어났다.

"잠깐만요, 은왕."

출입문으로 곧장 걸어가던 시에나가 멈추어 돌아섰다. 디안은 시에나의 표정을 보고 포기했다. 지금은 뭐든 은왕의 뜻대로 해야 할 것 같다.

"은왕. 조심해요. 무사히 돌아와야 해요."

시에나는 살짝 미소짓고 다시 돌아섰다. 그녀가 나간 후 디안은 닫힌 문을 보며 중얼거렸다.

"날 위해서라도 건강히 다녀와요. 은왕이 다치면 쿤, 그 녀석이 날 죽이려 들 거예요."

그는 손에 든 성물을 보고 한숨을 내쉬었다. 골치 아픈 물건을 맡게 됐다.

'잠시만 맡아 두지요.'

성물이 진짜 주인의 품으로 돌아가기 전까지만.

*   *   *

제국의 파병 군사들과 특사는 오전에 출발하는 정기선에 오를 예정이었다. 아침 일찍부터 철왕궁과 은왕궁 모두 분주했다. 은왕궁에서는 은왕이 철왕을 배웅하러 부두에 다녀온다고만 생각했다.

시에나는 자신의 계획을 베스에게도 말하지 않았다. 자신이 떠난 후 어머니가 분명히 난리를 칠 텐데 베스는 모르는 편이 베스의 안전을 위해서도 나았다.

다만, 모든 일이 순조롭지는 않았다. 라드 상회에 연락했더니 공교롭게도 레반이 수도에 없었다. 어쩔 수 없이 레반에게 서신만 남겼다.

'이틀 후에는 돌아온다고 했으니까. 라드 상회에는 쾌속선이 있으니 늦게 출발해도 정기선을 따라잡을 수 있겠지.'

며칠 동안 갈아입을 옷이 없는 건 큰 문제가 아니다. 남자 옷을 입어도 된다.

시에나는 대수롭지 않게 생각했다.

그녀는 출발 직전에 리트를 보러 갔다. 다른 사람은 듣지 못하도록 작은 목소리로 말했다.

"리트. 내가 먼 곳을 다녀올 거란다. 오랫동안 못 볼 것 같구나. 내가 없는 동안 말썽부리면 안 된다. 알았지?"

인사를 마치고 멀어지는 시에나의 등을 짐승의 파란 눈동자가 뚫어지게 쳐다봤다.

시에나를 태운 마차가 출발했다. 마차가 황궁을 가로질러 정문으로 달려갔다. 시에나는 자신의 뒤에서 벌어지는 소란을 상상하지 못했다. 은왕의 일각수 탈주로 비상이 걸렸다.

원래 리트는 평소에 묶어 두지 않았고 자유롭게 황궁 안을 돌아다녔다. 리트가 어디를 가건 적당한 거리를 두고 마구간지기와 기사가 따라갔다. 멋대로 다니는 것 같아도 리트는 은왕궁 주변을 멀리 벗어나지 않았다.

그런데 리트가 암묵적인 제한 거리를 벗어났다.

속도를 내어 황궁 안을 질주했다.

"말, 말을 가져와!"

"쫓아가! 놓치면 안 돼!"

사람들은 사색이 되어 리트의 뒤를 쫓았다. 그러나 리트가 작정하고 달리자 누구도 따라잡지 못했다. 길목을 막아선 인간들의 장벽을 단번에 가뿐히 뛰어넘었다. 몰이 하려는 마구간지기들의 의도를 간파해 유유히 함정을 벗어났다.

시에나가 탄 황궁 마차가 정문을 나와 거리를 달리기 시작한 얼마 후 리트도 황궁 밖으로 나왔다. 리트는 잠시 멈추어 목을 쭉 빼고 고개를 이리저리 돌렸다. 방향을 잡은 후 다시 달렸다.

일각수의 난동은 얼마 후 패트리샤의 귀에도 들어갔다.

"그래서 놓쳤단 말이냐?"

"예, 적왕."

패트리샤는 혀를 찼다.

"은왕이 무척 아끼는 짐승이거늘. 그래서?"

"아무래도 은왕 전하를 따라간 듯싶다고 합니다."

"흠. 은왕이 멀리 간 것도 아니고 유난스럽구나. 짐승이 제 주인을 극진히 따르는 것이 기특하긴 하다만."

아직 패트리샤는 일각수 구경을 하지 못했다. 이런 소란이 벌어진 김에 은왕이 환궁하면 짐승 구경을 가야겠다고 생각했다.

그러나 두어 시간 후. 패트리샤는 시녀가 달려와 전하는 소식을 듣고 하얗게 질렸다.

"무슨 소리야? 철왕이 환궁하다니. 은왕은?"

"은왕 전하께서 특사 임무를 맡아……."

"특사 임무라니! 철왕이 가기로 되어 있었는데 난데없이 왜 은왕이 간단 말이냐!"

"이미 폐하께서 허락하신 일이라고 하옵니다. 관리가 정확히 은왕 전하를 칭하며 폐하의 친서를 수여했다고 합니다."

패트리샤는 벌떡 일어났다가 다리에 힘이 풀려 다시 주저앉았다. 부축하려는 시녀들의 손길을 뿌리쳤다.

"안 돼……."

세상이 어둠에 휩싸인 것처럼 시야가 아득히 멀어졌다.

충격에 빠진 그녀의 눈동자가 좌우로 흔들렸다.

"당장…… 출궁 준비를. 리먼 공작 저로 간다. 당장!"

"예, 적왕."

시녀들이 빠르게 물러갔다.

패트리샤는 최소한의 인원만 데리고 급히 공작 저로 달려갔다. 패트리샤를 맞이하러 나온 사람은 공작부인뿐이었다. 사전에 연락이 없었으니 그런가 보다 했다. 패트리샤는 공작부인의 표정이 미묘하게 굳은 것도 알아차리지 못했다.

"집사를 통해 오라버니께 급히 전할 일이 있어요."

"예, 적왕."

공작부인은 두말없이 패트리샤를 응접실로 모시고 집사를 들여보냈다.

"찾으셨습니까, 적왕."

"자네 양부를 만나야겠네."

"예, 적왕."

집사는 양부를 찾아가 말했다.

"공작님의 명이 내려오기 전이니 어쩔 수 없지만, 이번뿐입니다."

양부는 못마땅하게 쯧, 혀를 찼으나 군말은 하지 않았다.

어제 공작령에서 보낸 더그의 지시사항이 공작 저에 도착했다.

자신이 없는 동안 조용히 집안 단속하라는 것과 적왕의 처우에 대한 것이었다.

적왕을 손님 대접 이상은 하지 말 것이며, 공작가의 재물이건 권력이건 적왕에게 제공했다가는 후에 철저하게 관련자를 처벌하겠다는 엄포였다.

패트리샤는 초조한 표정으로 기다렸다. 집사의 양부가 들어오자마자 다짜고짜 물었다.

"그 일, 어찌 되었나?"

노인이 클클 웃었다.

"성미도 급하십니다. 조치는 끝났으니 앉아서 기다리시기만 하면 됩니다."

"안 돼!"

패트리샤의 목소리가 갈라졌다.

"취소하라. 은왕이 갔다. 철왕이 아니라 은왕이 사막으로 갔어!"

노인의 주름진 입매가 딱딱하게 굳었다.

"왜 대답이 없어! 없던 일로 하라니까!"

"……거처가 일정하지 않은 자들입니다. 연락을 주고받을 수 있는 상황이 아니라 일방적으로 의뢰만 합니다. 변동된 의뢰가 일 처리 전에 전달될 거라고 장담하지 못합니다."

"무조건 해! 은왕이 다치면 네놈을 가만두지 않겠다!"

"예, 적왕."

노인이 심각한 표정으로 대답했다. 살 만큼 산 제 목숨이 아까워서가 아니라 사태의 심각성을 알았기 때문이었다. 노인이 목숨 바쳐 충성했던 선대 리먼 공작이 평생을 거쳐 이룬 것들이 한순간에 무너질 위기 상황이었다.

특사가 뒤바뀐 일로 비상이 걸린 또 다른 곳이 있었다. 레반은 원래 예정보다 늦게 수도에 돌아왔다. 돌아와서도 바쁘게 사람을 만나러 다니고 일 처리 하느라 은왕이 남긴 서신을 더 늦게 전달받았다.

레반이 은왕의 서신을 확인했을 때는 이미 정기선이 수도의 선착장을 떠난 지 사흘이 지난 후였다.

'큰일 났다.'

등 뒤로 식은땀이 주르륵 흘렀다.

'와…… 이분은 조용히 대형 사고를 터뜨리는구나.'

철왕이 가기로 결정된 일을 왜 본인이 대신 맡아 갔단 말인가.

지금 사막에서 무슨 난리가 벌어지고 있는 줄도 모르면서.

'그러고 보니 그때도 그랬지.'

은왕이 봉토에 시찰을 갈 때 비슷한 일이 있었던 기억이 났다. 그때 은왕이 조용히 적왕의 뒤통수를 치던 모습이 인상적이었다.

'진작 알았으면 칼리고 몇 명이라도 불러왔을 텐데.'

끙끙거릴 틈이 없었다.

레반은 즉시 귀부인의 여정에 필요한 물건을 꾸려 쾌속선에 실었다.

밤낮으로 달려서라도 한시라도 빨리 정기선을 따라잡으라고 선장에게 단단히 일렀다. 은왕께 전하는 서신도 함께 보냈다.

'하루 반이면 따라잡겠지.'

은왕이 사막에 도착하기 전에는 서신을 받아 볼 수 있을 것이다. 그쪽 문제를 해결 후 레반은 쿤에게 급한 전언을 보냈다.

레반은 사막의 소식을 받아 오느라 수도를 떠나 있었다.

엊그제 받은 소식에 따르면 사막 쪽 정세가 심상치 않게 돌아가고 있었다.

황제는 레카 세력과 아힌 세력, 어느 쪽에게 명분을 줄지 명확히 하지 않았다. 특사가 친서를 들고 사막에 도착하기 전까지 양 세력이 서로를 견제만 하도록 유도하고 내전을 막으려는 책략이었다.

이 계획은 두 세력이 전부 자신의 승리를 확신하거나 확신은 아니어도 긴가민가해야 성공이다.

그런데 레카 세력, 정확히는 왕위에 앉아 있는 요타가 정적 세력의 도발에 넘어가 말실수를 했다. 그래서 아힌 세력은 자신들의 불리함을 눈치챘다.

아힌 세력은 보유한 신목의 가지를 절대 순순히 내줄 생각이 없었다. 일부 급진적인 과격파들이 납치 등의 강압적인 수단을 동원해서라도 특사한테 신목의 가지 소유권을 인정을 받으려고 모의 중이었다.

그런 정황이 발견되어 쿤은 관망하는 중이라고 했다. 저들이 아예 일을 저지르도록 내버려 두었다가 뒤를 칠지, 사전에 차단할지, 상황을 봐 가며 판단할 예정이었다.

아무리 동맹이 파기되었어도 쿤이 철왕과 알고 지낸 정이 있다. 지나치게 인정머리 없는 처사라 하겠지만, 레반이 아는 쿤은 원래 매몰찬 구석이 있었다.

아힌 세력이 특사를 납치하면 철왕이 얼마간 고생은 할 것이다. 협박이나 모욕을 당할 수도 있다. 하지만 목숨을 위협받을 정도는 아닐 것이다. 그들이 미치지 않고서야 특사를 해칠 리는 없으니까.

철왕이 겪을 고난과 적대 세력을 제압할 기회.

쿤은 두 경우를 비교해 덜 수고롭고 더 이득이 되는 쪽을 택할 것이다.

그러나 특사가 은왕이면 상황이 달라진다. 저들이 은왕을 납치하는 사태가 벌어지면?

'으음……'

레반이 부르르 몸을 떨었다. 상상하기도 싫었다.

'은왕께 아무 일도 없어야 할 텐데.'

사막의 멍청이들이 어리석을 짓을 저지르지 않기를 바랄 뿐이었다.

*　　*　　*

쿤은 보료에 앉아 두 다리를 쭉 뻗은 채 왼쪽 다리에 올린 오른쪽 다리의 발끝을 까딱거렸다.

특사로 철왕이 온다는 소식을 들었다. 내일 아침 일찍 출발해야 얼추 시간을 맞춰 철왕이 배에서 내려 사막에 진입하는 곳으로 마중 나갈 수 있을 것이다. 마중을 갈 것인지, 말 것인지, 오늘까지는 결정해야 한다.

배에서 내린 후 사막을 가로질러 사흘은 와야 왕성에 도착한다.

제국에서 사흘 여정은 먼 길도 아니지만, 사막에서 사흘은 무슨 일이 벌어져도 이상하지 않은 기간이었다.

'여기를 비우자니 여기도 불안 요소가 있고…….'

원래 계획은 아힌 세력이 알아서 자멸하도록 내버려 둘 생각이었다. 저들이 제국의 특사에게 돌이키지 못할 잘못을 저지르면 신목의 가지를 탈환할 명분을 이쪽이 쥐게 되니까.

그런데 저쪽을 주도하는 자가 과격하며 충동적이기로 유명했다. 터무니없는 짓을 저지를 수도 있다. 그 점이 우려됐다.

'더구나 시기가 애매해서 그게 또 문제고.'

사막의 계절이 우기에 들어섰다. 철왕을 마중 갔다가 폭우가 내리면 발이 묶인다.

"쿤."

"들어와."

입구에 드리운 발을 들추고 마틴이 들어왔다.

사막의 건축물에는 문이 없었다. 출입구에는 여닫는 문이 아니라 발을 달거나 천으로 가렸다. 왕궁도 그런 사막의 관습에 따라서 견고한 문이 없었다. 대신, 반드시 문 앞을 사람이 지키고 서서 드나드는 자들을 확인했다.

"천문관은 뭐라고 해?"

쿤은 날씨를 알아 오라고 마틴을 심부름 보냈다.

"이레 안으로 비가 내릴 거랍니다."

"흠……. 날짜가 참 아슬아슬하군."

사막의 어느 부족이건 날씨를 보는 '읽는 자'가 반드시 존재했다.

연합국이 건국되면서 투이사 부족의 '읽는 자'에게 천문관이라는 이름이 붙었다. 천문관이 우기를 읽는 눈은 정확했다.

마틴은 고민에 빠진 쿤을 보며 조심스레 말했다.

"쿤. 신경 쓰이는 소식을 들었습니다."

"어떤?"

"마적이 움직였답니다."

"그놈들은 언제나 움직여."

사막에는 무리 지어 다니며 약탈, 살인 등의 범죄를 일삼는 자들이 있었다. 산적, 해적 등과 비슷한 부류인데 마적은 세력을 이룬다는 점이 달랐다. 엄연히 범죄 집단이지만, 사막에는 전체를 지배하는 통일 국가가 없으므로 그들을 통제할 국가 권력이 없었다.

그리고 사막에는 사막귀라는 괴물이 출몰한다. 운 좋게 피했든 괴물과 맞서 싸웠든 살아남았다는 것 자체만으로도 자신들의 힘을 증명한 셈이었다.

상당한 무력과 길을 찾는 눈이 있어야 사막에서 살아남을 수 있다. 마적 중 일부는 부족처럼 근거지도 있고 다른 부족에서 여자를 납치해 아이를 낳아 일가를 이루기도 했다.

"붉은 두건이라는 말이 있습니다."

"그놈들이 움직였다고?"

쿤이 인상을 찌푸렸다.

사막의 마적은 열 명 내외 무리가 가장 많았다. 그런데 규모가 크고 세력화된 무리도 몇이 있었다. 붉은 두건 마적 떼는 그중 악명이 높았다.

"곧 우기인 이 시기에 이동할 리는 없을 텐데. 더 들은 얘기는?"

"가는 방향이 버섯바위 사구 쪽이라고 합니다."

"……"

"그저 지나가는 길일 수도 있습니다만……."

"그래. 그럴 수도 있지."

그쪽은 공교롭게도 제국에서 파병한 군사들이 도착하는 부근이었다.

"하지만 아닐 수도 있다."

꺼림칙했다.

이런저런 계산을 해 보면 여기서 왕궁을 지키는 편이 나았다. 하지만 쿤은 자신의 직감을 믿어 보기로 했다.

"아침에 떠난다. 준비해."

"예. 규모는요?"

"다섯……. 아니, 열."

"예, 쿤."

*　　*　　*

길버트가 문을 두드렸다.

안에서 대답이 들려오자 들어갔다.

시에나가 테이블에 앉은 채 고개만 돌렸다. 그녀는 손에 문서를 쥐고 있었고 테이블에도 서류가 널려 있었다.

"전하. 곧 도착입니다."

"알았소."

길버트가 나간 후 시에나는 테이블을 정리했다. 심장이 조금씩 두근거렸다. 기대감인지 두려움인지 알 수 없었다. 오는 도중에 레반이 보낸 서신을 받았다. 레반은 특사 사절단이 공격받을 수 있다고 경고했다.

─쿤은 철왕께서 특사로 오시는 줄 알고 계십니다. 아마 마중할 계획이 없으실 겁니다. 급히 쿤께 연락했으나 시간에 맞춰 전언을 받지 못하실 확률이 높습니다.

시에나는 기사들을 불러 레반의 경고를 그들에게도 전했다. 시에나가 데려온 호위대 기사가 열 명, 파병된 기사가 다섯 명. 애매한 숫자였다. 제국 최고의 실력을 갖춘 기사들이지만 사막이라는 낯선 환경에서는 가진 실력을 전부 발휘하지 못할지도 모른다.

'만일의 경우는 나도 무기를 들어야겠지.'

정예로 싸우지는 못하더라도 짐이 되지 않을 자신은 있었다.

'실전인가?'

「실전은 평생 한 번도 겪지 않는 게 제일 좋은 겁니다.」

언젠가 쿤이 했던 말을 떠올리며 시에나는 미소지었다.

"무조건 도망부터 치라고 했었지."

곧 그를 만날 수 있다. 넉 달 만의 만남이었다. 그가 있는 곳과 가까워졌다고 생각하니까 마음이 조급했다. 그녀는 자신의 차림새를 이리저리 살폈다.

'거추장스럽지 않은 의복으로 갈아입어야겠어.'

레반이 쾌속선으로 뒤쫓아와 건네준 물품 중에는 갑옷도 있었다. 통으로 입은 형태가 아닌, 신체 일부에 덧대어 끼우는 분리 형태였다.

견고함은 떨어지지만, 경갑옷보다는 튼튼했다. 급히 마련하느라 그녀의 치수에 맞춘 갑옷을 준비할 수 없는 상황에서 최선의 선택이라고 할 만했다.

시에나는 시녀의 시중을 받아 옷을 갈아입었다. 셔츠를 입고 가죽조끼를 걸치고 무릎까지 올라오는 가죽 부츠를 신었다. 이 또한 레반이 보내 준 여행복이었다.

그리고 팔꿈치를 기준으로 아래 팔과 위 팔, 가슴과 복부, 무릎을 기준으로 허벅지와 종아리 등을 보호하는 갑옷을 끼워 덮었다.

마지막으로 허리에는 검 벨트를 차고 백색의 검을 맸다. 사슴 사냥 대회의 상품으로 걸렸던, 루크 가문의 가보였다. 사막의 모래바람을 막을 발목까지 오는 망토를 걸치는 것으로 준비는 끝났다.

잠시 후 정기선이 완전히 멈추었다. 일꾼들이 짐을 먼저 내린 후 주변 정찰을 위해 기사 몇 명이 내렸다. 얼마 후 시에나가 리트의 고삐를 끌고 기사들과 내렸다.

수도를 떠나는 날, 수도를 거의 벗어날 때쯤에 리트가 마차 옆을 나란히 붙어 따라 달리고 있음을 알았다. 중간에 멈출 수 없어서 어쩔 수 없이 부두까지 마차는 계속 달려갔다.

부두에 도착해 시에나는 리트에게 돌아가라고 타일렀다. 하지만 다른 자에게 고삐를 쥐게 하자 리트가 난동을 부렸다. 시에나는 절대 누군가의 억지를 받아 주는 성격이 아니지만, 애완동물은 이기지 못했다. 결국, 데려가기로 했다.

뜨거운 열기의 바람이 훅 밀려왔다. 바람에 섞인 고운 모래가 눈에 들어갈 것 같았다. 시에나는 얼른 팔로 얼굴을 가리고 후드를 썼다.

'여기가…… 땅의 끝이구나.'

땅의 끝.

제국을 가로지르는 여러 강줄기 중 하나가 사막과 가장 가까이 닿는 곳이 바로 여기다.

배를 타고 이동할 수 있는 최후의 부두였다. 이 부근을 제국인들은 땅의 끝이라고 불렀다. 제국의 영토와 사막을 연결하는 완충지대며 보이지 않는 경계선이었다.

이 근방을 중심으로 상당히 넓은 지역에는 거주민이 없었다. 제국인들은 괴물을 만날까 봐 이 근처는 얼씬도 하지 않았고 사막인들에게 이곳은 진정한 사막이 아니니 활동 영역이 아니었다.

길버트는 누군가와 얘기하다가 시에나에게 다가와 말했다.

"전하. 길잡이가 아직 도착하지 않았다고 합니다. 조금 기다리셔야 합니다. 배에 들어가 계시겠습니까?"

"괜찮소."

시에나는 저 멀리 보이는 붉은 땅을 응시했다.

열사의 사막에서 피어오르는 열기가 아지랑이처럼 흔들렸다.

　　　　*　　　*　　　*

　쿤의 일행은 출발한 다음 날, 작은 모래 폭풍을 만나 몇 시간을 꼼짝하지 못하고 허비했다. 길잡이는 난데없는 모래 폭풍은 머지않아 비가 온다는 신호라고 말했다.

　높은 바위에 올라간 쿤이 하늘을 살폈다. 손으로 이마를 가려 작열하는 태양 빛을 조금이나마 차단했다. 한참 하늘을 살피던 그가 작은 점을 발견했다.

　그는 목에 매단 나무 피리를 불었다. 소리는 없었다. 그 피리에서는 사람 귀에는 들리지 않는 특수한 소리가 났다.

　작은 점이 쿤을 향해 날아왔다. 곧 매의 형태를 눈으로 볼 수 있을 정도로 커졌다. 쿤이 팔을 들어 올리자 매가 가죽 토시에 앉았다.

　쿤은 매의 발목에 묶인 작은 나무통을 열어 안에 든 종이를 꺼냈다. 그는 제대로 받았다는 표식으로 나무통에 약간의 모래를 넣은 후 다시 매의 발목에 묶고 팔을 휘둘러 매를 날려 보냈다.

　그는 바위 아래로 뛰어내렸다. 자신을 바라보는 수하들에게 말했다.

　"붉은 두건이 무리를 둘로 나눴다. 일부는 가던 방향으로, 일부는 개미지옥으로."

　길잡이의 표정이 사색이 되었다.

　다른 수하들의 표정도 굳었다.

　개미지옥은 사막귀의 서식지다. 사막귀는 예측할 수 없이 돌아다니지만, 몇몇 군데에 반드시 나타나는 장소가 있었다. 사막을 무사히 횡단하려면 그런 위험 지역은 아주 멀리 돌아가야 한다.

"그놈들이 자살할 리는 없는데……."

쿤은 놈들의 의도를 고민했다.

칼리고가 사막을 횡단한 적이 여러 번이지만, 규모 있는 마적과 맞닥뜨린 적은 없었다.

규모가 있다는 건 어느 정도 정보력을 갖추었다는 뜻이다. 오랫동안 살아남은 마적은 영리했다. 절대 자신들이 당해내지 못할 적에게 덤벼들지 않았다.

"저……. 붉은 두건 마적 떼에 관해 들은 말이 있습니다."

길잡이가 주저하며 말했다.

"뭐지?"

"터무니없는 소문이긴 한데……."

"상관없으니 말해."

"놈들이 사막귀를 유인해서 이용하기도 한답니다."

쿤이 눈살을 찌푸렸다.

멍청하고 위험한 짓이다. 하지만 위험을 감수할 만큼 상응하는 대가가 있다면?

"가자. 놈들 의도를 알아봐야겠다."

각자 휴식을 취하고 있던 수하들이 일제히 일어났다.

쿤의 일행은 이동하는 내내 붉은 두건의 움직임을 파악했고 놈들의 무리가 또다시 나뉘었음을 알아냈다.

'사냥을 준비하는군.'

몰이 하려는 거다. 일부가 목표물의 진열을 흩뜨리고 일부는 유인하고 일부는 함정을 파서 사로잡는다. 쿤은 사냥이라면 이골이 났다. 그래서 저들의 행동 유형을 파악할 수 있었다.

놈들의 최종 목적지가 버섯바위 사구라는 것이 점점 명확해졌다. 놈들이 대대적인 작전을 펴면서 노릴 대상은 제국의 특사 사절단뿐이었다.

'설마 호투 부족이 마적과 손잡았나?'

그런 미친 짓을 했을까. 아니면 연합국의 와해를 바라는 다른 부족이 연합국과 제국의 유대를 망치려는 계획일까.

쿤의 일행은 붉은 두건의 후방 정찰대를 따라잡았다. 그중 한 놈을 제압했다. 무릎이 꿇리고 양쪽 팔이 구속된 마적은 자신을 둘러싼 사내들을 두려움 가득한 눈으로 올려다보았다.

"이게 뭔지 알지?"

우스가 제 허리춤의 흑검을 툭툭 치며 보여 주었다.

"칼리고……."

마적의 안색이 꺼멓게 죽었다.

"아는 거 순순히 말하면 살려 준다. 아, 네놈 동료들에게 돌아가지 않는 게 좋을 거야. 기껏 살려 줬더니 다시 죽을 길로 갈까 봐 조언하는 거야."

마적이 바람 소리가 나도록 고개를 끄덕였다. 칼리고의 이름값은 편했다. 어지간한 놈들은 다 이름만 들어도 납작 엎드렸다.

우스가 마적의 기를 죽여 놓은 후 쿤이 질문했다.

"어디로 가는 중이지?"

마적은 제가 아는 것들을 줄줄이 털어놓았다.

의뢰를 받았다, 누구의 의뢰인지는 대장만 안다, 엊그제 대장은 의뢰 취소 연락을 받고 무척 짜증을 냈다, 그래도 대장은 그만두지 않을 거란다, 제국인들이 귀한 짐승을 데려왔다는 정보를 입수했고 빼앗자고 했다 등등.

"귀한 짐승?"

"마, 말입니다. 이마에 뿔이 달렸다고⋯⋯. 컥!"

멱살이 틀어 잡힌 마적이 비명을 질렀다. 그는 다가온 사내의 눈동자에 가득한 살기를 읽었다. 몸이 덜덜 떨렸다.

"자세히 말해 봐. 뭐라고?"

4장
그대가 나의 운명

　시에나와 일행들은 한 시간쯤 기다렸다. 시간이 흐를수록 기사들의 표정이 점차 딱딱해졌다. 특히 길버트의 표정이 험악했다.

　'은왕 전하를 기다리게 하다니. 무례한 야만족 놈들.'

　바람이 좋아서 정기선이 반나절 정도 빠르게 도착하기는 했다. 하지만 배를 타면 예정 시각에서 어긋나는 일이 다반사였다.

　연합국의 요청으로 제국에서 파견한 사절단이다. 마땅히 연합국에서는 마중단을 보내 예의를 갖추어 공손히 맞이해야 한다. 더구나 연합국은 제후국 아닌가.

　'하루 전에는 미리 와서 대기했어야지!'

　길버트는 부글부글 끓는 속을 꾹 누르며 사막 쪽을 노려보았다. 은왕께서 별말씀이 없는데 자신이 언짢은 내색을 할 수는 없었다.

멀리서 움직이는 형체를 보고 그는 눈을 가늘게 좁혔다. 모래 먼지를 일으키며 두 마리의 말이 달려왔다. 말 위에 탄 자들은 길버트가 정찰 보낸 기사들이었다. 그들은 빠르게 가까이 다가왔다. 말에서 뛰어내려 곧장 길버트 앞으로 달려와 고개를 숙였다.

"오고 있습니다."

"알았다. 수고했다."

길버트는 은왕에게 보고했다.

"전하. 길잡이 마중단이 곧 도착합니다."

시에나는 간이 천막을 쳐 만든 그늘에 앉아 있었다. 그녀는 일어나서 천막을 거두라고 지시했다.

"전하. 서둘러 천막을 거두실 이유는 없습니다. 햇빛이 따갑습니다."

"먼 길을 가로질러 마중 나왔는데 앉아서 맞이해서는 올바른 예의가 아니지."

길버트는 고개를 숙여 승복의 뜻을 나타냈다. 속으로는 길잡이 놈들이 은왕께 조금이라도 무례하게 굴면 가만두지 않겠다고 단단히 별렀다.

얼마 기다리지 않아 사막 쪽에서 길잡이 행렬이 모습을 드러냈다. 길게 꼬리를 무는 대열로 인원은 스무 명 정도였다. 옷차림이 번듯한 자들은 말을 탔고 일꾼으로 보이는 자들은 짐을 잔뜩 실은 낙타를 끌었다.

행렬의 가장 선두의 젊은 사내가 말의 고삐를 당기자 뒤따르던 자들도 모두 멈추었다. 사내가 말에서 내려 제국의 사절단에게 다가갔다.

"귀빈들을 기다리시게 해서 송구합니다. 왕성까지 안내할 길잡이 책임관 베로타입니다."

길버트는 자신에게 고개를 숙이며 인사하는 베로타에게 말했다.

"특사로 오신 분은 내 주군이신 은왕 전하이시오. 인사 올리시오."

길버트는 비켜서지 않고 살짝 몸의 방향만 틀었다. 시에나와 베로타 사이를 가로막고 선 모양새이지만, 낯선 자에게서 은왕을 보호하기 위해서였다.

시에나가 이마를 덮은 후드의 앞을 들어 올렸다.

"먼 길 오느라 수고했소. 길 안내를 부탁하오."

베로타의 눈이 휘둥그레졌다. 여자의 목소리가 흘러나올 거라고는 생각도 못 했다. 후드 그늘에 가린 시에나의 얼굴을 유심히 관찰했다.

"무례하오."

길버트가 비난하자 베로타가 얼른 시선을 내렸다.

"송구합니다. 제가 알기로는 특사로 오시는 분께서 황자이시라고······."

시에나가 대답했다.

"변동이 있었소. 특사는 황제 폐하의 명을 충실히 이행할 뿐이오. 특사가 누구건 상관없지 않소?"

시선을 내리깐 베로타는 난처한 기색을 능숙하게 감추었다. 속으로는 '이런, 여자라니.'라고 중얼거렸다.

"예, 그렇습니다. 저희도 귀빈을 안전히 모시고 가면 될 따름이지요."

시에나는 베로타의 뒤쪽으로 시선을 던졌다. 수십 걸음 뒤쪽에 대기한 나머지 길잡이들은 흐트러진 대열로 자기들끼리 대화 중이었다.

"길잡이 일행의 수가 생각보다 많군."

"귀빈을 모시는 데 소홀히 할 수 있겠습니까."

"라드 후작은? 함께 온다고 들었는데?"

베로타의 눈에 당황한 빛이 스쳐 지나갔지만, 빠르게 표정을 관리했다.

"중간 휴식지에서 손님맞이를 준비하고 계실 겁니다. 귀빈을 오래 기다리게 할 수 없어 저희가 서둘러 먼저 왔습니다."

"그렇군. 지금 바로 출발하오?"

"예. 오늘 안으로 중간 휴식지에 도달하려면 서둘러야 합니다."

"그러면 그대들과 합류하여 출발한다고 황제 폐하께 전언을 보내는 즉시 움직이겠소."

"예. 그럼 곧 출발하는 것으로 알겠습니다."

시에나가 돌아서며 '길버트 경' 하고 불렀다. 걸어가는 시에나의 뒤를 길버트가 바로 따라갔다.

베로타는 멀어지는 두 사람의 뒷모습을 보다가 자신의 일행에게 돌아갔다.

시에나는 대화 소리가 누구에게도 들리지 않을 정도로 떨어진 상태에서 길버트에게 말했다.

"아무래도 내가 얼마 전에 했던 경고대로 된 모양이오."

"예?"

시에나는 베로타에게 속을 떠보는 질문을 했다.

레반이 서신을 통해 말하기를 쿤은 특사를 마중할 계획이 없다고 했다.

따라서 상대가 연합국에서 보낸 공식적인 길잡이라면 라드 후작은 왜 오지 않았냐고 물었을 때 그런 예정은 없다고 대답했어야 했다.

무엇보다도 쿤이 중간 휴식지에서 기다리고 있을 거라는 답 자체가 잘못됐다. 그가 자신이 있는 근처까지 와서 저들만 보냈을 리가 없었다.

"저들은 예정된 길잡이가 아닌 듯하오."

길버트가 사납게 눈을 치떴다.

"저놈들을 당장 모조리 무릎 꿇리겠습니다."

"쉽지 않소."

"전하. 제국의 정예 기사가 열다섯입니다."

"저 길잡이 전부가 사막의 전사들이라고 가정하면 승리를 확신할 수 있소? 우리 쪽의 관리들도 보호해야 하니 공격에 나설 수 있는 기사는 열 명 정도가 최대지."

길버트는 대답하지 못하고 입을 꽉 물었다.

마음 같아서는 아직 정박해 있는 정기선에 도로 오르자고 말하고 싶었다.

그러나 수상하다는 정황만으로 후퇴는 할 수 없다.

특사 임무에 은왕의 명예가 걸렸다. 무슨 일이 있어도 완수해야 한다.

"일단은 갑시다."

"전하. 대책 마련이라도 할 시간을……."

"시간을 끌면 의심을 살 거요. 저들 목적이 나를 해하는 것은 아니오. 우리가 빈틈을 보이지 않으면 쉬이 섣부른 짓은 못하겠지. 경은 기사들에게 경계를 늦추지 말라고 전하시오."

"예, 전하."

베로타는 자신의 일행에게 돌아가 특사가 바뀌었다고 말했다. 말에 올라탄 보라색 터번의 사내가 흥미로워했다.

『특사가 황녀? 여자라고? 키가 자네보다도 크던데?』

『그런 걸 속이지는 않을 겁니다. 목소리가 여인이 맞습니다.』

『얼굴은 봤나? 미인가?』

『특사가 미인인지 아닌지는 관계없지 않습니까?』

『기왕이면 미인이 좋지. 안 그러냐.』

보라색 터번의 사내가 주변에 의견을 구하자 다른 사내들이 웃으며 동조했다.

베로타가 눈살을 찌푸렸다. 특사가 여자인 것을 알고 곤란함을 느낀 이유는 바로 이 보라색 터번의 사내 때문이었다.

사막의 언어로 떠드는 그들의 대화를 시에나가 알아들었다면 단번에 이상한 점을 알아차렸을 것이다. 길잡이의 대표로 나선 베로타가 일행에게 존칭을 썼다. 일행에 불과한 보라색 터번의 사내는 베로타를 대하는 태도가 거침없었다.

실제로 무리에서 가장 신분이 높은 자는 보라색 터번의 사내, '히실로'였다. 베로타가 대표로 나선 이유는 제국어에 능통하기 때문이다.

히실로는 호투 부족장의 아들이며 후계였다. 호방한 성품과 전사 못지않은 무력을 지녀 전사들 사이에서 인기가 높았다.

오만하고 자기중심적인 성격은 신분 높은 자의 특성이니 못 봐줄 정도는 아니었다. 베로타가 염려하는 점은 히실로의 여성 편력이었다. 특사가 여자라고 제 버릇을 드러내어 일을 그르칠까 봐 걱정됐다.

『히실로 님. 제국의 특사입니다. 행동을 조심하십시오.』

히실로가 코웃음을 쳤다.

『건방진 소리를 지껄이는군.』

『언짢으셨다면 송구합니다. 저희는 협상을 끌어내야 합니다. 특사의 심기를 건드려서 이로울 게 없습니다.』

『안다. 여인이라니 일이 더 쉽게 되지 않겠나. 가도 가도 모래만 펼쳐지는 이 사막에서 우리가 아니면 굶어 죽거나 사막귀에게 죽는다는 것을 곧 깨닫게 되겠지. 외부인들은 다들 그래. 사막을 만만히 봤다가 혼쭐이 난 후에는 고분고분해지거든. 작은 사막귀 한 놈만 나타나 주면 더할 나위 없을 텐데.』

히실로가 호기롭게 말하자 주변의 사내들이 와하하 웃었다. 베로타는 치미는 짜증을 가라앉혔다.

'호투 놈들이란.'

베로타는 라마 부족 출신이었다.

이번에는 어쩌다 손을 잡았지만, 라마 부족과 호투 부족은 서로를 경멸했다. 상대를 지칭할 때 '입만 산 놈들', '힘만 센 멍청이'라고 서로 비하했다.

무력은 호투 부족이 압도적이었다. 그래서 이 작전에 호투 부족의 도움이 필요했다.

'하필 히실로라니.'

히실로는 베로타가 생각하는 힘만 센 멍청이의 정점에 있는 자다. 부족장의 아들이라 안하무인이기까지 했다.

하지만 히실로와 전사들이 아니었으면 왕궁에서 보낸 길잡이를 깔끔하게 처리하지 못했을 것이다. 공이 있으니 히실로는 의기양양했고 베로타는 목소리를 크게 낼 수가 없었다.

『히실로 님. 다음 중간 휴식지에 도착하기 전에 방법을 찾아야 합니다. 아무래도 라드 군장이 오기로 했던 모양입니다.』

『뭐야?』

히죽거리던 히실로의 표정이 단번에 굳었다.

『중간 휴식지에서 기다리고 있을 거라고 대답했습니다. 가서 라드 군장이 없으면 저들이 이상하게 생각할 겁니다.』

『라드 놈.』

히실로의 기세가 사나워졌다. 주변이 조용해졌다.

히실로가 라드 군장과 극도로 사이가 나쁘다는 것을 모르는 자가 없었다.

히실로는 쿤이 모든 것을 망쳤다고 생각했다. 원래는 부친이 왕이 되고 순리대로 그 뒤를 이어 자신이 왕위에 올라야 했다.

『이번에야말로 그놈 면상에 제대로 한 방 먹이고 말겠다. 길을 다르게 잡아. 중간 휴식지에 들르지 않고 간다.』

『예?』

『길잡이는 우리야. 핑곗거리는 만들면 그만이고. 어차피 왕궁으로 갈 생각도 없었잖아.』

그들은 길잡이인 척 사절단을 유인하여 다른 곳으로 갈 예정이었다. 내전이 일어났다는 거짓말로 사절단을 잡아 두고 적당한 위협과 협상으로 신목의 가지 소유권을 인정받을 계획을 세웠다.

『……예.』

베로타가 한숨을 쉬며 대답했다. 단순한 계획이지만 지금은 그 방법 외에는 없었다.

베로타는 고개를 돌려 제국의 사절단을 바라보았다.

눈부신 백색의 일각수에 안장을 올리는 중이었다. 그나마 히실로가 물욕은 없어서 다행이었다. 저 말까지 욕심냈으면 골치 아팠을 것이다.

＊　　＊　　＊

제국의 파병 군사는 대부분 1차로 먼저 떠났다. 뒤늦게 수도에서 출발한 특사 사절단은 기사와 관리, 시종 등을 포함해 서른 명 남짓이었다. 길잡이 마중단의 스무 명이 합류하여 꽤 규모 있는 일행이 되었다.

본격적으로 사막에 진입한 후 몇 시간이 지났다. 사방을 둘러봐도 모래와 언덕뿐인 정경이 펼쳐졌다. 간간이 두런두런 떠들던 사절단의 대화 소리가 사라졌다. 다들 발목까지 푹푹 빠지는 모래 위를 걷는 일에 집중했다.

'생각했던 것과 다르군.'

시에나는 사막이 신기했다. 말만 들었을 때는 그런 곳에 사람이 어떻게 사나 싶었다.

그런데 직접 와 보니 황무지를 볼 때와 감상이 전혀 달랐다. 메마른 느낌은 뜻밖에도 거의 없고 웅장한 자연 앞에 저절로 겸허해졌다. 사막인들 특유의 강인함이 어디에서 비롯된 것인지 어렴풋이 알 것 같았다.

길잡이가 선두를 이끌었다. 사절단이 뒤를 따라갔다. 기사들은 은왕을 중심으로 좌우의 바깥쪽과 후방을 경계했다. 일행이 움직이는 모습은 위에서 내려다보면 길쭉한 방추형이었다.

일행을 지켜보는 시선이 있었다. 사람이 손가락 크기로 보일 만큼 아주 먼 곳이었다. 모래 언덕에 엎드려 긴 망원경으로 살피던 중년 남자가 클클 웃었다.

『좋아. 오는군.』

덥수룩한 수염의 사내는 머리를 붉은 두건으로 감쌌다. 망원경으로 일각수를 확인한 사내의 눈동자가 탐욕스러운 욕망으로 번들거렸다.

사내는 기어서 언덕을 내려왔다. 거리가 멀어도 조심해서 나쁠 건 없었다. 언덕 아래에는 붉은 두건을 쓴 사내들이 스무 명 정도 더 있었다.

원래 붉은 두건 마적이 전부 모이면 팔십 명이 넘었다. 사막의 마적 떼 중 세 손가락 안에 들어가는 큰 규모였다.

　　현재 무리는 셋으로 나눴다. 하나는 사막귀를 유인하러 개미지옥으로 갔고 하나는 선발 공격대가 될 것이다. 그리고 여기가 본진이다. 본진은 목표물의 주변을 맴돌다가 혼란을 틈타 일각수를 탈취할 예정이었다.

　　수염 사내에게 마적 일원이 다가와 말했다.

　　『대장. 개미지옥 털기는 그림자가 길어질 때 시작하겠다고 연락이 왔습니다.』

　　수염 사내가 누런 이를 드러내며 주먹을 공중으로 쳐들었다.

　　『이번 일만 성공하면 한몫 단단히 챙길 수 있다. 가자!』

　　다른 자들도 주먹을 들어 '오오!'하고 화답했다.

　　수염 사내의 탐욕스러운 눈빛 이면에 절실함이 있었다. 붉은 두건은 규모가 큰 조직인만큼 유지비가 많이 들었다. 그런데 연합국의 건국으로 활동 반경이 좁아지면서 수입이 확 줄었다. 조직이 와해 직전이었다.

　　'그 짐승을 꼭 손에 넣어야 해. 그후 마적단은 정리하자. 믿을 만한 놈들 몇만 데리고 상단을 꾸리는 거야.'

　　수염 사내는 신분 세탁 후 상단주가 될 꿈에 부풀었다. 그러나 그의 야심 찬 계획은 시작부터 어긋나고 있었다.

　　마적의 선발대는 본진과 정반대 방향에서 제국 사절단에게 접근할 예정이었다. 본격적인 작전 전에 큰 바위 아래에 자리를 잡고 휴식을 취했다.

선발대는 자신들이 오히려 추적당한 사실을 눈치채지 못했다. 모처럼 만의 사냥에 기분이 들떴고 시원한 그늘 속의 휴식은 달콤했으며 쉰 명에 가까운 붉은 두건을 감히 누가 건드리랴 싶어 방심했다.

『……큭!』

『음?』

한가롭게 낮잠을 즐기다가 이상한 소리가 들려 머리를 들었을 때는 이미 늦었다.

머리채가 잡히고 몸이 뒤집히며 목이 뒤로 꺾였다. 단말마의 비명조차도 제대로 지르지 못했다. 날카로운 검날이 목젖을 가르고 지나가면서 사내는 절명했다.

붉은 피가 쏟아져 모래를 적셨다. 사막의 고운 모래는 피를 빠르게 흡수했다.

순식간에 한 놈을 해치운 마틴이 손목을 회전해 검의 방향을 바꾸었다. 자신의 옆구리를 스쳐 뒤쪽을 찔렀다.

『컥…….』

마틴의 뒤에서 덤벼들려던 마적이 복부에 검이 꽂히며 피를 토했다. 마틴은 더 힘을 주어 깊이 쑤셨다가 검을 비틀어 빼냈다. 죽어 가는 마적이 마틴의 몸을 아슬아슬하게 스치며 쓰러졌다. 부릅뜬 흰자위에 실핏줄이 터져 벌겋게 물들었다.

마틴은 경련을 일으키다가 숨이 멎는 마적을 차갑게 식은 눈으로 내려다보았다. 곧바로 다음 목표를 향해 움직였다.

마틴을 포함한 칼리고 다섯 명이 쉰 명의 마적들을 해치우는 데에 그리 오랜 시간이 걸리지 않았다. 싸움이 아닌 거의 일방적인 학살이었다.

마적들은 휴식하며 늘어진 상태였다.

칼리고는 동선을 모두 계산 후 퇴로를 차단하며 사방에서 좁혀 들어가 습격했다.

실력 차이도 있거니와 칼리고는 전부 사막귀 껍질로 만든 갑주를 입었다. 마적들이 휘두른 검에 제대로 맞아도 반발력에 튕겨 나갔다.

「몇 놈은 생포할까요?」
「우두머리만. 나머지는 다 지워.」
「예, 쿤.」

마틴은 붉은 두건 마적의 씨를 말리겠다는 쿤의 의지를 읽었다. 검을 흔들어 핏물을 털어냈다. 하늘을 보며 시간을 가늠했다.

'곧 정오인가.'

쿤이 적절한 시기에 도착할 수 있으려나 모르겠다.

*　　*　　*

선두의 길잡이가 멈추었다. 거의 정오가 다 될 무렵이었다. 베로타가 말머리를 돌려 뒤쪽의 사절단에게 다가갔다.

모래바람과 햇빛을 막기 위해 전원이 머리부터 발끝까지 망토로 감았지만, 누가 황녀인지 찾는 일은 쉬웠다. 뿔이 달린 백마 위에 탄 사람이다.

"전하. 잠시 쉬어가겠습니다."

"여기서?"

시에나는 주변을 둘러보았다. 막힌 곳이 없는 사막 한복판이었다.

"햇볕이 가장 강한 시간에는 움직이면 기력을 빨리 소진합니다. 그림자가 길어지기 시작할 때까지는 쉬는 게 좋습니다."

"아까 말한 중간 휴식지까지는 얼마나 남았소?"

"예? 아……. 해지기 전에는 도착할 예정입니다만……. 확실히는 알 수 없습니다. 그때그때 사정에 따라 길이 조금씩 달라지기도 합니다."

"알았소."

일행은 크게 둘로 나뉘어 각자 천막을 쳤다. 양측의 일꾼들이 부지런히 움직였다.

베로타는 일꾼들은 감독하다가 부르는 소리를 듣고 고개를 돌렸다. 히실로가 자신을 보며 손을 까딱이고 있었다. 베로타는 이를 지그시 물고 히실로에게 다가갔다.

『무슨 일이십니까?』

히실로가 손짓하자 일꾼이 광택이 나는 검은 천을 들고 왔다.

『이걸 저쪽에 빌려주려고.』

천막 위에 씌우는 특수한 천이었다. 내리쬐는 햇볕을 흡수하고 열을 차단하는 효과가 뛰어났다. 직조법이 까다로워서 귀한 분들만 사용했다. 아는 사람만 아는 값비싼 물건이었다.

『예. 제가 전해 드리겠습니다.』

『아니. 내가 전해 줄 거니까 자네는 통역해. 도움을 주고 도움을 받고, 그러면서 안면도 트고 친해지는 거지. 안 그런가?』

'그럼 그렇지.'

베로타는 한숨을 쉬었다. 어쩐지 지금껏 얌전하다 했다. 핑곗거리를 잡아 집적거리려는 속셈이 빤했다.

『히실로 님. 이번 일이 얼마나 중요한지…….』

『어허. 안다니까. 내가 다 알아서 할 테니 자네는 사사건건 딴지 걸지 마.』

히실로는 거만한 태도로 명령했다. 베로타는 속이 뒤집혔으나 따를 수밖에 없었다. 상대는 부족장의 아들이고 오늘 작전의 책임자였다.

일꾼들은 은왕을 위한 천막을 가장 먼저 친 후에 기사들, 말, 일꾼들을 위한 천막 설치 작업에 들어갔다.

시에나는 천막 안의 의자에 앉아 사방이 똑같은 사막의 풍경을 바라보았다. 살이 데일 것처럼 햇볕이 뜨거워도 그늘 안은 시원했다.

'요즘이 우기라고 들었는데 이렇게 건조하다니. 정말 이 사막에 비가 오긴 오는 건가?'

이 건조한 땅에서 쿤은 뭘 하고 있을까. 레반한테 연락은 받았을까. 자신이 사막에 온 사실을 지금쯤 알았을까. 소식을 들었을 때

그의 반응은 어땠을까.

"무슨 일이오?"

생각에 잠겨 있던 시에나는 길버트의 목소리가 들려오는 방향으로 시선을 돌렸다.

휴식을 위한 간이 천막이라 입구 쪽이 전부 트였다. 기사들과 그들 앞에 서 있는 두 남자가 바로 보였다. 한 사람은 베로타, 또 한 사람은 길잡이 일행 중 하나였다.

아까 출발할 때 보라색 터번의 사내와 눈이 마주쳤던 기억이 났다. 표정이 고고해서 신분이 낮은 자는 아닌 것 같다고 생각했었다.

베로타가 말했다.

"전하께 휴식에 긴요한 물건을 드리고자 합니다. 귀빈의 편의에 신경을 쓰는 일도 저희가 할 일이니까요."

고작 몇 걸음 떨어진 거리에서 벌어지는 상황이었다. 중간에 길버트가 끼어 있기는 하지만, 시에나에게 말하는 것이나 다름없었다.

"길버트 경. 안으로 들이시오."

"예, 전하."

길버트가 시에나의 곁에 다가와 섰다. 비켜 주는 기사들을 지나쳐 터번을 쓴 두 남자가 들어왔다.

"앉으시오."

두 남자는 기사가 가져다준 의자에 앉았다. 베로타가 의례적인 인사말 후에 본론을 꺼냈다.

"전하. 자격이 부족한 제가 통역을 맡으면서 책임자가 되었습니다. 귀빈께 예의를 다하기 위해 이분은 작은 소임도 마다하지 않고 길잡이 일행으로 합류하셨습니다. 전하께 인사를 드리고자 합니다."

시에나는 두 남자의 얼굴을 잠깐씩 훑었다. 베로타는 동행한 자를 띄워 주고 그 장본인은 우쭐한 표정으로 앉아 있다. 그녀는 아랫사람의 입을 빌려 자신을 그럴듯하게 소개하는 이런 방식을 좋아하지 않았다.

"그대가 말하는 부족한 자격이 뭔가? 신분?"

"예? 아……. 예."

"실무관은 능력을 갖춘 자가 맡아야지. 군이 자신을 스스로 낮추지 마시오."

베로타는 생각지 못한 말을 들어 당황했다. 그가 아무 말이 없자 히실로가 팔꿈치로 툭 가볍게 쳤다. 베로타가 얼른 히실로를 소개했다.

"전하. 이분은 히실로 군장입니다. 군장은 타국의 공후작에 비견할 신분입니다."

제국어를 모르지만 히실로는 제 이름은 알아들었다. 그는 빙긋 웃으며 고개를 숙였다.

『귀빈께 인사드리게 되어 영광입니다. 히실로입니다.』

베로타가 통역했다.

『낯선 초행길이 두려우실 겁니다. 아무 염려 마십시오. 제가 사막을 횡단한 횟수가 손으로 셀 수 없습니다. 저만 믿고 따라오시면 됩니다.』

"고마운 말씀이오. 조금 무리하는 일정도 괜찮으니 한시라도 빨리 왕궁에 도착했으면 하오."

『사막의 길은 매일 새로 만들어진다는 말이 있지요. 최선의 노력을 다하겠습니다.』

중간에 베로타를 낀 상태로 말을 주고받으며 히실로의 표정이 점차 상기되었다.

청량한 여인의 목소리가 마음에 쏙 들었다. 고음도 저음도 아니다. 맑지만 가냘프지는 않았다. 이런 목소리의 주인이라면 대단한 미인일 것 같다는 느낌이 왔다.

시에나는 후드를 쓴 상태였다. 천막의 그늘에 후드의 그림자까지 더해져 얼굴이 잘 보이지 않았다.

『한데 인사를 나누었으니 서로의 얼굴을 보고 눈을 마주치며 대화하는 것이 올바른 예의가 아니겠습니까. 부디 아름다운 옥안을 보여 주시겠습니까?』

통역이 끊겼다. 베로타가 말을 곧바로 전하지 못하고 머뭇거렸다.

『뭐 하나?』

히실로가 재촉했다. 베로타는 내용을 순화해서 통역했다. 히실로의 말을 직역하면 의도가 너무 노골적이었다.

"얼굴을 마주 보며 허심탄회한 대화를 나누기를 바란다고 하십니다."

하지만 베로타가 나름 애를 썼어도 수작 부리는 의도는 전해졌다. 느물느물하게 웃는 히실로의 표정이 한몫했다.

길버트가 미간을 굳히며 나섰다.

"이분이 뉘시라고 감히……."

시에나가 손을 들어 길버트의 말을 막았다.

"사막의 풍습은 어떠한지 모르겠으나 제국의 법도는 엄격하오. 하극상을 용서하지 않소."

베로타가 전하는 말을 듣고 히실로가 히죽 웃었다.

『그건 사막도 마찬가지입니다.』

"아니. 사막은 제국보다 관대하군. 고작 길잡이가 사절단의 대표 특사 앞에 마주 앉아 고개를 뻣뻣이 들고 대거리하다니."

베로타는 조사 하나 빠뜨리지 않고 고대로 직역했다. 히실로의 입매가 일그러지는 꼴이 속 시원했다.

히실로가 당혹스러움을 감추고 호탕하게 하하, 웃었다.

『말이 중간에 잘못 전달되었나 봅니다. 이 몸은 일개 길잡이가 아니라 군장입니다.』

"나는 제국의 황녀가 아니라 특사로서 이 자리에 와 있소."

신분이 문제가 아니라 직위의 격이 안 맞는다는 뜻이었다.

히실로의 안색이 붉으락푸르락했다.

면박당하는 꼴을 구경하며 속으로 히죽거리던 베로타는 순간 아차 싶었다. 저러다 히실로가 발작하면 어쩌나 했으나 다행히 그 정도로 멍청이는 아니었다.

히실로가 벌떡 일어나 들고 있던 검은 천을 의자에 내려놓았다.

『사막의 열기에 지치신 듯합니다. 좋은 뜻으로 찾아뵈었는데 괜한 오해만 생겼군요. 이걸 드리려고 왔습니다. 천막 위에 씌우면 열기가 한결 덜할 겁니다. 쉽게 구하지 못할 귀물이지요.』

그리고는 바로 천막에서 나가 버렸다. 베로타가 마지막 통역 후 대신 사죄의 인사를 하고 물러갔다.

길버트는 눈살을 찌푸렸다.

'저 건방진 놈은 뭐지?'

"전하. 라드 후작님이 연합국에서 군장의 지위를 받지 않으셨습니까?"

"맞소."

사막의 신분 체계를 잘 몰라도 연합국의 군장이자 외교 대리인이며 후작 위도 받은 라드 후작보다 저놈 신분이 높지는 않을 것이다.

'후작님도 언제나 전하께 극진한 예의를 다하셨거늘.'

장차 제위에 오르실 은왕 전하 앞에서 신분 자랑이라니. 물고기에게 헤엄치는 법을 가르친다고 으스대는 격 아닌가.

시에나가 의자에 놓인 검은 천을 눈짓으로 가리키며 말했다.

"저것은 우리에게도 있는 물건 아니오?"

"예? 아……. 예! 배에서 내릴 때 틀림없이 챙긴 기억이 있습니다."

레반이 쾌속선에 실어 보낸 물품에는 사막 여행에 필요한 물건이 전부 있었다.

"도로 가져다주시오. 우리에겐 필요 없으니."

"예, 전하."

검은 천을 집어 들며 길버트가 사악하게 웃었다.

잘난 척하며 두고 간 그자의 면전에 던지면 뒤틀린 속이 풀릴 것 같았다.

*　　　*　　　*

베로타는 히실로를 어떻게 달래나 전전긍긍했다. 하지만 히실로는 천막으로 돌아와 웃음을 터뜨렸다.

『앙칼진 맛이 있군. 그래. 쉬우면 재미없지. 절벽 위에 핀 꽃을 꺾는 맛이 또 각별할 거야.』

차라리 씩씩거리는 편이 낫겠다고, 베로타는 생각했다. 조금 전의 대화에서 깨달은 게 없는 걸까. 황녀는 절대 만만한 상대가 아니었다. 그런데 여전히 기를 꺾을 여자로만 생각하는 히실로가 한심했다.

『히실로 님. 저쪽 심기를 건드려서…….』

『여기는 제국이 아니야! 우리 땅이다. 사막이라고! 저 콧대가 언제 무너질지 내기할까?』

누군가 들어오면서 두 사람은 설전을 멈추었다. 전사는 사절단의 기사가 찾아왔다고 말했다.

잠시 후 길버트가 들어왔다. 들고 온 검은 천을 테이블에 내려놨다.

"우리에겐 필요하지 않아 돌려드리오."

히실로가 입술 끝을 비죽이 올렸다.

『물건으로 자존심 싸움하는 것보다는 그대 윗전의 편안함이 더 중요하지 않겠소?』

"우리에겐 차고 넘치는 물건이라 필요 없다는 거요. 그쪽한테는 귀물이라니까. 우리는 가난한 자의 것을 탐하지 않소."

길버트의 말을 통역하며 베로타는 히실로의 눈치를 살폈다. 히실로의 눈썹이 꿈틀거리고 입술이 씰룩거렸다.

길버트가 돌아서서 천막을 나간 후 히실로가 버럭 소리쳤다.

『물건의 가치도 모르면서 억지를 부리는군! 차고 넘친다고?』

성큼 천막을 나가는 히실로의 뒤를 베로타가 서둘러 따라갔다. 말썽이라도 일으키면 큰일이었다.

그런데 히실로는 멀리 가지 않고 멈추어 서 있었다. 베로타는 히실로가 처다보는 시선을 좇았다.

제국의 일꾼들이 모든 천막 설치를 끝내고 검은 차단막을 덧씌워 마무리하는 모습이 보였다. 일꾼들의 천막까지 차단막을 씌웠다.

'흠……'

베로타는 조용히 뒷걸음질 쳤다.

히실로의 뒷모습은 폭발 직전 같았다. 괜히 옆에 있다가 화풀이 대상이 되고 싶지 않았다.

그때 사절단 천막 쪽에서 소란이 일어났다. 일각수가 마구간 천막에서 뛰쳐나오더니 막아서는 주변 사람들을 요리조리 피해 은왕의 천막으로 돌진했다.

시에나는 천막 안으로 난입한 리트의 고삐를 잡았다. 덩치 큰 말이 날뛰면 기껏 설치한 천막이 무너질 것이다.

"리트."

리트가 투레질을 하며 고개를 마구 흔들었다.

"리트. 진정해. 왜 그러니?"

리트가 제자리에서 빙빙 돌다가 천막 밖으로 나갔다. 고삐를 붙든 시에나는 덩달아 끌려나갔다. 주변을 에워싼 기사들이 혹시 은왕이 다칠까 봐 안절부절못했다.

"리트. 괜찮아."

시에나가 리트의 목덜미를 쓸어 주며 두드렸다. 리트는 자꾸 자신의 뒷다리 부근을 시에나의 옆에 가까이 붙였다.

"타라고? 널 타라는 거야?"

시에나는 리트가 그걸 원하는 게 맞는지 확실하지 않지만, 진정시킬 겸 고삐를 잡고 리트의 등에 올라탔다.

'리트가 왜 이렇게 흥분했지?'

"잡아!"

"으악!"

그 순간 양측 천막의 말들이 난동을 부리기 시작했다. 일꾼들이 말을 붙들다가 일부는 나동그라졌다. 갑작스러운 소동에 아무도 즉시 대처하지 못하고 쳐다보기만 했다.

키에에에엑!

고막을 거칠게 긁어내리는 듯한 괴성이 울려 퍼졌다.

본능적인 공포감으로 온몸에 소름이 돋았다.

땅이 폭발했다.

모래가 공중으로 튀었다가 사방으로 흩어져 떨어졌다. 땅속에서 거대한 것이 솟아올랐다.

누군가가 악을 쓰며 외쳤다.

"사막귀다!"

'저게…… 사막귀?'

시에나는 고삐를 쥔 손에 힘을 주었다.

현실감이 느껴지지 않았다. 괴물은 마치 거대한 절지형 벌레처럼 생겼다. 뱀처럼 꼬리 부분을 바닥에 세워 지탱해 상체를 세웠다. 수십 개의 다리가 꿈틀거렸다. 머리 부근에는 여러 개로 갈라지는 거대한 턱이 있었다.

'저렇게 커?'

시에나가 들은 얘기로는 사막귀의 크기는 사람 키를 웃돌거나 커 봤자 두 배 정도라고 했다. 저놈은 듣던 것보다 몇 배는 컸다.

길잡이 일행 중 일꾼이 날뛰던 말을 통제하다가 제가 올라탔다. 일꾼의 탈주는 혼란 중이라 전사들이 막지 못했다.

『말을 붙들어!』

히실로가 소리치며 마구간 천막으로 달려가자 전사들도 따라 달렸다. 말을 훔쳐 도망가려던 또 다른 일꾼이 전사의 손에 뒷덜미가 잡혔다. 전사는 일꾼을 바닥에 패대기치고 그 자리에서 일꾼의 목을 베어 버렸다.

이미 도망간 자를 잡기는 늦었다. 거리가 상당히 벌어졌다. 그런데 달려가던 탈주자 옆에서 모래 분수가 뿜어져 나왔다. 사람이 말과 함께 고꾸라졌다.

모래 속에서 사막귀가 쑥 솟아났다. 괴물의 턱이 길게 뻗어 나오면서 쓰러진 남자를 내리찍었다. 넘어져 버둥거리던 말이 비틀거리며 일어났다. 몇 걸음 움직이던 말은 등장한 세 번째 사막귀의 공격을 받았다.

참상을 지켜보던 사람들이 여기저기에서 탄식했다.

『맙소사.』

『젠장. 셋씩이나.』

히실로가 이를 악물고 재빠르게 머리를 굴렸다.

사막귀가 셋, 더구나 한 놈은 어마어마한 크기다. 사막귀는 허물을 벗으며 성장했다. 허물 벗는 횟수가 많을수록 껍질이 더욱 단단해졌다. 저놈 크기면 온 힘을 다해 칼로 내리쳐도 흠집조차 나지 않을 것이다.

이쪽은 전사의 숫자가 열다섯. 제국의 기사들은 얼마나 도움이될지 알 수 없다.

사막귀 세 마리는커녕 한 마리 사냥도 무리였다.

히실로는 계산을 마치고 말 위에 올라탔다. 무슨 이유에서인지 근처에 있는 가장 큰 놈이 꼼짝하지 않았다. 놈이 본격적으로 공격하기 전에 도망가야 한다. 우왕좌왕하는 제국인들이 미끼가 되어시간을 벌어 줄 것이다.

『후퇴하라!』

히실로가 소리쳤다.

전사들도 일제히 말에 올라탔다. 히실로는 사절단 쪽으로 시선을 돌렸다. 백마 위에 올라탄 사람이 모이라고 외치는 소리가 들렸다.

'뭘 모르는군.'

그는 내심 비웃었다.

사방으로 흩어져 일부를 희생해야 그나마 일부가 살아남을 수 있다. 히실로의 눈이 번뜩였다.

'저 여자만 살리면 돼.'

제국의 황녀 목숨을 구한 공로를 제국에서는 절대 모른 척하지 않을 것이다.

그는 박차를 가했다. 일각수를 향해 말을 몰았다. 일각수에 올라 탄 황녀를 낚아채 도망갈 생각이었다.

"다들 내 곁으로 모여라! 어서!"

시에나는 주변을 둘러보며 외치느라 달려오는 히실로를 보지 못했다. 히실로의 말이 순식간에 접근했다. 히실로가 허벅지에 힘을 주고 요령 좋게 몸을 옆으로 기울이며 팔을 뻗었다.

혼란스러운 와중에 갑자기 벌어진 일이지만, 짐승의 감각은 예민했다. 리트가 재빠르게 뒷걸음질 쳤다.

간발의 차로 아슬아슬하게 히실로의 손이 시에나를 스쳐 지나갔다.

『제길!』

히실로는 달리는 기세 그대로 직진하는 수밖에 없었다.

살짝 후드가 벗겨진 시에나의 눈과 히실로의 눈이 마주치며 스쳐 지나갔다. 멀어지는 히실로의 뒷모습을 보며 시에나가 눈살을 찌푸렸다.

사막 전사들이 말을 타고 각기 다른 방향으로 흩어져 달려갔다.

"비열한 놈들."

"우리를 미끼로 쓸 작정이군."

기사들이 거친 욕설을 삼켰다.

근처의 가장 거대한 사막귀가 머리를 쳐들고 움찔했다. 사냥감의 이동을 감지한 듯했지만 뒤쫓지 않았다. 천천히 회전하던 머리가 정확히 시에나를 향하며 멈추었다.

"으으……."

누군가가 미처 삼키지 못한 신음을 흘리며 진저리 쳤다.

시에나의 주변에 사절단이 전부 모였다.

기사들이 결연한 표정으로 검을 들고 섰다. 죽음을 각오한 눈빛이었다.

시에나는 손으로 가슴께를 더듬었다.

옷 안쪽에 줄에 꿰어 목에 매단 작은 주머니가 있었다. 주머니에는 신목의 이파리가 들었다. 사막으로 떠나는 전날, 황제에게 요청해서 받았다.

'이파리의 힘이 어느 정도인지는 모르겠지만, 효과가 있어.'

괴물이 덤비지 않는 게 증거였다. 하지만 쫓아낼 정도는 아닌 모양이다.

괴물이 천천히 움직였다.

사람들의 주변을 원을 그리며 돌았다. 사람들은 간격을 좁혀 더 바짝 서로에게 붙었다.

"저, 저기!"

일꾼이 손을 쭉 뻗었다. 모두의 시선이 그쪽으로 향했다.

전사 중 하나가 운 나쁘게도 사막귀의 표적으로 낙점됐다.

사람들은 전사들이 흩어져 도망친 이유를 알아차렸다. 누군가를 희생해 자신이 살아남는 도박이었다. 재수가 없으면 본인이 죽는다.

두 마리의 괴물이 말과 사내에게 덤벼들었다. 거리가 멀어 움직이는 형태만 보였다. 죽어가는 자의 처절한 비명이 들리는 것 같았다. 동정할 가치 없는 자라도 같은 인간이 괴물에게 사냥당하는 장면은 끔찍했다.

펑!

두 마리 괴물의 머리 위에서 뭔가가 터졌다. 자욱한 연기가 괴물들을 가렸다. 연기가 걷힌 후 사람들은 드러난 광경에 눈이 휘둥그레졌다. 틀림없이 사막귀의 먹이가 된 줄 알았던 전사가 반격을 개시했다. 사막 귀 머리에 올라탄 사람이 보였다.

"아니야……."

뜬금없는 중얼거림이지만, 다들 알아들었다. 공격당한 전사가 아니다. 두 명으로 늘었다.

그들이 사막귀의 대가리에 수직으로 검을 꽂았다. 괴물이 몸을 꼬며 고통을 표현했다. 상황이 역전되었다. 괴물이 사냥당하고 있었다.

사막귀를 사냥하는 자들.

시에나는 머릿속에 떠오른 단어를 나직이 중얼거렸다.

"칼리고……."

멀리서 벌어지는 광경에 잠시 시선을 빼앗겼으나 위기는 가까운 곳에 있었다. 거대한 사막귀는 일정한 거리를 유지하며 끈질기게 주변을 맴돌았다. 그러다 괴물이 방향을 틀었다. 사람들은 혹시, 하고 기대했다.

괴물은 물러날 것처럼 느릿하게 움직이다가 사람들을 향해 급격히 몸을 돌렸다. 달려들듯이 상체를 쭉 빼고 괴성을 질렀다.

키에에에엑!

"으으……."

털썩 주저앉는 자들이 있었다. 기사들마저도 부들부들 몸을 떨다가 검을 떨어뜨렸다. 내지르는 괴성에 담긴 소리가 극한으로 공포심을 자극했다. 맹수와 마주치면 오금이 저려 이성이 마비되는 현상과 비슷했다.

"주…… 죽을 거야. 으아아아아!"

일꾼 하나가 공포를 견디지 못하고 뛰어나갔다. 미처 누구도 일꾼을 붙들지 못했다. 일꾼이 시에나의 곁에서 일정 거리를 벗어나는 순간 사막귀가 움직였다.

괴물의 갈라진 턱이 하나로 모였다. 날카로운 가시처럼 뾰족해진 턱을 길게 뻗으며 남자의 몸을 꿰뚫었다. 섬뜩한 광경에 모두 숨을 멈추었다.

축 늘어져 매달린 남자의 몸에서 물처럼 피가 아래로 주르륵 쏟아졌다. 괴물이 사람을 매단 채 좌우로 턱을 흔들었다. 꿰였던 사내가 쑥 빠지며 저만치 날아가 바닥에 떨어졌다.

'우리를 농락하며 즐기고 있어.'

괴물에게 지능이 있는 걸까?

시에나는 신목의 이파리가 든 주머니를 꼭 쥐었다. 손이 저절로 덜덜 떨렸다.

키에에에엑!

괴물을 또다시 괴성을 질렀다.

기사 몇의 무릎이 꺾였다. 검을 모래에 꽂아 쓰러지지 않게 몸을 지탱했다.

시에나는 현기증이 돌아 손으로 말 등을 짚었다. 코앞에서 괴물이 벌이는 학살극과 뇌를 흔드는 괴성 때문에 제대로 생각을 할 수가 없었다. 평소라면 멀지 않은 거리에 칼리고가 등장한 의미가 무엇인지 금방 알아차렸을 것이다.

'이대로는 안 돼.'

절박한 위기감만 들었다. 신목의 이파리로는 지금 상황을 벗어날 수 없다.

'언제까지 버틸 수 있지?'

이파리는 가지와 달라서 보름만 지나면 시든다. 앞으로 길게 버텨야 나흘이었다. 하지만 괴물의 괴성에 시달리면서 사람들은 반나절도 버티지 못할 것이다.

"전하. 피하십시오."

길버트가 비틀거리며 시에나의 곁으로 다가왔다.

"전하만이라면 빠져나가실 수 있습니다. 신목의 이파리를 갖고 계시니 괴물이 덤비지 못할 겁니다."

"내가 가면 그대들은 전부 죽어."

"개의치 마십시오. 저희 모두의 목숨을 걸어서라도 전하만 무사하시면 헛된 일이 아닙니다."

시에나가 고개를 저었다.

"가지 않겠다."

"전하!"

"벌써 포기하기는 일러! 방법을 찾을 수 있어!"

괴물이 또 머리를 치켜들었다.

시에나는 고삐를 꽉 쥐고 이를 악물었다. 괴물의 포효에 대비했다.

쉬익.

어디선가 바람 소리를 내며 날아온 작은 돌이 괴물의 머리에 부딪히며 터졌다.

하나 더, 또 하나 더.

연달아 날아온 것들이 펑펑 터졌다. 짙은 회색의 연기가 괴물의 머리를 감싸며 아래로 내려앉았다. 괴물의 거대한 몸이 연기에 휩싸였다.

취이이익!

괴물이 소리를 질렀다. 아까는 사나운 위협이었다면 지금 내는 소리는 당황한 비명 같았다.

갈고리를 매단 밧줄이 날아와 괴물의 상체를 휘리릭 감았다. 다른 방향에서 날아온 밧줄이 괴물을 묶었다. 세 번째 밧줄이 날아왔다.

사막귀를 중심으로 세 방향에서 밧줄을 쥔 사내들이 줄을 당겼다. 갑자기 모습을 드러낸 그들은 기이한 형태의 갑옷을 입고 투구를 썼다.

시에나는 저 특이한 갑주를 본 적이 있었다.

언젠가 황궁의 연회홀에서 선보였던, 사막귀의 껍질로 만들었다
는 특수 갑옷이었다.

"하나, 둘, 당겨!"

시에나의 눈이 커졌다.

목소리가 귀에 익었다.

셋이 동시에 힘을 주었다. 상체를 꼼짝할 수 없는 괴물이 꼬리를
휘둘렀다. 꼬리가 덮치는 순간에 사내들은 번갈아 줄을 놓으며 피
했다가 다시 줄을 잡아 주도권을 놓지 않았다. 몸놀림이 신묘했다.

연기가 완전히 걷히기 전에 사내들이 괴물에게 돌을 던졌다. 돌
에서 다시 자욱한 연기가 뿜어져 나왔다. 괴물의 머리가 연기에 파
묻혔다.

몇 번 꼬리를 휘두르던 괴물이 잠시 움직임을 멈췄다. 그 순간 한
사람이 더 나타났다. 괴물의 꼬리를 타고 빠르게 몸통 위를 올라갔
다.

괴물이 몸이 뒤틀자 기사가 '어엇!' 하고 소리를 질렀다.

괴물의 머리로 접근하던 자가 균형을 잃었다. 그대로 떨어지는
가 싶었으나 사내는 껍질 사이에 박은 단검을 손잡이로 삼아 매달
렸다.

줄을 팽팽히 당겨 괴물의 움직임을 저지하는 세 남자, 몸을 흔들
거나 꼬리를 휘둘러 저항하는 괴물, 괴물의 머리로 차근차근 올라
가는 한 사람의 밀고 당기는 사투가 벌어졌다. 사람들은 손에 땀을

쥐고 괴물 사냥의 생생한 현장을 지켜봤다.

사냥꾼들은 별다른 신호 없이도 역할을 분배했다. 그들의 능숙함은 이런 사냥이 한두 번이 아니라고 말하는 듯했다. 드디어 머리까지 올라간 남자가 두 발을 괴물의 관절에 단단히 끼워 고정하고 검을 들었다.

두 손에 쥔 검을 수직으로 내리꽂았다. 검이 거의 손잡이 부분만 남기고 쑥 들어갔다.

끼이이이이!

사막귀가 비명을 질렀다.

괴물도 고통을 느끼는구나, 생각이 들게 하는 비명이었다. 귀에 거슬리지만, 한편으로 속이 시원했다.

이 자리에 사막의 전사들이 있었다면 사막귀 사냥을 그저 경이롭게 구경하는 제국인들과 다른 부분에서 경악했을 것이다.

사막귀는 머리가 약점이다.

약점을 몰라서 못 잡는 게 아니다. 약점을 보호하기 위해 사막귀의 머리는 가장 단단한 껍질로 싸여 있었다. 어지간한 힘으로는 칼끝도 들어가지 않았다.

더구나 사막귀의 껍질의 단단함은 크기에 비례하고, 오늘 나타난 괴물의 덩치는 역대급이었다.

사내는 머리에 검을 꽂아 둔 채 뛰어내렸다.

사막귀가 온몸을 배배 꼬며 경련했다. 다른 셋이 줄을 더욱 강하게 당겼다.

키이이이이…….

내지르는 소리에 힘이 빠졌다. 턱이 벌어졌다가 오므릴 때마다 녹색의 체액이 뚝뚝 떨어졌다. 괴물이 상체와 하체가 정반대의 방향으로 뒤틀렸다. 뻣뻣하게 몸을 쭉 펴더니 벌어진 턱이 앞으로 길게 빠졌다.

세 사람이 줄을 당기던 손에서 힘을 뺐다. 괴물이 쿵 소리를 내며 쓰러졌다. 모래가 풀썩 일어났다가 가라앉았다. 모든 것이 멈춘 듯 주변이 조용해졌다. 괴물에게 다가가는 남자의 움직임에 모든 시선이 꽂혔다.

괴물이 벌떡 일어나는 것은 아닐까 조마조마했다.

하지만 반전은 일어나지 않았다. 남자는 괴물의 머리를 관통한 흑색 손잡이를 쥐었다. 힘껏 잡아당기자 흑색 검날의 검이 뽑혀 나왔다.

"전하!"

당황한 외침이 들리자마자 흑검을 검집에 꽂던 사내가 고개를 돌렸다.

일각수가 시에나를 태운 채 갑자기 질주했다. 아까 말이 전부 달아났기에 기사들은 두 다리로 달려서 쫓아갔다.

따라잡을 리가 없었다.

거리는 순식간에 벌어졌다.

사내가 달려가며 휘파람을 불었다. 모래 언덕 너머에서 건장한 체구의 말이 뛰어 내려왔다. 그는 달리던 속도를 늦추지 않고 다가온 말의 안장을 잡아 발을 굴렀다. 뛰어 오른 사내의 몸이 안정적으로 말 등에 안착했다.

길버트는 계속 시에나의 뒤를 쫓아 달려갔다. 숨이 턱에 닿을 지경이 되어 멈추었다. 그는 헉헉거리며 까마득히 멀어진 주군을 절망스럽게 바라보았다.

그의 옆을 휙 스쳐 지나가는 말 한 마리가 순식간에 그를 추월해 저만치 앞서갔다.

말 위에는 사냥꾼 중 한 명이 탄 것 같았다.

길버트는 멍하게 뒷모습을 바라보았다.

어떻게 돌아가는 상황인지 알 수 없었다.

"괜찮을 거요."

길버트는 고개를 돌렸다. 사냥꾼 한 명이 서 있었다. 목소리가 귀에 익었다. 투구를 벗어 드러나는 사내의 얼굴을 보고 입이 떡 벌어졌다.

"쿤이 따라갔으니까."

우스가 어깨를 으쓱하며 말했다.

"그럼 저분이 라드 후작님?"

우스가 고개를 끄덕였다. 길버트는 '허어…….' 하고 탄식했다. 다른 말이 나오지 않았다.

"우린 여기 정리하면서 기다리면……."

고개를 돌린 우스가 눈을 부릅떴다. 저 멀리 하늘이 누렇게 물들었다.

"모래 폭풍이 온다!"

우스가 악을 쓰며 달렸다.

시에나는 리트가 달리기 시작했을 때는 당황했으나 곧 침착하게 고삐를 잡아당겼다. 하지만 아무리 고삐를 당겨도 리트는 반응하지 않았다.

그녀의 승마 실력은 수준급이었다.

언젠가 쿤이 말한 것처럼 그녀는 '여자 치고'는 힘이 센 편이기 때문에 말을 능숙하게 다루었다.

시에나는 그동안 리트가 기꺼이 순종적으로 굴었다는 사실을 깨달았다. 애초에 리트는 훈련된 말이 아니었다.

가속도가 붙어 더욱 빨라졌다. 주변 풍경이 휙휙 지나갔다. 귀에 바람이 스치는 소리가 요란했다. 시에나는 리트가 황궁의 승마장에서는 적당하게 속도를 냈다는 사실도 깨달았다.

'리트가 왜 이러는 걸까.'

리트의 자세는 안정적이었다. 흥분하여 날뛰는 것 같지 않았다. 리트는 괴물이 위협할 때도 동요하지 않았다. 괴물이 처리된 후에 이러는 이유가 궁금했다. 온종일 달릴 수는 없을 것이다.

'언젠가는 멈추겠지.'

시에나는 고삐를 꽉 잡고 공기의 저항을 줄이기 위해 상체를 숙였다. 남겨진 사람들이 걱정됐지만, 칼리고가 괴물을 처리했으니 괜찮을 것이다.

'쿤이 왔어.'

그가 괴물의 머리에 검을 내리꽂던 장면이 자꾸 눈앞에 떠올랐다. 투구로 얼굴을 가렸으나 시에나는 그가 등장했을 때 알아차렸다. 자신의 심장을 뛰게 만드는 사람은 오직 그 남자뿐이었다.

손잡이가 흑색인 검이 눈에 확 들어와 박혔다. 숨죽여 그의 사냥을 지켜보면서 그가 다치지 않기를 얼마나 빌었는지 모른다.

그와의 재회가 다시 또 미루어져서 아쉬웠다.

그 남자, 얼굴 한 번 보기 참 힘들다.

쿤은 몇 번이나 발꿈치로 말의 배를 치며 속도를 올렸다. 하지만 백마의 꽁무니가 도무지 가까워지지 않았다. 그가 모는 말은 특수 혈통으로 덩치도 힘도 속도도 우월했다. 그러나 리트를 따라잡지 못했다.

'그러고 보니 저 녀석을 주운 데가 이 부근이었지.'

사막에서 자랐으니 모래 위에서 속도를 내는 요령을 깨우쳤을 것이다.

'목적지가 있는 건가?'

뒤에서 보니까 리트는 직진이 아니라 완만하게 왼쪽으로 꺾으며 달렸다.

쿤은 방해가 되는 투구를 벗어 던졌다. 목을 더듬어 만져지는 줄을 끄집어냈다. 끝에 매달린 피리를 불었다.

그는 말머리를 좌측으로 급격히 틀었다. 리트가 이 추세로 계속 갈 거라고 전제했다. 미리 가로질러 덮칠 생각이었다. 앞을 막아 리트의 속도를 줄인 후 밧줄을 던져 붙잡아 세우자. 그는 머릿속으로 계획을 그렸다.

방향을 바꿔 모래 언덕을 내려가니 금세 백마가 보이지 않았다. 그녀를 볼 수 없자 불안하여 입안이 바짝 말랐다.

예측이 틀리면 그녀의 자취를 아예 놓칠지도 모른다.

그는 수시로 하늘을 쳐다봤다. 드디어 원하던 광경이 보였다. 매가 나타났다. 쿤은 다시 피리를 짧게 끊어 불었다.

훈련된 매는 피리 소리에 반응했다.

쿤은 근처의 움직이는 사냥감을 추적하라고 신호를 보냈다. 매가 날아가다가 멈추고 상공에서 짧게 선회했다. 매의 아래에 백마가 달리고 있을 것이다.

그는 매를 보며 수시로 방향을 점검했다. 언덕을 뛰어넘자 저 멀리 백마가 보였다. 이대로 직진하면 리트의 앞을 막아설 수 있을 것 같다. 그는 한 손을 뒤로 뻗어 안장의 고리에 매달린 밧줄을 쥐었다.

그의 눈이 가늘어졌다. 시야를 멀리까지 확장하자 바위 군락이 보였다. 크기는 제각각이지만, 작은 아랫부분이 거대한 윗부분을 떠받치는 바위의 생김새가 전부 비슷했다.

'버섯바위?'

리트의 목적지가 아무래도 저곳인 모양이다.

쿤은 밧줄을 쥐었던 손을 놨다.

목적지가 확실하다면 잠시 두고 보는 편이 낫겠다. 말을 억지로 세웠다가 그녀가 낙마라도 하면 큰일이다.

그는 계획을 약간 수정했다. 사막 한복판에 혼자가 된 그녀는 불안할 것이다. 리트의 곁으로 붙어서 자신이 왔다고 알려 줘야겠다.

'음?'

그의 고개가 휙 돌아갔다.

저 멀리 하늘에 누런 연기가 가득했다.

'이런!'

모래를 잔뜩 머금은 바람이 휘몰아치며 몰려오고 있었다. 사막의 고운 모래는 폭풍과 섞여 무시무시한 재앙이 된다. 정통으로 모래 폭풍을 맞은 시체는 상태가 참혹했다. 피부가 전부 찢겨 피투성이가 된다.

죽은 자에게 그나마 다행은 고통이 길지 않았을 거라는 사실이다. 대부분 모래로 호흡기가 막혀 질식사했다.

'그래서 저 녀석이 버섯바위로 가는 건가? 모래 폭풍을 감지하고?'

버섯바위는 오랜 세월에 걸쳐 혹독한 사막 환경에서 탄생했다. 특이한 생김새는 풍화 작용으로 깎여 나간 결과였다.

버섯바위는 셀 수 없이 반복된 모래 폭풍을 온몸으로 맞아 견뎠을 것이다. 폭풍을 막을 엄폐물로 저만한 것이 없었다.

"……나!"

시에나는 귓가에 희미하게 들리는 소리를 듣고 고개를 돌렸다. 대각선 방향으로 달려오는 말 위에 그토록 보고 싶었던 남자가 타고 있었다.

"쿤!"

눈이 마주친 쿤이 손을 뻗어 방향을 가리켰다. 시에나는 고개를 끄덕였다. 어차피 리트가 달리는 방향이었지만, 어딘지 알 수 없는 곳으로 끌려가는 것과 주도적으로 목적지를 정하는 기분은 전혀 달랐다.

시에나는 적극적으로 고삐를 당겼다가 풀면서 승마술을 발휘했다. 두 마리의 말이 버섯바위 군락으로 달려갔다.

바위 근처에 다다르자 리트가 속도를 줄였다. 이제야 리트가 말을 듣는 기분이 들었다.

그녀는 쿤을 따라 안쪽으로 더 들어갔다.

쿤이 말을 세우고 뛰어내렸다.

시에나도 고삐를 당겼다. 리트가 순순히 멈추었다. 그가 달려와 시에나에게 두 팔을 뻗었다.

"어서!"

서두르는 기색이 역력했다.

시에나는 망설이지 않고 그의 품으로 뛰어들었다. 쿤은 그녀를 안아 들고 뛰었다.

그는 적절한 피난처를 탐색했다. 바위 아래에 움푹 팬 곳을 발견했다. 그는 안쪽에 그녀를 밀어 앉히고 바깥 방향으로 섰다. 자신의 등을 방패로 삼아 그녀를 꼭 안았다.

잠시 후 주변에 누런 흙먼지가 거센 바람과 밀어닥쳤다. 타타타탁, 요란한 소리를 내며 모래가 바위에 부딪혔다. 휘몰아치는 바람이 바위틈을 통과하며 내는 소리가 귀곡성 같았다.

바위가 몸의 반 이상을 가려 주고 나머지는 쿤이 막아 주는데도 모래가 눈, 코, 입으로 마구 들어왔다. 시에나는 손으로 입을 막고 눈을 꼭 감았다.

모래 폭풍은 길었다.

얼마나 시간이 지났을까. 요란한 소음이 점점 잦아들다가 어느새 멎었다. 조금 전까지 워낙 시끄러워서 그런지 소리가 사라진 세상은 적막했다.

자신을 꽉 안은 그의 팔에 힘이 풀리자 시에나는 감은 눈을 떴다.

두 사람의 눈이 마주쳤다.

"다친 데는?"

그녀는 짧게 고개를 좌우로 흔들었다. 쿤이 나직한 한숨을 내쉬며 그녀의 어깨에 이마를 기댔다.

피가 마르는 며칠이었다. 무슨 정신으로 여기까지 달려왔는지 모르겠다. 며칠 동안 한숨도 못 잤지만, 각성제를 먹은 것처럼 피곤함을 몰랐다.

제발 그녀에게 아무 일도 없기를 빌었다가 그녀가 다치면 세상을 저주하겠다고 이름 모를 신을 협박했다. 거의 제정신이 아니었다.

머리카락을 건드리는 손길을 느끼고 쿤이 고개를 들었다. 시에나가 그의 흑발에 뽀얗게 내려앉은 모래를 털다가 손이 멈칫했다. 조심스럽게 그의 얼굴에 가까이 다가간 손가락 끝이 그의 볼을 스쳤다.

"아……. 진짜네. 쿤이다."

눈으로 보면서도 손으로 만지면서도 믿기지 않았다. 넉 달이 넘도록 짤막한 안부 소식 한 줄도 없이 무정했던 남자가 생각지도 못한 순간에 갑자기 나타났다. 그녀는 순수한 기쁨으로 환하게 미소 지었다.

"도대체 당신은……!"

쿤이 울컥하는 표정으로 내뱉었다가 입을 다물었다. 지금 자신의 복잡한 감정을 어떤 말로도 표현할 수가 없었다. 죽음의 위기 앞에서도 이보다 철렁하지는 않을 것이다. 심장이 내려앉는 줄 알았다. 수명이 반은 깎인 기분이었다.

"당신에게 많은 걸 바라지 않았어. 무모한 일은 하지 않기로 나와 약속했지. 황궁에 있어야 할 사람이 사막에는 왜 온 거야?"

시에나의 표정이 뾰로통해졌다. 자신은 오랜만에 만나서 기쁘고 반가운데 다짜고짜 타박하는 그가 야속했다.

"특사 임무를 수행 중이야."

"철왕이 오기로 되어 있었잖아. 올 거면 미리 연락이라도 주든지. 내가 늦게 도착했거나 길이 어긋났으면 어쩔 뻔했어?"

"레반의 연락을 받고 온 게 아니야?"

"아니야."

"그럼 어떻게 알고 왔어?"

"……얘기하자면 길어. 지금 그게 문제가 아니라."

"나도 아무 생각 없었던 건 아니야. 연합국에서 사절단을 해칠리도 없고 괴물에 대비해서 폐하께 신목의 이파리도 받아 왔단 말이야."

"그럼 그걸 가지고 몸을 피했어야지. 무슨 배짱으로 사막귀와 대치하고 있어?"

"나 혼자 도망가면 다른 사람은?"

"알 게 뭐야!"

"쿤!"

쿤의 두 손이 그녀의 얼굴을 감싸 쥐었다.

"나를 위해 그 정도도 못 해 줘?"

"……."

"세상 사람 전부가 잘못되거나 말거나 당신은 당신 자신만 지켜 달라는 내 부탁이, 그렇게 어려워?"

그의 절실한 눈빛을 보며 시에나는 아무 말도 할 수 없었다. 쿤이 그녀의 이마에 자신의 이마를 맞댔다.

"당신을 원하는 내 욕심이 과하다면 다 놓을 수 있어. 그냥 난 당신이 이 세상에서 아무 탈 없이 행복하게 살아 주었으면 해. 정말 그것밖에 바라는 게 없어."

그의 간절한 속삭임은 마치 애원하는 것 같았다. 시에나는 뜨거워지는 눈을 감았다. 그가 바라는 소망이 자신이 바라는 것과 똑같았다. 시에나도 쿤이 건강하고 행복하게 이 세상 어딘가에서 살아 주기만 해도 좋았다.

그의 행복을 위해서 자신이 떠나야 한다면 기꺼이 사라질 수 있다. 평생 버석거리는 심장을 안고 살아가는 고통을 감수할 수 있다.

그런데 참 이상한 일이다.

그와 자신의 마음이 같다는 사실을 알자 그를 절대 놓고 싶지 않았다. 어떤 가시밭길이 기다리고 있다고 해도 이 남자와 반드시 함께 걸어야겠다.

"쿤."

자신의 마음 전부를 차지한 남자에게 아직 마지막 한마디를 하지 못했다. 최후의 자물쇠였다. 그녀는 자신을 남김없이 활짝 열고 난 후 모든 것이 바뀌리라고 직감했다. 그래서 비겁하다는 걸 알면서도 계속 망설였다.

"사랑해."

언어의 마법은 대단했다.

그녀는 순식간에 달라진 자신을 느꼈다. 과거의 자신이라면 상상조차 하지 못할 일을 저지를 수 있을 것 같았다. 자신의 사랑을 지키기 위해서라면 금기는 없을 것이다.

시에나는 흔들리는 그의 눈동자를 가만히 들여다보았다.

그의 어둠처럼 짙은 눈동자는 시에나가 주변에서 흔히 볼 수 있는 색이 아니었다. 황족과 황가의 피가 섞인 고위 귀족들은 대부분 눈동자 색이 밝았다. 그래서 그를 처음 봤을 때 낯선 느낌을 받았다.

하지만 언제부턴가 주변의 빛을 전부 빨아들일 것 같은 그의 눈동자를 근사하다고 생각했다. 그의 단단한 눈빛은 자신을 바라볼 때만 연약하게 일렁거렸고 그때마다 오직 그의 세상에 유일한 존재가 된 듯 우쭐한 포만감이 들었다.

"당신을 사랑해, 쿤."

쿤은 아무 말 없이 그녀를 바라보기만 했다.

하지만 시에나는 백 마디 말보다 더 많은 이야기를 그의 눈빛으로 들었다. 기쁘면서도 조심스러운, 그의 복잡한 마음이 그대로 전해졌다.

시에나의 얼굴을 감싼 커다란 손이 그녀의 목덜미를 잡아 부드
럽게 당겼다. 그녀는 눈을 감으며 입술을 열었다. 그가 고개를 살짝
기울여 입술을 포갰다. 풋풋한 첫 키스처럼 그는 그녀의 입술을 머
금고 음미하듯 문질렀다. 그녀의 입안으로 느릿하게 혀를 밀어 넣
었다.

말랑말랑하고 달콤한 입술, 보들보들한 안쪽의 여린 점막, 말캉
한 작은 혀. 무엇 하나도 놓치고 싶지 않았다. 그는 서두르지 않고
샅샅이 탐색했다. 격렬하지는 않으나 뜨겁고 간절한 입맞춤이었
다.

입술이 떨어진 후 시에나가 미간을 찡그리며 웃었다.

"모래 맛."

두 사람이 마주 보며 키득거렸다.

툭, 툭, 하늘에서 떨어지는 것이 두 사람의 몸을 때렸다. 제 손등
에 떨어진 물방울을 보고 시에나는 놀라 고개를 들었다.

"비가 와……."

정말 사막에서 비가 오다니. 놀라워하는 시에나와 다르게 쿤은
낭패의 기색으로 하늘을 올려다보았다. 사막의 비는 내리기 시작하
면 금방 폭우가 되고 짧게는 며칠, 길게는 몇 주 동안 멈추지 않는
다.

쿤이 일어나며 쭈그려 앉은 그녀에게 손을 내밀었다.

"가자. 근처에 비를 피할 곳이 있어."

시에나는 쿤의 손을 잡고 일어났다. 하지만 곧 다시 주저앉았다.

다리에 힘이 들어가지 않았다.

"왜 이러지? 다친 건 아닌데……."

"놀라서 그래. 심하게 긴장했다가 풀리면 그런 경우가 있어."

쿤은 몸을 숙여 그녀의 다리 아래에 팔을 넣고 그녀를 안아 들었다. 시에나가 두 팔을 그의 목에 감았다. 그의 품에 안겨 이동하면서 시에나는 바위 사이를 살폈다.

"리트가 안 보여."

"그 녀석은 알아서 피했을 거야. 여기 지리를 잘 아는 모양이니까."

"당신 말도 안 보여."

"두 마리가 함께 있지 않을까?"

"둘이?"

"사람이나 짐승이나 위기 상황에는 뭉치는 법이지."

"리트는 왜 날 여기로 데려왔을까……."

"모르지. 그 녀석이 무슨 생각으로 그랬는지. 그런데 모래 폭풍이 올 것을 감지한 것 같아."

"리트는 사막귀가 위협해도 동요하지 않았어. 겁 많은 아이는 아니야. 다른 말은 전부 도망갔거든. 그런데 폭풍 때문에 놀랐다고?"

"그 녀석을 거둔 곳이 이 근방이야. 폭풍에 안 좋은 기억이 있어서 방어 기제가 작용했거나 폭풍 때문에 부모를 잃었을 수도 있고."

시에나는 뜻밖이라고 생각했다. 리트를 선물 받은 날, 새끼였던 리트를 구조했다는 말을 들었을 때 막연히 초록이 우거진 숲을 떠올렸다.

"우리는 지금 어디로 가?"

"동굴이 있어."

드문드문 떨어지던 빗방울이 점점 촘촘해졌다. 쿤은 그녀를 안고 달렸다. 목적지인 동굴에 거의 도착할 무렵에 빗방울은 빗줄기가 되어 쏟아졌다.

쿤이 입은 특수 갑옷은 방수 기능이 있어서 빗물을 튕겨냈지만, 머리는 흠뻑 젖었다. 시에나는 망토를 입고 후드를 쓴 상태라 좀 나았다.

동굴은 거대한 버섯바위의 아래에 자연적으로 생겨난 것이었다. 안쪽에 경사가 져서 빗물이 역류해 들어오지 않았다.

두 사람이 동굴 안으로 들어간 후 하늘에서 물을 퍼붓는 것처럼 비가 내렸다.

쿤은 시에나를 동굴 안쪽에 내려놓았다. 그녀는 주변을 둘러보았다. 비를 피하려고 아무 곳이나 들어온 줄 알았더니 인위적으로 조성된 장소였다.

바닥에는 가죽이 깔렸고 구석에는 마른 장작이 가지런히 쌓여 있었다. 모닥불을 피웠던 흔적도 있었다. 벽에 기댄 넓찍한 나무판에 다양한 크기의 단검과 도끼가 매달렸다.

"여긴……. 뭐 하는 곳이야?"

"산에는 사냥꾼을 위한 산장이 있잖아. 그거와 비슷해."

"이런 곳이 많아?"

"사막은 은신처를 마련하기 적당한 곳이 별로 없어서 몇 군데뿐이지."

쿤은 마른 장작을 가져다가 부싯돌로 불을 피웠다. 금세 불이 붙어 타올랐다.

쿤이 손으로 젖은 머리를 몇 번 털어 낸 후 갑옷을 벗었다. 갑옷은 겉보기에는 통으로 입는 모양이지만, 실제는 관절 부위마다 끼워 맞추어 입는 형태였다.

그가 벗는 모습을 보다가 시에나도 갑옷을 벗으려고 시도했다. 입을 때는 시중을 받았다. 눈으로 봤기 때문에 따라 할 수 있을 줄 알았는데 생각보다 어려웠다. 그녀는 간신히 팔 부분을 벗었다. 종아리를 감싼 것을 벗기려 끙끙대는데 쿤이 말했다.

"도와줘?"

어느새 그는 갑옷을 벗고 얇은 셔츠와 바지 차림으로 곁에 다가와 있었다. 시에나가 고개를 끄덕이자 그가 곁에 앉았다. 시에나의 다리를 잡아 자신의 다리 위에 올렸다.

"다들 우리를 걱정하겠지?"

"날 걱정할 사람은 없을 거고, 당신을 걱정하겠지. 하지만 괜찮을 거야. 거기 남아 있는 녀석이 잘 다독일 테니까."

"누구…… 아! 칼리 경?"

시에나는 아까 사막귀를 사냥할 때 들었던 귀에 익은 목소리를 떠올렸다.

"아까 당신과 함께 있던 사람 중에 칼리 형제도 있었지?"

"우스만. 마틴은 딴 일을 맡겼어."

"아까 정말 대단했어. 칼리고의 위명이 과장이 아니었더라. 어떻게 그렇게 간단히 사막귀를 잡을 수 있어? 갑옷 덕분이야? 아니면 무기? 특별한 기술이 있어?"

"그렇게 간단한 일은 아니야. 아까는 특수한 경우였지."

"특수하다니?"

쿤이 마지막 갑옷을 벗겨 내며 그녀를 보고 씨익 웃었다.

"내가 있었잖아."

시에나가 그를 흘겨보며 웃음을 터뜨렸다.

"다 됐어."

"응. 고마워."

시에나는 홀가분하게 가벼워진 몸으로 자신의 팔을 문지르면서 미간을 찡그렸다.

"온몸이 모래투성이네."

폭풍 때문에 모래를 뒤집어쓴 데다가 비를 맞아 고운 모래가 살에 달라붙었다. 피부가 모래 알갱이 때문에 꺼끌꺼끌했다.

"씻을래?"

"어디서?"

쿤이 고갯짓으로 동굴 바깥을 가리켰다.

시에나의 눈이 휘둥그레졌다. 그녀는 잠시 생각에 잠겼다가 감탄하며 고개를 끄덕였다.

"그렇구나…… 빗물……."

빗물에 몸을 씻다니, 생각도 못 했다.

제국에서는 폭우가 내리는 일이 드물거니와 비는 맞지 않고 피해야 하는 것이었다.

"비가 아직도 많이 올까?"

"아까보다 더 많이 올걸."

경사 때문에 동굴 안에서 출입구 바깥이 보이지 않았다. 거센 빗줄기를 모래가 흡수하므로 빗소리가 요란하지도 않았다.

시에나는 상황을 살피러 출입구 근처로 나갔다.

그녀는 앞이 보이지 않을 정도로 쏟아붓는 폭우를 멍하게 응시하다 바깥으로 팔을 내밀었다. 잠시 비를 맞은 후 팔을 만져 보니 모래가 말끔히 씻겨 내려가 매끈매끈했다.

'정말 씻을 수 있겠구나.'

밖으로 나가려는 시에나를 쿤이 붙들었다.

"옷은 벗고 나가야지."

"옷도 모래투성이라서 함께 씻으려고."

의아해하는 그녀의 표정을 읽고 쿤이 피식 웃었다.

"은왕 전하. 세탁은 섬세한 작업이랍니다. 가죽조끼와 가죽 신발을 물로 세탁하겠다고요? 그리고 저 비를 맞으면서 젖은 옷을 벗는건 힘듭니다. 세수만 하시겠습니까?"

흠뻑 젖은 옷이 몸에 달라붙는 현상을 그녀가 경험했을 리가 없었다. 제 손으로 옷을 입고 벗는 일조차 거의 해 본 적 없을 것이다. 다방면에 지식이 풍부한 그녀는 엉뚱한 부분에서 일반적인 상식이 없었다.

시에나는 싱글싱글 웃는 그를 쏘아보았다.

"고약해. 날 놀리면서 즐거워하다니."

쿤은 부루퉁한 표정을 짓는 그녀의 입술에 가볍게 키스했다.

"당신이 손이 많이 가는 사람이라 즐거운 거야."

"무슨 뜻이야?"

"이런 거라도 내가 해 줄 게 있잖아."

그의 손이 그녀 조끼의 단추를 풀었다. 시에나는 가만히 서서 옷을 벗겨 주는 그의 시중을 받았다. 조끼와 셔츠를 벗고 가죽 신발도 벗어 맨발이 되었다. 두 발을 번갈아 움직여 바지까지 벗자 이제 아래위 속옷 두 장만 남았다.

옷 시중은 그녀에게 익숙한 일이지만, 벗겨진 옷가지가 늘어날수록 조금씩 묘한 기분이 들었다. 바지를 내려 주며 몸을 숙인 그의 정수리를 내려다보고 있으니 점점 몸이 후끈거렸다.

그의 손이 다리를 스치는 순간, 시에나는 자기도 모르게 움찔했다. 천천히 고개를 드는 그와 눈이 마주쳤다. 따끔하게 다리 안쪽이 조여들었다. 그녀는 마치 조건 반사처럼 반응하는 자신의 몸이 부끄러웠다.

"……비가 오는 중에는 움직일 수 없어?"

"여기서 내리는 비는 제국의 비와 달라. 앞이 안 보일 정도지. 방향을 잡을 수 없으니 사막을 헤맬 테고 비를 오래 맞으면 체온이 떨어지고. 여러모로 좋은 선택은 아니야."

말을 하면서 쿤이 일어났다. 계속 그와 눈을 마주치느라 자연스레 시에나의 숙였던 고개가 위로 올라갔다.

"연락해 줘야 할 텐데……."

"당신이 안전하다는 소식 정도는 보낼 수 있어. 매를 이용하면 돼."

"응. 그거면 돼."

"비가 언제 멈출지는 모르지만, 움직일 방법을 찾아볼게."

태연하게 대화를 나누고 있지만, 감돌기 시작한 야릇한 긴장감을 두 사람 모두 느낄 수 있었다.

시에나는 천천히 손을 뻗어 그의 볼을 감쌌다. 손바닥 아래가 닿는 부분이 미세하게 돋은 수염이 긁혀 까슬까슬했다. 수도에서 지낼 때는 한 번도 느껴 본 적이 없어서 신기했다.

"쿤."

"음."

"서두르지 않아도 괜찮아. 언젠가…… 비는 그칠 테니까."

그녀를 가만히 바라보던 그의 눈빛이 침잠했다. 제 뺨을 감싼 그녀의 손을 떼어 손바닥에 입을 맞추었다. 그리고 그가 그녀의 입술을 삼키는 건 순식간이었다. 흠칫 놀란 시에나가 순순히 그의 목에 팔을 감았다.

아까 모래를 뒤집어쓴 채 나누었던 키스와 달랐다. 안전하고 은밀한 장소가 주는 안정감 덕분인지 상대의 온기와 체향이 훨씬 짙게 느껴졌다. 지독한 최음제가 되어 상대를 홀렸다.

그녀의 입안 전부를 삼켜버릴 기세로 그가 안쪽의 점막을 빨고 혀를 휘감아 빨아들였다. 그녀의 고개가 완전히 뒤로 꺾여서 파고드는 그에게 안쪽을 속수무책으로 내주었다.

"으응……."

뜨거운 혀가 마찰하는 쾌감이 짜릿했다. 그녀가 목 안쪽에서 희미한 신음을 흘렸다. 그의 어깨를 쥔 손가락이 움찔거렸다. 손끝부터 찌릿한 감각이 팔을 타고 올라갔다.

기울어진 그녀의 몸을 그의 손이 받쳐 지탱했다. 뒷목과 윗등을 감싼 그의 손에 완전히 기댔는데도 불안한 느낌이 없었다.

가녀린 인형이 된 기분이다. 오직 그와 함께 있을 때만 '여자'가 되는 자신의 모습이 싫지 않았다. 이 남자 역시 오직 자신 앞에서만 '남자'가 된다는 걸 알기 때문이다.

그녀의 등에 단단한 것이 닿았다. 어느새 그녀는 동굴 벽을 등지고 벽과 쿤 사이에 갇혔다. 그녀의 뒤통수를 그가 완전히 손으로 감싸서 단단한 돌벽에 부딪히지 않도록 보호했다. 하지만 시에나는 갈구하듯 덤벼드는 그의 키스를 따라가기에 급급하여 눈치채지 못했다.

그녀의 아랫입술을 빨아들이며 입술을 뗀 그가 그녀의 귓불을 깨물고 목에 입술을 붙였다. 그녀의 다리 사이에 자신의 아랫배를 바짝 붙여 문질렀다.

"홋……."

그녀는 얇은 속옷 너머로 잔뜩 성이 난 그의 중심이 닿았다. 단단한 강직도가 극도로 흥분한 그의 상태를 드러냈다. 눈으로 보지 않아도 흉흉한 그의 분신을 상상할 수 있었다.

그가 음부에 밀착한 상태로 추삽질을 하듯 허리를 움직였다. 딱딱한 그의 중심이 얕게 치받을 때마다 그녀의 음핵을 눌러 자극했다.

"웃. 웅……."

그의 목을 더 꽉 끌어안은 상태로 그녀는 더한 자극을 원하며 다리를 벌렸다. 한쪽 다리로만 지탱해 서서 또 다른 다리로 그의 다리를 감았다.

다리 사이에서 흘러나오는 끈적한 물이 속옷을 적셨다. 이걸로는 부족했다. 거대한 그의 것이 내벽을 파고들어 깊은 곳을 찌르는 충격적인 쾌감을 이미 알고 있었다.

"하아⋯⋯. 시에나. 시에나."

그녀의 목덜미를 깨물고 귓가에 입을 맞추는 그의 숨소리가 거칠었다. 한 손이 엉덩이를 움켜잡으며 밀착한 중심부를 더 애타게 아래위로 문질렀다.

"응⋯⋯. 빨리⋯⋯."

시에나는 엉덩이를 흔들어 맞닿은 중심을 문지르며 그를 재촉했다. 온몸을 녹진하게 녹여 주는 그의 애무를 좋아하지만, 지금은 그것보다 더 깊이 그를 느끼고 싶었다.

죽음의 위기를 벗어난 직후 오랜만에 재회한 연인과 단둘이 된 상황에서 그녀의 몸은 빠르게 그리고 충분히 달아올랐다.

정신이 반은 나갈 정도로 급한 건 쿤도 마찬가지였다. 후끈거리는 눈에서는 열이 쏟아지는 것 같았다. 적극적인 그녀의 반응이 그를 더욱 한계로 몰았다.

서둘러 바지춤을 내렸다. 이미 완전히 발기한 성기가 튕겨 나왔다. 그녀의 속옷을 잡아 뜯어 벗긴 후 그녀의 둔부를 잡아 끌어당겼다. 하복부를 붙여 대강의 위치를 잡아 허리를 움직였다. 귀두 끝이 꽉 조이는 구멍으로 들어가자마자 그대로 허리를 쳐올렸다.

"흐윽!"

시에나는 신음을 내지르며 그는 꽉 안았다. 내벽이 한계까지 벌어지며 단번에 깊은 곳까지 박혔다. 사타구니 안쪽의 아릿한 둔통이 오싹한 쾌감이 되어 온몸을 관통했다.

그녀의 안쪽에 깊이 자신을 묻은 채 그는 나직한 한숨을 내쉬었다. 이가 갈리도록 좋았다. 그녀의 따끈한 속살이 꽉 물고 꾸물꾸물 움직이는 느낌이 환상적이었다. 그녀의 뒷목을 받쳤던 손으로 벽을 짚고 그가 사납게 가라앉은 목소리로 속삭였다.

"꽉 안아."

"흑!"

쑥 빠져나간 그가 강하게 쳐올렸다. 이어서 그가 빠르고 강하게 연속적으로 박아 올렸다.

"아! 아앗! 아아!"

몸이 마구 흔들렸다. 팔에 힘을 주어 그를 있는 힘껏 안을 수밖에 없었다. 한쪽 다리는 그의 손에 붙잡혀 그의 허리에 감은 상태로 그녀는 한쪽 다리로 겨우 몸을 지탱했다. 아슬아슬하게 발끝만 바닥에 닿았다가 그가 치밀어 올릴 때마다 발이 공중에 뜨면서 더 깊은 곳까지 박혔다.

추삽질하는 살기둥이 내벽과 거칠게 마찰했다. 꽉 채우고 들어올 때마다 숨이 턱 막히고 빠져나갈 때는 내벽이 긁히는 감각에 소름이 돋았다.

"흐윗! 아! 쿤! 너무……. 흐윽!"

"부족해?"

쿤이 그녀의 귓불을 핥고 목덜미에 입술을 붙여 빨아들였다. 모래가 섞인 그녀의 땀 맛이 꿀물보다 달았다. 그녀는 신음하며 고개만 내저었다. 스스로도 무슨 말을 하고 싶은지 알 수 없었다. 안을 꿰뚫는 그가 너무 크고 뜨거워 버거운데 그만두기를 바라지는 않았다.

신음 소리와 살이 치대는 음란한 소리가 동굴 안을 울렸다. 맞붙었다가 떨어지는 결합부에서 흐르는 물이 그녀의 허벅지를 타고 흘러내렸다. 그녀의 몸은 미끈미끈한 물을 계속 흘려보냈다. 시에나는 눈앞이 부옇게 흐려질 정도로 성감이 오른 자신의 몸 상태를 느낄 수 있었다.

누구도 모르는 외딴 동굴에 고립되었다. 거센 폭우는 동굴 안에서 흘러나가는 신음 소리 조차 모두 삼켜 줄 터였다. 근처에 아무도 없이 오직 두 사람뿐이라는 사실에 고양감을 느꼈다.

"으으응……!"

그녀가 턱을 위로 젖혔다. 발끝부터 시작된 저릿한 쾌감이 순식간에 그녀를 덮쳤다. 낭떠러지로 떨어지는 것처럼 아득했다. 모든 감각이 순식간에 멀어졌다가 되돌아왔다.

그녀의 안쪽을 느릿하게 문지르던 그가 낮게 신음하며 파정했다. 귓가에 들리는 그의 탁한 그르렁 소리에 그녀는 또다시 절정을 느끼는 것처럼 오싹하게 아랫배가 죄어들었다. 경련하며 바짝 조여드는 질벽에 자극당한 그가 가쁘게 숨을 내쉬었다.

그가 으스러지도록 그녀를 단단히 끌어안았다. 조금씩 늘어지기 시작한 그녀의 몸이 그에게 기댔다. 시에나는 그의 어깨에 머리를 대고 할딱할딱 숨을 몰아쉬었다.

"쿤……."

"응."

"정말로······ 씻고 싶어."

그의 웃음소리가 진동이 되어 몸에 울렸다. 부피가 줄긴 했지만 아직 그녀의 안쪽에 깊이 박혀 있는 그의 분신은 존재감이 뚜렷했다. 그가 천천히 허리를 뒤로 빼자 마치 막혔던 길이 열린 것처럼 허벅지를 타고 정액과 섞인 애액이 주루룩 흘러내렸다. 선명한 감각이 민망했다.

"씻는 거 도와줄게."

쿤은 그녀가 넘어지지 않도록 지탱하면서 조심스럽게 바닥에 앉혔다. 재빠르게 자신의 옷을 벗어 던지고 그녀를 안아 들었다. 그녀를 안고 비가 쏟아지는 바깥으로 걸어 나갔다.

* * *

시에나는 희미한 빗소리를 들으며 눈을 떴다.

주변이 어스름하지만, 울퉁불퉁한 벽의 단면이 제법 보일 정도로 사위가 밝았다.

아침이다.

'오늘도 실패네.'

해가 뜨면 동굴 안도 밝아졌다. 어디서 빛이 들어오는지 찾아내자고, 그녀는 잠들기 전에 항상 생각했다. 하지만 계속 실패했다. 눈을 뜨면 이미 아침이었다.

시에나가 어둡지 않은 동굴을 신기해하자 쿤은 말했다.

『비가 와서 오히려 어두운 거야. 건기에는 이보다 훨씬 밝거 든.』

동굴 안에서 모닥불을 피워도 연기는 천장으로 올라갔다가 곧 사라졌다. 동굴의 천장 어딘가에 환기 구멍이 있는 것 같았다. 비가 들이치지는 않는 것으로 봐서는 구조와 각도가 특이한 모양이었 다.

'내일은 꼭 일찍 일어나서 찾아내야지.'

그녀는 새롭게 결심했다.

오늘 할 일을 내일로 미뤄도 된다. 지금은 그래도 괜찮았다. 할 일은 없고 시간은 많으니까.

그녀는 일어나 앉으려다가 갑갑함을 느꼈다.

온몸이 망토로 둘둘 감겨 있었다. 주변을 둘러보니 역시나 쿤이 보이지 않았다.

'사냥 갔구나.'

그는 매일 새벽에 사냥을 나갔다. 그리고 시에나가 자다 한기가 들까 염려되는지 나갈 때 반드시 그녀를 망토에 꽁꽁 감싸 놓았다.

그러려면 그는 자는 그녀를 안아 들어 펼친 망토에 눕힌 후 망토 를 여미는 과정을 거쳐야 한다. 시에나는 한 번도 자신의 몸이 들어 올려지는 것을 알아차리지 못했다.

덕분에 자신이 잠귀가 꽤 어둡다는 사실을 알게 되었다. 황궁에 서는 혼자 잠들고 일어났다. 잠을 방해받지 않으니 언제나 숙면이 었다. 자신의 수면 습관을 알 기회가 없었다.

시에나는 몸을 좌우로 꾸물꾸물 움직였다. 망토의 가장자리를 그녀가 깔고 누운 상태였다. 몸을 감싼 망토가 쉽게 풀리지 않았다.

'어쩌지.'

그녀는 눈을 깜빡이며 잠시 고민했다. 몸을 한 바퀴 완전히 구르면 해결될 문제다. 하지만 귀찮았다. 불과 열흘의 동굴 생활은 그녀의 습관을 완전히 바꿔 버렸다. 그녀는 나태해졌고 죄책감을 느끼지도 않았다.

여기서 그녀의 게으름을 나무랄 사람은 아무도 없었다. 심지어 그녀 스스로 자신의 게으름을 관대하게 용서했다. 부지런해 봤자 어차피 할 일이 없었다.

비 때문에 옴짝달싹 못 하고 동굴에 갇힌 생활을 한 지 열흘이 지났다. 열흘 내내 한 걸음 앞도 잘 보이지 않는 폭우가 쏟아졌다. 발을 동동 구를 상황이지만, 두 사람은 여유로웠다. 훌륭하게 동굴 생활에 적응했다.

쿤은 워낙 여행을 많이 다니고 험지에 익숙한 사람이다. 그런데 시에나의 적응은 뜻밖이었다.

쿤은 놀라워하면서도 걱정했다. 힘들면 참지 말라고 몇 번을 말했다. 하지만 시에나는 괜찮은 척하는 게 아니었다. 실제로 동굴 생활에 크게 불편함을 느끼지 못했다.

동굴은 상당히 훌륭한 은신처였다. 식량만을 상비해 두지 않은 것만 제외하면 필요한 것이 다 있었다. 잠자리도 편안했다. 은신처 안쪽의 넓게 팬 바닥에 모래를 두툼히 깔고 가죽 깔개를 덮어 두었다. 그 위에 누우면 울퉁불퉁한 돌바닥이 전혀 느껴지지 않았다. 오히려 적당히 단단하고 푹신했다.

동굴 내부의 온도는 서늘했으며 일정했다. 낮과 밤의 일교차가 큰 사막 환경보다 훨씬 나았다. 동굴 안에 한참 있으면 춥지만, 모닥불을 피우면 금방 훈훈해졌다. 마른 장작은 아직 많이 남았다.

그리고 사막 생활의 가장 고질적인 문제인 식수는 폭우 덕분에 전혀 고민거리가 아니었다. 먹을 물과 씻을 물 전부가 동굴 밖에만 나가면 해결 가능했다.

식량은 쿤이 마련했다. 그는 버섯바위 군락에서 서식하는 붉은 전갈을 사냥했다.

시에나는 생전 처음 먹는 전갈 맛에 푹 빠졌다. 열흘 내내 먹어도 질리지 않는 진미였다.

그녀는 예상 못 한 동굴 생활의 경험을 통해 인간의 삶을 고찰했다. 인간이 살기 위한 필수적인 준비물이 생각보다 몇 가지 안 되었다. 잘 자고 잘 먹기만 해도 삶의 만족도는 아주 높았다.

그녀는 고치에 든 애벌레처럼 망토를 온몸에 감은 채 눈동자만 굴렸다. 잠은 더 오지 않았다. 황궁에 있을 때는 아무것도 하지 않을 때도 머릿속은 쉬지 않았다. 그녀에게 사색은 공부만큼 중요했다.

지금 그녀는 아무 일도, 아무 생각도 하지 않았다. 그런데 무의미하게 흘려보내는 시간이 아깝거나 지겹지 않았다. 오히려 정신이 더 맑아지는 기분이 들었다. 채우는 것만큼 비우는 것도 중요하다는 사실을 깨달았다.

저벅, 저벅 돌바닥을 울리는 소리가 났다.

쿤이 들어오는 발걸음 소리였다.

"쿤."

시에나는 그의 모습이 보이자마자 볼멘소리로 불렀다. 쿤이 들고 온 전갈 사체를 내려놓으며 미소지었다.

"좋은 아침. 잘 잤어?"

"당신이 이렇게 해 놓고 가서 움직일 수가 없잖아."

시에나는 억지에 가까운 투정을 부렸다. 쿤은 대수롭지 않게 받아 주었다.

"갑갑했구나. 미안."

그가 손으로 제 머리를 털었다. 사냥을 다녀오면 그의 머리카락은 항상 축축하게 젖었다.

투구는 어쨌냐고 물어보니까 잃어버렸다고 했다. 그가 투구를 잃어버린 게 자신 때문인 것 같아서 그의 젖은 머리카락을 볼 때마다 신경이 쓰였다.

쿤은 빠른 속도로 갑옷을 벗었다. 가벼운 차림이 된 후 동굴 벽에 기댄 나무판으로 다가갔다. 걸어 둔 옷가지를 손끝으로 만졌다. 간밤에 빗물로 빨아 둔 것이 보송보송하게 말랐다. 그는 그것들을 걷어서 챙겨 들고 시에나의 곁으로 다가가 앉았다.

"더 잘래? 식사 준비가 끝나면 깨울게."

"일어날래."

쿤이 누워 있는 그녀를 가뿐히 안아 일으켜 앉혔다. 그녀의 몸에 둘둘 말린 망토를 풀자 망토가 흘러내리면서 그녀의 나신이 드러났다.

그녀의 하얀 가슴에는 붉은 순흔이 가득했다. 전에 함께 밤을 보낼 때 그는 그녀의 몸에 흔적을 남기는 편이 아니었다. 시녀의 시중을 받는 그녀를 배려하는 뜻도 있었고 그가 스스로를 절제하는 의미이기도 했다.

그런데 원초적인 동굴 생활이 그의 고삐를 풀어 버렸다. 그녀의 온몸을 깨물고 입을 맞추어 흔적을 남기면서 진득한 소유욕이 충족되었다.

제가 만든 흔적을 뿌듯하게 보는 그의 눈빛에 욕망이 아지랑이처럼 일어났다. 하지만 그는 내색 없이 그녀의 몸을 살짝 당겨 안고 팔을 뒤로 돌리면서 셔츠를 끼워 입혔다. 밥은 먹여 가면서 괴롭혀야지. 그는 최소한의 양심은 지켰다.

"다 됐다."

쿤이 셔츠의 마지막 단추를 채우면서 그녀의 입술에 살짝 입맞춤했다. 시에나가 빤히 바라보자 쿤의 표정이 조심스러워졌다.

"어디 불편해?"

시에나는 고개를 저었다. 아무리 여기서는 부지런히 움직일 이유가 없다지만, 자신이 나태해진 가장 큰 이유는 하나부터 열까지 시중을 드는 이 남자 때문이었다. 황궁에서 시녀들의 시중을 받을 때도 이 정도는 아니었다.

"난 정말 여기서 지내는 거 괜찮아. 당신이 이렇게까지 내 기분을 맞추려 애쓰지 않아도 돼."

"애쓰는 게 아니야. 내가 해 주고 싶어."

"당신 때문에 내가 자꾸 게을러져. 이러다가는 혼자서 아무것도 못 하겠어."

"그런 걱정은 안 해도 돼. 고작 이 정도로 당신의 평생 습관이 바뀌지 않아."

쿤이 다시 그녀의 입술에 키스했다. 이번에도 가볍게 입술만 붙였다가 뗐다.

'정말 그렇게 되면 더 바랄 게 없지. 당신이 내가 없이는 아무것도 못 하면 얼마나 좋을까.'

그는 속으로만 중얼거렸다. 그녀를 오직 혼자 독차지하고 싶다는 욕심을 차마 드러내지 못했다. 이 꿈 같은 생활은 시한부였다. 오직 비가 그칠 때까지만이다.

그녀는 하루라도 빨리 비가 그치기를 바랄 것이다.

책임감이 강한 그녀는 다른 사람들이 걱정되고 특사 임무를 미뤄 둔 지금 상황이 심란할 테니까.

하지만 쿤은 이 비가 영원하기를 바랐다.

"배고프지? 오늘 메뉴도 어제와 같아. 아직 질리지는 않았지?"

"응. 맛있어."

시에나는 붉은 전갈 사체들을 흘끔 쳐다봤다.

크기는 제각각이고 온전한 형태는 아니었다.

쿤은 생명력이 강한 전갈의 숨을 빨리 끊기 위해 머리를 자르고 독침이 있는 꼬리도 잘랐다. 전갈이 죽은 것을 확인하고 안전 조치도 확실히 한 후 빗물에 깨끗이 씻어 가져왔다. 정작 사냥에 소요하는 시간보다 준비 과정에 시간이 더 걸렸다.

붉은 전갈은 새벽에 활동했다. 그래서 쿤은 새벽에 사냥을 나갔다. 몸통의 색은 사막의 모래와 비슷해서 착시를 일으키며 두 개의 집게발 색만 붉었다. 평균 크기는 사람의 팔뚝만 했다. 한낮에는 열기를 피해 바위 밑에 들어가 있는데 그래서 버섯바위 군락은 붉은 전갈의 주요 서식지였다.

쿤은 식사 준비를 시작했다. 모닥불 상태부터 점검했다. 모닥불은 불씨만 남아 있었다. 사냥을 가기 전에 그가 던져둔 장작이 거의 재가 되었다.

아무리 환기가 잘 되어도 동굴 안이었다. 무작정 모닥불을 크게 피웠다가는 동굴 안이 연기로 가득 차 질식할 위험이 있었다.

모닥불에 수시로 장작을 던져 넣어 적당한 불 크기를 유지해야 한다. 경험이 필요한 일이라 모닥불 관리도 쿤이 담당했다.

쿤이 마른 장작을 모닥불에 던졌다. 곧 순식간에 붉은 불길이 솟아올랐다. 화력을 얻어 급격히 커진 불이 진정될 때까지 쿤은 사냥감을 손질했다. 그는 단검으로 능숙하게 전갈의 몸통을 잘랐다.

시에나가 곁으로 바짝 다가와 그가 전갈을 해체하는 과정을 구경했다. 봐도 봐도 신기했다. 그는 무척 쉽게 등 껍데기를 도려내고 집게발을 잘랐다.

그런데 시에나는 절대 보는 것처럼 쉽지 않다는 걸 알고 있었다. 구경하다가 자신도 해 보겠다고 나섰다가 집게발 하나도 자르지 못했다. 힘과 기술이 모두 필요했다.

불꽃이 적당히 작아졌다. 쿤이 불 위에 등 껍데기를 도려낸 몸통을 올렸다. 전갈의 단단한 껍질이 그릇 역할을 했다.

잠시 후 몸통 안에서 속살이 자글자글 끓었다. 고소한 냄새가 퍼졌다. 버터 향과 비슷한데 좀 더 진하고 독특한 향이 섞였다.

맛을 기억하는 시에나의 입안에 침이 돌았다. 그녀는 익어 가는 전갈의 속살에서 눈을 떼지 못했다. 반투명한 살이 완전히 익어 흰색이 되면 먹어도 된다.

쿤이 단검을 몸통의 관절 끝에 끼워 고정했다. 불길에서 꺼내 그녀의 앞에 내려놓았다. 단검은 손잡이가 되었다. 시에나가 단검을 쥐고 몸통을 들어 올렸다. 잘라낸 껍데기를 숟가락 삼아 전갈의 익은 살을 떠서 입안에 넣었다.

그녀는 눈을 감고 맛을 음미했다. 입안에서 사르르 녹는 이 맛을 뭐라고 해야 할까. 황궁에서는 항상 뛰어난 실력의 요리사가 조리한 최고의 요리만 먹었다. 하지만 단연코 이런 맛은 내지 못했다.

시에나는 몸통 살을 남김없이 먹어치웠다. 이미 배가 부른데도 그가 건네주는 집게발도 받았다. 집게발의 살은 몸통 살보다 쫄깃하고 감칠맛이 있었다.

쿤은 시에나가 먹는 모습을 흐뭇하게 바라보았다. 그녀의 커다래진 눈동자와 집중하는 표정이 온몸으로 '맛있어!'라고 외쳤다. 그 모습이 몸서리치게 귀여웠다.

시에나가 부른 배를 두드리며 만족할 즈음에 쿤이 식사를 시작했다. 이번에는 시에나가 구경꾼이 될 차례였다. 매번 똑같은 감탄을 했다.

'잘 먹네. 남자는 원래 저렇게 많이 먹나?'

그의 식사량은 최소한 시에나의 두 배는 되었다. 지금껏 타인이 뭘 먹는지, 얼마나 먹는지 관심 가진 적이 없었다. 그런데 그가 먹

는 모습을 보면 자신의 속도 든든하게 채워지는 것처럼 포만감이
들었다.

식사가 끝나면 뒷정리도 쿤의 몫이었다. 시에나는 가죽 깔개에
서 뒹굴며 움직이는 그를 시선으로 좇았다. 건장한 사내가 왔다 갔
다 하는 모습을 보고 있으면 흐뭇했다. 저 훌륭한 수컷은 자신의 것
이니까.

머리부터 발끝까지 격식 있는 옷차림으로 꽁꽁 감싼 수도에서와
다르게 동굴에서는 상대적으로 차림새가 변변치 않았다. 단벌옷을
빨아 말리는 동안에는 알몸으로 있을 수밖에 없고 그는 웃통을 입
지 않을 때가 대부분이었다.

그와 꽤 많은 밤을 보냈지만, 그의 몸을 이렇게 오랜 시간에 걸쳐
자세히 관찰한 건 처음이었다. 근사한 남자의 몸은 여자의 몸과 전
혀 다른 의미로 아름다웠다.

모든 사내의 몸이 저 남자 같지는 않을 것이다. 그는 장신에 온
몸이 근육인데도 전혀 둔해 보이지 않았다. 만지면 단단하면서도
탄력 있는 굴곡이 있었다. 그가 위에서 누른 상태에서 그의 가슴에
곤두선 유두가 쓸리면 짜릿했다.

시에나는 엉큼한 눈으로 그를 훔쳐보며 몰래 키득키득 웃었다.

뒷정리가 끝난 후 쿤이 후식을 가져왔다. 사막에서만 자라는 식
물 일종으로 사막귀조차도 이 식물만은 건드리지 않았다. 이유는
이 식물이 머금은 풍부한 수분 때문이었다. 사막귀도 생명체이니
수분 섭취가 필요했다. 그래서 공존을 택했다.

사람에게도 유용한 식물이었다. 그래서 사막인들은 이 식물에

'용신목'이라는 이름을 붙였다. 용신목은 종류가 여러 가지였다. 쿤이 가져온 용신목은 그중 노란색을 띠었다.

시에나가 눈을 반짝거렸다. 붉은 전갈만큼은 아니어도 노란 용신목도 좋아했다. 새콤달콤한 맛이 일품이고 풍부한 과즙은 입안을 개운하게 해 주었다.

쿤이 용신목의 단단한 노란 껍질을 단검으로 두껍게 벗겨 냈다. 부드러운 과육이 나오자 그것을 잘라 그녀의 입으로 가져갔다.

시에나는 그가 주는 대로 넙죽넙죽 받아먹었다. 먹이를 받아먹는 새끼 새 같은 그녀가 사랑스러워서 그는 심장이 간지러웠다.

후식을 먹고 나면 오전의 중요 일과는 끝났다. 원시적인 동굴 생활에서 먹는 일만큼 중요한 것은 없었다.

그 후 두 사람은 가죽 깔개에 나란히 앉거나 누워서 도란도란 이야기를 나누었다.

가끔은 중요하고 심각한 얘기도 했지만, 대부분은 뒤돌아서면 잊어버릴 소소한 것들이었다.

"사막의 비는 원래 이렇게 오래 내려?"

"기간은 정해져 있지 않아. 짧으면 며칠, 길면 몇 주 동안 내리기도 해. 그런데 큰 차이는 없어. 짧은 기간 동안 엄청난 양의 비가 내리든지, 매일 조금씩 오랫동안 비가 오든지 둘 중 하나지. 우기에 사막의 일 년 비가 모두 내린다고 보면 돼."

"그럼 이번 비는 어때?"

"열흘째 내리고 있으니 짧은 기간은 아닌데 강수량은 많고. 어쩌면 홍수가 날지도 모르겠어."

"홍수? 사막에?"

"사막도 홍수가 나. 우기 직후에 잠깐이지만, 호수도 생기고 강도 흐르지. 비가 그치면 당신도 볼 수 있을 거야."

"그렇구나. 사막에 강이 흐르다니. 근사하네."

하지만 그녀는 내심 생각했다.

이 비가 오래오래 내렸으면 좋겠다고.

두 사람은 대화하다가 뜬금없이 분위기가 달아오르곤 했다. 늘 시작은 키스였다. 그의 키스가 입술이 아닌, 볼, 귓가, 목덜미로 이어지면 시에나는 그의 눈빛에 가득한 정염을 읽을 수 있었다.

밀실에 가까운 환경에 한창 불붙은 연인 둘이 온종일 붙어 있으니 당연한 결과일 것이다.

시에나도 싫지는 않았지만, 횟수가 너무 잦았다. 밤낮을 가리지 않았다. 먹고 자고 남자와 뒹굴다가 또 먹고 자고. 얼마나 방탕한 나날인가. 자신이 동물이 된 것 같았다.

"당신이 조금만 자제하면 사냥을 이틀에 한 번만 나가도 될 거야."

시에나는 배부르게 먹어도 금방 소화가 된다는 말을 에둘러 표현했다.

"하루에 두 번도 사냥할 수 있어."

한술 더 뜨는 그에게 시에나는 눈을 흘겼다. 쿤이 씨익 웃으며 그녀의 얼굴 이곳저곳에 키스를 퍼부었다.

시에나는 그의 얼굴을 손으로 밀어내며 웃음을 터뜨렸다.

그녀의 저항은 길지 않았다. 얼마 지나지 않아 동굴에서는 웃음

소리 대신 열락의 신음이 울렸다.

   세상의 근심 걱정을 모두 미뤄 둔 연인은 하루하루가 행복했다.

   그로부터 사흘 뒤.

   비가 그쳤다.

5장
사막의 왕국

쿤은 말을 부르겠다며 먼저 나갔다. 그가 부는 휘파람 소리가 희미하게 들렸다.

시에나는 동굴 입구를 등지고 서서 안쪽을 바라보았다. 사막 한복판의 동굴에서 무려 열흘이 넘도록 지냈다. 고립된 기간이 너무 길었다.

미뤄 둔 일이 많았다.

특사 임무를 하루빨리 완수하여 사막의 혼란을 수습해야 한다. 그런데 미련 없이 돌아서게 되지 않았다.

잠깐의 외유이니까 유쾌하게 견뎠다. 이런 곳에서 평생을 살 수는 없다. 하지만 영원히 잊지 못할 것 같다.

—추억은 순간이다. 찰나의 기쁨이 평생을 살아가는 힘
　을 준다.

　언젠가 어문 수업에 포함되어 읽었던 수필집의 한 구절이었다.
그녀는 문학의 풍부한 감성을 좋아하지 않았다.

　'난 추억을 붙들고 사는 짓은 안 해.'

　그녀는 돌아서면서 결심했다. 현재가 불행하니까 과거를 붙들고
사는 거다. 행복해질 것이다. 꿈속 황제처럼 회한의 삶을 살지 않겠
다.

　동굴 밖으로 나오니 쿤이 보였다.

　그가 또다시 휘파람을 불었다.

　시에나는 잠시 서서 그를 바라보았다. 가슴 속에서 파문처럼 따
뜻한 감정이 퍼져 나갔다. 지금 자신이 느끼는 설렘이 소중했다. 이
런 감정을 알게 되어 감격스러웠다.

　시에나를 돌아보는 그의 표정이 부드러웠다. '나를 사랑하는구
나.'라고 느껴지는 저 남자의 눈빛이 좋았다. 시에나도 미소지으며
그에게 다가갔다.

　"당신의 신호를 들을 수 있을까? 어디 있는지 모르잖아."

　"바위가 소리를 반사해서 멀리 퍼지게 해 주거든. 버섯바위 군락
에서 벗어나지 않았으면 들릴 거야."

　쿤은 잠시 후 또 휘파람을 불었다. 그리고 미간을 움찔하더니 중
얼거렸다.

　"온다."

시에나의 귀에는 아무 소리도 들리지 않았다. 그녀는 참을성 있게 기다렸다. 그리고 곧 그녀의 귀에도 탁, 탁 모래를 걷어차는 소리가 들렸다.

가장 먼저 쿤의 말이 모습을 드러냈다.

그 뒤로 리트가 함께 달려왔다. 둘 다 다친 곳은 없는 것 같고 알아서 끼니를 챙겨 먹었는지 눈동자도 명료했다. 두 마리 말은 각자의 주인 앞으로 다가갔다.

"리트. 너 이 녀석."

시에나가 고삐를 당기며 엄하게 말했다.

굳이 버섯바위까지 오지 않았어도 모래 폭풍은 피할 수 있었다고 쿤은 말했다. 리트 때문에 이런 곳으로 혼자 끌려왔으면 무척 곤란했을 것이다.

리트가 눈동자를 먼 곳으로 굴렸다. 흘끔 시에나의 눈치를 살피다가 그녀의 손에 주둥이를 들이밀어 비볐다. 시에나가 웃으며 콧잔등을 쓸어 주었다.

지켜보던 쿤이 불만스레 말했다.

"고작 그 정도로? 더 따끔하게 혼을 내야지."

리트가 항의의 눈빛으로 바라보자 쿤이 기가 막혀 말했다.

"저 눈초리 봐. 전혀 반성을 안 하고 있잖아."

"리트."

시에나가 목소리를 낮추어 불렀다. 리트는 곧바로 고개를 바짝 숙이며 꼬리를 좌우로 흔들었다.

쿤은 혀만 차고 두말없이 넘어갔다.

리트가 멍청해서 저지른 짓이거나 주인을 해코지할 의도였으면 가만두지 않았을 것이다.

리트가 부모와 살았을 때 아마 모래 폭풍이 오면 부모를 따라 버섯바위로 몸을 피했던 것 같다. 그러니까 제 딴에는 주인을 지키려는 다급한 마음이었을 것이다.

쿤은 자신의 말 안장 옆에 달린 비상 가방을 열었다.

부피가 작은 얇은 망토를 꺼내 입었다. 사막의 바람과 햇볕을 막으려면 망토는 필수다. 그가 말에 오르자 시에나도 리트 위에 올라탔다.

"좀 전에 매가 소식을 가져왔어. 당신 호위들이 중간 휴식지에서 기다리고 있대. 말을 달려 오늘 안으로 도착할 거야."

"응."

쿤이 출발했다. 시에나도 뒤를 따라갔다. 두 마리의 말이 나란히 모래를 박차며 질주했다.

그들의 여정은 초반부터 난관에 부닥쳤다. 가로질러 가야 하는 길목을 강이 막았다. 폭우가 만든 사막의 강은 시에나가 상상했던 것보다 폭이 넓고 깊었으며 물살도 강했다.

쿤이 끝이 보이지 않는 강의 하류를 응시했다.

"건널 만큼 얕은 곳이 나올 때까지 돌아가야겠어."

두 사람은 강변을 따라 달렸다. 시에나는 달리는 중간중간 고개를 옆으로 돌려 강물을 바라보았다.

사막의 붉은 모래를 도도히 가로지르며 흐르는 물결은 기이한 느낌을 주었다.

태초의 물줄기가 이러했을까, 생각이 들었다.

두 사람은 한참 하류로 내려간 끝에 얕은 곳을 발견해서 건널 수 있었다. 그즈음에 정오가 훌쩍 넘었다. 햇볕이 가장 뜨거운 시각이었다.

그들은 큼직한 바위가 만들어 주는 그늘로 들어갔다. 겨우 두 사람이 비집고 들어가 앉을 정도였다.

말 두 마리는 풀어놓았다. 두 마리는 강에서 목을 축이고 함께 어울려 강기슭을 뛰어다녔다.

"두 마리가 친해졌네. 리트가 다른 말과 잘 지내는 모습은 처음 봤어."

"내 말이 리트한테 힘으로 뒤지지 않을걸. 얕볼 수 없으니 친구가 된 거지."

"……."

시에나는 자신의 애완동물이 사랑스럽지만, 성격이 무척 나쁘다는 사실은 부정할 수 없었다.

"가짜 길잡이들은 어디로 갔을까?"

쿤이 코웃음 쳤다.

"어디에 있건 저지른 짓의 대가를 치러야 해."

길잡이인 척 행세한 것만으로도 큰 죄지만, 더 큰 죄는 책임을 저버린 것이다. 그들은 괴물한테 몰살당할지언정 제국의 사절단을 지켜야 했다.

'사막귀의 먹잇감으로 던지고 도망을 쳐?'

두 마리의 말이 어울려 노는 모습을 보는 척하며 시에나의 눈길을 피한 쿤의 눈동자에 사나운 분노가 넘실거렸다. 자신이 한 발만 늦었으면 어찌 되었을까. 상상만으로도 가슴이 선뜩했다.

히실로 호투. 그놈은 제 무덤을 팠다. 건드리지 말아야 할 것을 건드렸다.

자신을 보는 그자의 눈초리에 가득한 적의를 알고 있었다. 주제도 모르고 덤비는 꼴이 가소로웠다. 사사건건 시비를 걸어 도발해도 굳이 상대하지 않았다. 호투 부족장의 아들이라 뒤처리가 귀찮아서 무시했을 뿐이다.

'이번 일을 문제 삼아 봤자 처벌은 가볍겠지.'

사막의 관습상 족장의 혈통은 특별 대우를 받았다. 후계들끼리 권력 다툼으로만 죽을 뿐 그 외에는 무슨 짓을 해도 목숨을 뺏는 처벌은 내리지 않았다. 제국에서 엄중히 유감을 표시하면 참형하는 척 뒤로 빼돌리는 꼼수를 쓸 것이다.

'그럴 거면 차라리 추방령을 내리도록 몰아가는 편이 낫다.'

쿤의 머릿속에서 히실로의 숨통을 옥죄는 계획이 가닥을 잡았다.

추방되어 부족의 보호가 잠시 느슨해질 때를 노린다.

고통스럽고 치욕스러운 죽음이 그자를 기다릴 것이다.

* * *

강 때문에 길을 멀리 돌아가느라 두 사람은 날이 저물 때까지 중간 휴식지에 도착하지 못했다.

쿤은 해가 완전히 지기 전에 매를 불렀다. 암호를 적은 문서를 다리의 나무통에 넣고 팔을 휘둘렀다. 날아오른 매가 하늘 위에서 빙빙 돌다가 멀리 날아갔다.

쿤은 잠자리를 준비하기 전에 주변을 돌아다니며 위험한 사막 뱀이나 전갈 등의 서식처가 없는지 확인했다.

잠자리로 낙점한 장소 주변에 어떤 엄폐물도 없었다. 비가 내린 후에는 한동안 모래 폭풍이 없으므로 차라리 모래뿐인 장소가 나았다.

두 사람의 저녁 식사는 비상 가방 속에 든 육포였다.

넉넉하지는 않아도 두 사람이 하루의 허기를 면하는 데는 충분했다.

가방 안에는 은근히 많은 것들이 들었다. 쿤은 깔개도 되고 천막으로도 쓰는 질긴 천을 꺼내 모래 위에 깔았다.

두 사람은 깔개 위에 누웠다. 시에나는 그의 어깨를 베고 모로 누웠다. 한쪽 팔이 그의 가슴을 가로질러 안았다. 쿤의 팔은 그녀의 등을 안으며 품으로 바짝 당겼다.

레반이 시에나에게 보내 준 망토는 방열, 방수, 방한 기능이 모두 뛰어났다. 동굴 안보다 사막의 밤이 훨씬 추웠지만, 그를 꼭 안고 망토를 덮으니 괜찮았다.

밤하늘에는 빈틈이 보이지 않을 정도로 별이 많았다.

'황궁에서 보는 하늘은 여기와 다른 걸까.'

시에나는 자신이 별이 흐르는 바다에 둥둥 떠 있는 것 같다고 생각했다.

연인은 오직 세상에 서로만 존재하는 것처럼 단단히 끌어안고 잠들었다.

"시에나."

속삭이는 그의 목소리를 듣고 그녀는 느릿하게 눈을 떴다.

어느새 사막의 밤이 물러갔다. 주변이 어스름했다. 그리고 쿤이 그녀를 안아 든 상태였다.

"저기 봐."

시에나는 고개를 돌렸다.

잠기운으로 무겁던 눈이 확 떠졌다.

쿤은 그녀를 안고 모래 언덕 위에 올라가 있었다. 아래로 내려다보는 사막의 정경이 지평선까지 탁 트였다. 끝이 보이지 않는 꽃밭이 펼쳐졌다.

시에나는 잠이 덜 깨었나 싶어서 눈을 깜빡거렸다. 태양이 떠오르면서 색색으로 사막을 물들인 꽃들이 더욱 선명하게 제 빛깔을 드러냈다. 시에나가 몸을 뒤틀자 쿤이 그녀를 내려 주었다. 넋 놓고 구경하는 그녀의 귓가에 그의 목소리가 들렸다.

"신의 정원이야."

"신의 정원?"

"이번에 비가 많이 오기는 했나 봐. 비가 내린 직후 꽃이 피기는 하는데 이 정도 규모는 십 년에 한 번 있을까 말까 해. 그래서 사막인들은 신의 정원이라고 부르지."

시에나는 레반이 홍화씨를 건네며 했던 말을 떠올렸다.

「사막에 홍수가 나고 모래 속에 잠들어 있던 씨앗이 일제히 발아하여 꽃을 피웁니다. 참 장관입니다.」

장관이라는 단어 하나로 표현할 수 있는 풍경이 아니었다. 신의 정원이라는 거창한 이름이 아깝지 않았다. 인위적으로 조성한 황궁의 화려한 정원은 자연의 섭리가 만들어 낸 이 기적에 비하면 조잡했다.

"아름다워……."

그녀의 머릿속에서 사막에 대한 인식이 완전히 바뀌었다.

예측할 수 없고 신비롭다. 위험하지만 매력적인 땅이었다. 자신이 사랑하는 남자와 똑 닮았다.

"쿤. 저 중에 홍화도 있어?"

쿤이 작게 헛기침했다.

"……있겠지."

"난 당신이 보낸 홍화씨로 술을 담갔어."

"……."

시에나는 고개를 돌렸다.

물끄러미 자신을 바라보는 그와 눈이 마주쳤다.

"쿤."

시에나는 그의 앞으로 성큼 다가갔다. 그의 허리 뒤로 두 팔을 둘러 안았다.

"난 절대 당신을 놓지 않아."

쿤의 오른손이 그녀의 볼을 감싸 쥐고 부드럽게 만졌다.

"나는 양보를 배운 적이 없어."

어릴 때부터 주변 사람들은 시에나에게 당신은 장차 황제가 될 거라고 말했다. 누구도 그녀에게 자신의 것을 다른 사람과 나누라고 말하지 않았다.

"그러니까 난 철왕에게 제위를 양보한 게 아니야. 내 것이 원래부터 아니었을 뿐이지. 하지만 당신은 내 것이야. 내가 당신을 놓아줘야 당신이 더 행복해진다고 해도 당신의 행복에 당신을 양보하지 않겠어. 난 못되고 이기적이게 당신을 이렇게 꽉 잡을 거야."

쿤의 눈동자가 흔들렸다.

그는 한숨처럼 웃었다.

고개를 숙여 마치 성스러운 존재를 경배하듯 그녀의 이마와 콧등과 입술에 차례로 키스했다. 그녀의 귓가에 맹세처럼 속삭였다.

"모든 것이 당신의 뜻대로."

두 사람이 서로를 꽉 끌어안았다.

말로 표현하지 않아도 알 수 있었다. 두 사람은 서로가 상대를 꽁꽁 묶는 끈이 되었다. 두 사람이 함께 있을 때 비로소 완벽해졌다.

*   *   *

황제가 귀족들과 관리들을 불러 모았다. 장소는 태양궁의 대회의실이었다. 사람들은 의석을 차지한 제프리를 발견했을 때 대충 오늘의 안건을 짐작했다.

조사관에 불과한 제프리는 아직 귀족도, 관리도 아니었다. 원칙적으로 오늘 회의에 참석할 자격이 없다.

"짐이 진명으로 옛 사건의 재조사를 지시했던바, 아케론 가문의 무고함을 밝힐 증좌가 발견되었다."

중앙 상석에 앉은 황제가 오른손에 낡은 문서를 쥐고 들어 보였다.

"이것은 선황 폐하께서 아케론 가문의 당대 공작에게 수여한 기밀문서다. 문서의 내용에 따르면 아케론 공작은 선황의 뜻에 따라 군사를 모았고 수도로 진군했다. 아케론 가문은 역심을 품지 않았다."

좌중이 술렁거렸다.

일부의 귀족은 제프리를 흘끔거렸다.

"선황 폐하께서는 어떤 이유로 그런 지시를 내리셨습니까?"

슐츠 공작이 나서서 물었다.

"명분은 반당 척결이었소. 슐츠 공은 그대의 부친인 선대 공작한테 들은 말이 있을 거요. 선황께서는 반당 토벌에 공을 들이셨지."

"……예. 실제로 많은 기록이 있습니다."

"하지만 선황의 정책은 실패했소."

귀족들의 표정이 굳었다. 황제가 공식적인 자리에서 선황의 업적을 부정했다. 황제의 업적을 평가하며 '실패'라는 표현을 사용한 자체가 제국 역사상 처음일 것이다.

"반당이 줄어든 것은 사실이나 생존자들은 철저하게 제국인들 틈으로 숨어들었다. 그들이 스스로 모습을 드러내지 않는 이상 추

적이 어렵다. 제국은 보이지 않는 위험을 품게 되었다. 게다가 충성
스러웠던 공작 가문이 멸문하는 결과까지 초래했으니 어찌 실패라
고 하지 않겠는가."

"폐하. 선대의 업적을 당대에 평가하는 일은 신중하셔야 합니
다."

슐츠 공작이 우려를 표했다.

황제도 사람이다. 신이 아닌데 어찌 완벽하겠는가. 하지만 신성
제국의 황제는 신처럼 완벽해야 했다.

공고한 황권이 제국의 질서를 만들고 유지했다. 황권이 흔들리
면 제국도 흔들린다. 그래서 천하의 지배자는 평가의 대상이 아니
었다. 비판도 칭찬도 할 수 없다.

그런데 황제는 스스로 금기를 깼다. 선례를 만든 것이다. 최초는
어렵고 두 번째는 쉽다. 후대의 절대 권력은 도전받을 수 있다. 그
점을 슐츠 공작이 지적했다.

슐츠 공작이 단지 귀족의 입장만 생각했으면 황권 약화는 환영
할 일이었다. 그런데 슐츠 공작은 황제의 사촌으로서 조언했다.

슐츠 공작의 고모님이 황제의 모친이다. 선황의 적왕은 정신적
으로 불안정했다. 그래서 선대 슐츠 공작의 아픈 손가락이었다.

선대 공작은 누이 핏줄인 황제를 잘 보필하라는 유언을 남겼다.
슐츠 공작은 부친의 유언을 항상 마음에 품고 살았다.

"검은 것을 검다 하지 못하고 희다고 한다면 제국에 무슨 발전이
있겠는가."

황제의 뜻이 확고함을 알고 슐츠 공작은 입을 다물었다.

"이 중좌는 신의 언어로 쓰였다. 학자들이 문서의 진실성을 공증 후 번역 사본이 증거물로 제출될 것이다. 누구든 기록물 보관소에서 열람할 수 있다."

시종장이 은쟁반을 들고 황제의 곁으로 다가갔다. 황제가 그 위에 문서를 내려놓았다.

"오늘로 아케론 가문의 복권을 선언한다. 아케론 가문의 유일한 핏줄, 제프리 아케론 조사관은 박탈당했던 부친의 작위를 잇고 제후 공작 가문의 가주로서 마땅히 누릴 모든 권리를 되찾는다. 부수적인 절차가 끝나는 대로 공작령의 지배권도 아케론 공에게 귀속될 것이다."

제프리가 자리에서 일어났다.

황제에게 깊이 허리를 숙여 인사 후 고개를 들었다.

"황은이 망극하옵니다. 폐하. 부친의 명예를 되찾는 것만으로도 소인은 감격스러워 눈물이 앞을 가립니다. 부족한 소인이 아케론 가문의 중흥을 이끌었던 부친의 뜻을 이어받게 되어 두려울 뿐입니다. 하온데 폐하."

제프리는 서두를 꺼낸 후 시선을 사람들 쪽으로 돌렸다.

짜릿짜릿한 긴장감으로 손에서 땀이 났다.

자신의 폭탄 발언 후 저들의 표정이 어떻게 변할지 똑똑히 보고 싶었다.

"소인이 아케론 가문의 유일한 핏줄이 아닙니다. 소인에게는 조카가 한 명 있습니다."

"조카?"

"예, 폐하. 폐하께오서 황자로 인지한 철왕이 소인의 조카입니다."

여기저기서 '헉' 하는 숨죽인 비명이 튀어나왔다.

이미 진실을 알고 있던 일부 사람을 제외하면 대부분 믿기지 않는 표정으로 눈을 부릅떴다.

사람들은 제프리의 폭로가 장차 몰고 올 파란을 생각했다. 계승서열이 바뀌게 된다. 그렇다면 장차 제위에 오를 사람은 은왕이 아니었다.

"철왕 디안 아르젠트는 틀림없는 짐의 핏줄이며 신족의 혈통이다. 다만, 지금껏 철왕의 모친이 누구인지 아는 자가 없었다. 아케론 공."

황제는 제프리를 공작으로서 호명했다.

"예, 폐하."

"공이 철왕의 숙부라는 사실을 누가 증명할 것인가?"

"폐하. 복잡한 사정이 있어 뒤늦게 밝히지만, 그동안 소인은 철왕 전하와 긴밀한 연락을 주고받았습니다. 철왕께서 진실을 밝히기 위해 밖에서 기다리고 계실 것입니다. 부디 이 자리에 불러 하문해 주시옵소서."

"좋소. 밖에 철왕이 있다면 안으로 들이라."

회의실을 나간 시종장이 잠시 후 들어왔다.

"폐하. 아무도 없습니다."

"철왕이 없단 말이냐?"

"예, 폐하. 밖을 지키는 자의 말에 따르면 오늘 철왕 전하를 뵌 적이 없다고 합니다."

황제가 제프리를 쳐다봤다. 일 처리를 이런 식으로 하느냐는 질책성 시선이었다.

잔뜩 오른 기세가 단번에 꺾였다.

분위기에 편승할 좋은 기회를 놓쳤다. 제프리는 일그러진 표정으로 고개를 숙였다.

"송구하옵니다. 폐하."

"아케론 공. 아케론 가문의 복권과 철왕의 모계 혈통을 연관 지을 생각은 마시오."

아케론 가문의 복권으로 나는 빚을 다 갚았다. 황제가 말하는 뜻을 제프리는 알아들었다.

철왕의 계승 서열 회복에 적극적인 추가 도움은 없을 테니 알아서 잘해 보라는 말이기도 했다.

제프리가 입안을 지그시 악물며 대답했다.

"……예, 폐하."

*   *   *

디안은 턱을 괴고 빈 책장을 넘겼다. 페이지를 넘기고 넘겨도 나오는 것은 백지뿐이다.

'성서라…….'

신족만이 책을 펼칠 수 있다는 말은 사실이었다. 비올렛은 열지 못했다.

그런데 아무리 살펴봐도 좀 신기하다는 것만 제외하면 대단한 보물 같지 않았다. 혹시나 해서 모든 페이지를 펼쳐 봤지만, 전부 백지였다.

'이름을 쓰고 소원을 말하라고? 소원을 들어줄지 말지도 신의 뜻이라고? 신이 사기도 치나?'

은왕이 알았다가는 불경하다며 질색할 생각을 디안은 거침없이 했다. 마음 같아서는 여러 가지 시도를 해 보고 싶었다. 하지만 성서는 자신의 소유물이 아니다. 잠시 갖고 있다가 은왕에게 돌려줄 거라서 함부로 건드릴 수 없었다.

바깥에서 소란스러운 소리가 들렸다. '안 됩니다!'라고 외치는 소리와 함께 문이 열렸다. 성큼성큼 걸어 들어오는 외숙의 모습을 보고 디안이 벌떡 일어났다. 성서를 덮고 책상에서 걸어 나왔다.

디안은 제프리의 팔을 붙든 시종에게 말했다.

"괜찮다. 모두 물러가라."

집무실에 두 사람만 남았다. 디안이 소파를 가리키며 앉으라고 권했다.

제프리는 디안을 쏘아보다가 거친 태도로 소파에 털썩 앉았다. 제프리를 바라보는 디안의 눈빛에 전과 같은 애틋함은 없었다.

"어쩐 일이십니까?"

"어쩐 일이냐고?"

"그렇게 사람을 보내서 만나 뵙자고 해도 계속 피하시더니 연락도 없이 들이닥치셨네요. 앞으로는 이러지 마세요. 제 아랫사람들에게 면이 서지 않습니다."

"디안. 오늘이 얼마나 중요한 날인지 모르는 거냐? 왜 회의장으로 오지 않았어!"

"너무 서두르신다고 말씀드렸습니다."

"은왕이 제국에 없는 지금이 적절한 시기다. 두 번 다시 오기 힘든 기회를 걷어찬 것을 알고 있니?"

"전 은왕이 없는 동안 도둑처럼 은왕의 자리를 뺏을 생각이 없다고, 분명히 말씀드렸지요."

"디안!"

제프리가 버럭 소리치며 두 손으로 테이블을 내리쳤다.

"왜 내 말을 이해하지 못하는 거냐. 짓밟고 올라서야 네가 산다. 네가 서둘러 계승 서열을 회복하지 않으면 은왕의 세력이 그전에 널 없애려 할 거다. 대체 넌 무엇을 기대하는 거냐. 은왕과 우애를 나눌 수 있다고 진심으로 믿는 거냐?"

"예. 믿어요. 은왕이 절 해칠 리가 없어요."

제프리가 아연한 표정으로 말을 잊었다.

두 손으로 얼굴을 감싸고 소파에 등을 기대며 탄식했다.

"지난 고통의 세월에서 무엇을 배웠니? 네가 이렇게 어리석을 줄은 몰랐다."

"글쎄요. 숙부님의 욕심이 과했던 것이 아니라요?"

제프리가 고개를 들었다. 디안의 목소리에 잔뜩 날이 서 있었다. 착각인가 했으나 웃음기가 사라진 디안의 표정은 서늘했다.

"원래 계획은 제 모친 혈통을 폐하께서 인정해 주시는 거였습니다. 계획대로 했으면 전 지금쯤 계승 서열이 회복되었겠지요. 계획을 바꾸고 아케론 가문의 복권을 바란 장본인은 숙부님이었어요."

"……날 원망하는 거냐?"

"아닙니다. 아케론 가문의 복권은 저도 기쁘게 생각합니다. 어머니의 명예가 회복되고 숙부님도 원래의 자리를 찾고. 행복한 결말이지요. 하지만 숙부님. 최소한 숙부님은 황궁에 등장했을 때 저와의 관계를 밝혔어야 했어요. 지금까지 시간을 끈 것은 숙부님의 잘못이고 숙부님의 욕심입니다."

제프리는 눈만 껌벅거렸다.

조카의 역습이 믿기지 않았다.

조카는 늘 순한 표정으로 웃었다. 어릴 때의 정이 없는데도 각별하게 따랐고 항상 자신을 챙겨 주려 했다. 그래서 역시 피는 물보다 진하다고 흐뭇하게 생각했다.

차가운 표정으로 냉랭하게 딱딱 끊어 말하는 디안의 모습이 낯설었다. 제프리는 처음으로 디안의 얼굴에서 황제를 봤다. 늘 누이만 빼닮았다고 생각했었다.

"전 숙부님이 좋았습니다. 이유는 없었어요. 제 어머니의 오라버니시니까. 저와 핏줄로 연결된 분이니까. 그런데 숙부님은 제 마음을 이용했습니다."

"아, 아니다. 디안. 오해하지 마라. 널 이용하려던 게 아니야."

"숙부님은 라드 후작이 절 이용하는 거라고 하셨지요. 그래서 라드 후작과의 동맹도 파기했습니다. 그런데 그 후 숙부님은 뭐라 하셨는지 기억하세요? 그자의 이용 가치가 아직 충분한데 어리석은 결정을 했구나."

디안이 훗, 조소했다.

"그때 확실히 알았습니다. 숙부님과 제 사이에는 도무지 좁힐 수 없는 거리가 있다는 것을요."

"……."

제프리는 마른침을 삼켰다. 입안이 바짝 말랐다.

조카의 싸늘한 표정에서 단단한 벽을 느꼈다.

"숙부님이 앞으로 뭘 하시든 참견하지 않겠습니다. 하지만 제 협조는 기대하지 마세요."

침묵이 감돌았다.

한참 말없이 디안을 바라보던 제프리가 길게 한숨을 내쉬었다.

"……네가 많은 오해를 하고 화가 난 건 알겠다. 충분한 대화를 나눌 시간이 부족했던 것 같구나. 오늘은 돌아가마. 나중에 네 마음에 좀 풀리면 다시 얘기하자."

"……."

제프리는 대답이 없는 디안을 복잡한 감정이 담긴 시선으로 바라보았다. 디안은 돌아서서 나가는 제프리를 외면했다.

혼자 남은 디안은 두 손에 얼굴을 묻고 한숨을 내쉬었다. 숙부에게 속에 담긴 말을 털어 냈으나 후련하지 않았다.

"전하."

부드러운 목소리를 듣고 디안이 고개를 들었다. 비올렛이 어느새 들어와 있었다. 그녀는 디안과 눈이 마주치자 생긋 웃으며 그의 곁에 앉았다.

비올렛은 말없이 두 팔을 열었다. 디안이 피식 웃었다가 울컥 치미는 표정으로 아내를 끌어안았다. 비올렛이 디안의 등을 토닥토닥 두드렸다.

디안은 그녀의 임신 사실을 알고 얼마 안 되어 자신의 출생에 관한 비밀을 털어놓았다. 몹시 힘겨운 고백이었지만, 비올렛의 반응이 담담해 오히려 맥이 풀렸다.

「전하의 어머니가 누구시든 전하는 전하이신걸요.」

비올렛은 맑게 웃으며 말했다.

철왕의 모친이 누구인지 밝혀진 후 벌어질 일에는 관심을 보이지 않았다. 그녀는 단순하고 소박한 사람이었다. 정치적이며 전략적인 동반자로는 적합하지 않았다.

하지만 디안은 아내의 순진함이 좋았다. 그녀와 함께 있으면 세상의 모든 복잡한 일이 상관없었다. 두 사람만 알콩달콩하게 살면 충분할 것 같았다.

임신 칠 개월이 훌쩍 넘은 비올렛의 배는 상당히 나왔다. 불룩 나온 배 때문에 디안은 그녀를 꽉 안기가 여의치 않았다.

디안이 흠칫 놀라며 몸을 뗐다. 그는 흔들리는 눈으로 비올렛의 배를 봤다가 고개를 들었다.

"방금……. 맞지?"

비올렛이 웃었다.

"네. 안에서 노는 모습이 며칠 전부터 부쩍 활발해졌어요."

디안이 손을 아내의 배에 올렸다. 안에서 툭 치는 진동이 그의 손바닥을 때렸다.

"어, 이 녀석. 방금 내게 인사했어."

"아버지를 알아보나 봐요."

태동을 느낀 것이 처음은 아니었다. 그런데 예비 부모가 될 두 사람은 태동이 항상 신기했다. 곧 태어날 아이를 화제 삼아 한참 얘기를 나누다가 비올렛이 배가 당긴다며 누우러 갔다.

디안은 아까보다 훨씬 기분이 나아졌다. 아내와 곧 태어날 아이를 생각하면 외롭지 않았다.

'숙부님. 더는 저를 실망시키지 마세요. 저는 정말 숙부님을 잃고 싶지 않습니다.'

그는 쓸쓸히 중얼거리며 책상으로 갔다.

"으악!"

그는 비명을 지르며 뛰어갔다. 아까 일어나면서 넘어뜨렸는지 잉크병이 엎어져 시커먼 잉크가 책상의 반을 덮었다. 그 안에 성서가 푹 잠겨 있었다.

그는 서둘러 성서를 끄집어냈다. 두 손이 잉크로 검게 물들었으나 아랑곳하지 않았다. 닦을 것을 찾으려던 그가 미간을 찌푸렸다.

그는 자세히 책을 이리저리 돌려 보았다.

잉크가 묻은 곳이 없었다.

"어라?"

그는 책을 펼쳤다. 백지의 페이지도 깨끗했다. 페이지를 넘기다가 그의 손에서 잉크가 묻어났다. 이크, 하고 얼른 손을 뗐다.

그런데 백지에 얼룩처럼 묻은 잉크가 스르르 사라졌다.

그의 눈이 휘둥그레졌다.

디안은 '호오.' 하고 감탄성을 중얼거렸다. 강한 탐구 의욕이 솟아났다. 그는 쏟아진 잉크를 손가락에 묻힌 후 성서의 페이지에 꾹 눌러 찍었다.

역시 백지의 중앙에 찍힌 검은 점이 잠시 후 사라졌다.

"그래서 역대 제국 황제들이 이름을 쓴 흔적이 없었구나."

그의 눈동자가 개구쟁이 소년처럼 반짝거렸다.

시도해 보고 싶은 실험 몇 가지가 떠올랐다.

*　　　*　　　*

시에나가 사막으로 떠난 후 패트리샤는 적왕궁 안에서 꼼짝하지 않았다. 적왕이 주최자로 계획했던 성대한 황궁 파티도 취소되었다.

사람들은 은왕이 특사로 떠나는 바람에 적왕이 몹시 상심하여 외부 활동을 하지 않는다고 수군거렸다.

뭇사람들이 떠드는 대로 패트리샤는 울화병이 나서 드러누웠다. 자신이 은왕을 사지로 몰아냈다는 자책과 충격에 빠졌다.

은왕이 배에서 내려 연합국의 길잡이들과 출발한다는 전언이 얼마 전에 도착했지만, 사막으로 들어간 이후의 일정은 알 수 없었다.

'괜찮겠지? 서둘러 중지시킨다고 했으니 아무 일도 없을 거야.'

애써 자신을 다독이다가도 숨이 꽉 막혀 벌떡 일어나 앉았다.

'흉악한 무법자들이라 하지 않던가. 은왕이 데려간 기사들이 몇 명이 안 돼. 만일의 경우, 당해 낼 수 있을까?'

최악의 상황을 상상하면 끔찍한 기분에 빠졌다. 체한 것처럼 속이 갑갑했다. 패트리샤는 주먹으로 제 가슴을 내리쳤다.

하지만 아무리 쳐도 속에 똬리를 튼 근심이 사라지지 않았다. 가슴에 시퍼런 멍 자국만 남았다.

'아버지. 아버지가 계셨으면 방법을 찾았을 텐데. 전 어떡해요.'

패트리샤는 세상을 떠난 부친이 그리웠다. 시간이 흐를수록 부친이 얼마나 큰 버팀목이었는지 깨달았다.

침대에 누워 이리저리 뒤척거리는 패트리샤의 곁으로 시녀가 조심스럽게 다가갔다. 혹시 반가운 소식인가 싶어 패트리샤는 벌떡 일어났다.

"공작가에서 사람이 왔느냐?"

시녀가 눈치를 살피며 대답했다.

"아니옵니다."

패트리샤는 끙, 중얼거리며 다시 누웠다. 손을 내저었다.

"성가시게 굴지 마라."

"적왕."

"물러가라니까."

"저…… 온실에 관한 일이옵니다."

"온실? 왜?"

패트리샤는 지금 모든 일이 관심 밖이었지만, 애지중지하는 온실 사랑은 아직 식지 않았다.

"예정된 비료가 들어오지 않았습니다. 알아보니 비용 지급이 안 되어 보내 줄 수 없다는 답을 들었습니다."

온실에서 키우는 특수 작물 중에는 지력을 빨리 소모시키는 유형이 많았다. 수시로 고급 비료를 들여와 흙에 영양을 충분히 보충해야 했다. 비료 가격은 상당한 고가였으며 그동안 비용은 모두 리먼 공작가에서 지급했다.

"비용 지급이 안 되다니? 어찌 된 일인지 알아봤느냐?"

"예. 공작 저에 사람을 보내 혹시 착오가 있었는지 확인했습니다. 그런데⋯⋯. 공작님의 지시로 자금이 동결되었다고 합니다."

패트리샤가 입술을 꼭 물었다.

손톱이 손바닥을 파고들도록 주먹을 꽉 쥐었다.

"⋯⋯알았다. 내가 따로 확인하겠다."

시녀가 물러갔다.

패트리샤는 하, 차가운 헛웃음을 흘렸다.

최근 더그의 태도가 어딘지 모르게 이상하다고 느꼈다. 공작령에서 벌어진 불미스러운 사건에 집중하느라 그런가 보다 했더니만.

'오라버니. 이제 와서 나와 거리를 두겠다는 겁니까? 근래 은왕과의 사이가 소원해졌지만, 난 은왕의 생모입니다. 장차 제위에 오를 황제의 친모란 말입니다.'

패트리샤는 지끈거리는 관자놀이를 눌렀다. 은왕 걱정에 오라버니까지, 머리가 터질 것 같았다.

그런데 엎친 데 덮친 격이라고 그날 오후 기함할 일이 벌어졌다. 아케론 공작 가문의 복권과 더불어 제프리 아케론이 철왕을 자신의 조카라고 선언했다.

아직 진실로 확정되지는 않았으나 소문은 빠르게 퍼졌다.

패트리샤가 받은 충격은 이루 말할 수 없었다.

'철왕이…… 아케론 공녀의 아들?'

"말도 안 돼! 그놈이, 그 간사한 놈이 세상을 속였구나!"

패트리샤는 제 머리를 쥐어뜯으며 악에 받친 비명을 질렀다. 계승 서열이 바뀌면 차후 제위에 오를 사람은 은왕이 아니다.

은왕이 황제가 되어 제국의 지배자로 우뚝 서는 모습을 보는 것이 패트리샤의 오랜 꿈이었다. 경악과 불신의 감정 다음으로 분노가 해일처럼 밀려왔다.

후환을 제대로 처리하지 못한 아버지가 원망스럽고 철왕을 치우는 일에 소극적이었던 더그의 안일함에 이가 갈렸다.

"내 딸을 사막으로 보내고 그 틈에 제 놈이 은왕의 자리를 차지하려고 해?"

패트리샤의 눈빛에 독기가 넘실거렸다. 철왕을 향한 증오가 그녀의 심장을 태울 것처럼 뜨겁게 치솟았다.

"절대 네놈 뜻대로는 안 될 거다."

패트리샤가 분에 겨워 온몸을 부들부들 떨었다.

*   *   *

시에나는 중간 휴식지에서 제국의 사절단과 재회했다.

길버트는 시에나가 리트를 타고 달려오는 모습이 보일 때부터 안절부절못하다가 시에나가 말을 세우고 내리자 그 앞에 무릎을 꿇었다.

"전하. 호위 대장으로서 제대로 보필하지 못한 소인을 엄하게 처벌해 주시옵소서."

보름 가까이 속을 끓였던 길버트는 그새 얼굴이 핼쑥해졌다.

우스가 붙들고 말리지 않았으면 진즉 은왕을 찾아 사막으로 뛰쳐나갔을 것이다.

"길버트 경. 내가 없는 동안 사절단을 책임지고 인솔하였으니 그대는 충분히 소임을 다 했소."

"전하. 소인은 한 일이 없나이다. 전하께서 고난의 시간을 보내시는 동안 저는 이곳에서 편안하였습니다. 염치없는 소인의 죄를 물어 주시옵소서."

몹시 자책하는 길버트를 보며 시에나는 양심이 따끔거렸다. 길버트가 근심하는 동안 고난은커녕 자신은 동굴에서 쿤과 즐거운 나날을 보냈다.

일행과 헤어진 첫날은 남은 자들이 걱정됐다.

그런데 쿤이 매를 통해 일행이 전원 무사하다고 알려 주었다. 그 후에는 솔직히 한 번도 생각하지 않았다.

"아직 사절단은 맡은 임무를 끝내지 못했소. 나중에 얘기합시다."

시에나는 핑계를 대어 길버트를 달래고 뒷일로 미뤘다.

중간 휴식지에는 우스뿐만이 아니라 마틴을 비롯한 칼리고 단원 일부가 있었다. 시에나가 사절단과 재회하는 사이에 쿤도 그들을 만나 자세한 얘기를 들었다.

"우두머리만 생포했습니다. 재크와 스칸이 그놈을 삼 번 은신처로 데려갔습니다."

마틴이 칼리고 단원 숫자가 둘이 부족한 이유를 설명했다. 나머지 인원은 중간 휴식지로 이동해서 제국 사절단과 함께 있는 우스 일행과 합류했다.

"재크가 은신처에서 그놈을 지키고 스칸이 왕궁으로 가서 제국 사절단의 소식을 전할 겁니다."

마틴의 추가적인 보고가 이어졌다.

붉은 두건 마적 떼의 숫자는 우두머리를 제외하면 총 여든두 명. 그중 후방 정찰대였다가 잡혀서 계획을 줄줄 불었던 녀석은 약속대로 살려 줬고, 우두머리는 생포, 나머지는 전멸했다.

즉, 이제 사막에 붉은 두건을 머리에 쓰고 다니는 마적은 사라졌다.

"열 명 정도가 사막귀를 유인하러 갔다는데 오히려 사막귀에게 몰살당한 듯합니다. 모래 폭풍 때문에 계획이 어긋난 것으로 짐작합니다. 사체 일부는 찾았으나 폭우로 쓸려가 전부 확인하지는 못했습니다."

폭우가 내리는 동안에도 칼리고가 활동하는 데에 제약이 없었다. 방수 및 체온 유지 기능을 하는 특수 갑옷과 방위를 정확히 구별하는 특별한 도구를 보유한 덕분이었다.

"붉은 두건 놈들이 사막귀를 유인하는 나름의 방법이 있었던 모양인데……. 그건 알아봤나?"

"우두머리는 아는 듯했습니다. 우리가 관심을 보이는 걸 눈치챘는지 자기 목숨과 거래하려고 하길래 약간의 훈계를 했습니다만……."

마틴이 말끝을 흐리자 쿤이 인상을 썼다.

마틴의 '훈계'는 종종 도를 넘곤 했다.

"안 죽었다며."

"죽지는 않았습니다! 그런데…… 좀, 상태가 별로…….."

마틴은 쿤의 눈치를 살피며 '그놈은 대장이라면서 너무 약하더군요.'라고 변명을 덧붙였다.

쿤은 짧게 혀를 찼다.

"얼마나 견딜 것 같아?"

"의사에게 보이지 않으면 사나흘 정도……."

"네가 은신처로 가서 그놈한테 사막귀 유인하는 법을 알아내."

"직접 취조는 안 하실 겁니까?"

"됐다. 죽으면 어쩔 수 없지."

마틴은 쿤에게 크게 한 소리 들을 줄 알고 주눅 들어 있었다. 쿤의 반응이 무던하니 가슴을 쓸어내렸다.

쿤은 붉은 두건의 궤멸을 지시할 때만 해도 분노가 극에 달해 있었다. 이동하는 내내 칼리고 단원들이 계속 쿤의 눈치를 살필 정도였다.

하지만 지금 그는 상당히 기분이 좋았다. 그녀는 무사하고 서로의 마음을 뜨겁게 확인했으며 지저분한 놈들은 청소했다. 우두머리 놈에게 군이 화풀이하지 않아도 괜찮았다.

"히실로와 잔당 놈들은?"

"며칠 전, 히실로의 귀환만 확인했습니다. 나머지는 한동안 행적을 숨기려는 모양인지 나타나지 않았습니다. 그런데 강력한 증인을 확보했습니다."

히실로와 전사들은 도망쳐 흩어지기 전에 일행을 죽여 만일의 경우 자신들에게 불리한 증인을 없애려고 시도했다. 전사의 공격을 받은 자 중에는 라마 부족 출신의 베로타도 있었다.

피를 철철 흘리며 신음하는 그를 제국의 기사들이 못 본 척하지 않았다. 날씨 때문에 회복이 더뎌 후유증은 남았다. 그래도 어쨌든 목숨은 건졌다. 그리고 반드시 증언하겠다고 약속했다.

"우스가 말하기를 베로타가 라마 부족에서 제법 영향력이 있다고 했습니다."

쿤은 고개를 끄덕였다.

"혼외자라서 후계 자격은 없지만, 부족장의 아들이지."

베로타가 증인으로 나서면 히실로가 추방령 판결을 받도록 몰아가는 일이 수월할 것이다.

"쿤. 그럼 저는 즉시 출발하겠습니다."

"음."

알아서 하라는 듯, 쿤은 건성으로 대답하고 돌아섰다. 마틴은 은왕에게 가는 쿤의 뒷모습을 보다가 우스를 불렀다.

"같이 갈래?"

"안 가."

"여기 있겠다고?"

"쿤을 호위해야지."

신이 나서 따라나설 줄 알았다. 호위 임무는 재미없다고 수시로 투덜대던 녀석이었다. 마틴이 미심쩍게 바라보자 우스는 머쓱한 표정으로 시선을 돌렸다.

"쿤도 호위하고 은왕님도 호위하고 겸사겸사……."

마틴이 픽 웃었다.

우스는 은왕이 신목의 이파리를 갖고 있었으면서 혼자 도망치지 않았다는 사실에 몹시 감격하는 눈치였다.

'이제 이 녀석, 돌출 행동을 걱정하지 않아도 되는 건가.'

우스는 겉보기와 다르게 은근히 사람 보는 눈이 까다로웠다. 호방하고 단순한 성격 같지만, 사귀는 친구는 몇 안 되었다. 그리고 일단 마음을 열면 활짝 열었다.

이제 우스는 은왕에게 위험이 닥쳤을 때 쿤의 지시 때문이 아닌, 자발적인 의지로 은왕을 보호하려 할 것이다.

*   *   *

쿤이 길잡이가 되어 제국 사절단 일행을 이끌었다. 이틀의 여정은 평화로웠다. 아무 일 없이 사절단은 연합국의 왕궁이 위치한 수도 '호만'에 도착했다.

앞장서서 길을 잡았던 쿤과 칼리고 단원들은 호만의 모습이 보일 때부터 슬며시 물러났다. 시에나를 태운 일각수가 가장 선두에 서도록 유도했다.

'생각보다 크군.'

시에나는 상상과 다른 사막 도시의 정경에 놀랐다. 정형화된 가옥의 형태는 독특했다. 사막의 기후에 적응한 건축일 것이다. 구역별로 정돈이 잘 되었고 땅을 단단히 다져 길을 냈다.

그녀는 저 앞쪽에서 다가오는 화려한 일행을 발견하고 리트의 고삐를 당겨 세웠다. 뒤에서 쿤이 말을 몰아 앞으로 나와 시에나의 곁에 섰다.

"전하를 마중 나왔나 봅니다. 아무래도 대비가 직접 온 것 같습니다. 최고의 대우입니다."

"대비라면 전 일왕비?"

"예. 현재 연합국의 실정을 꽉 쥔 장본인이니까요. 왕이 나온 것보다 격이 높습니다."

며칠 전까지 연합국은 비상이 걸렸다.

사절단을 마중하러 보낸 길잡이와 연락이 끊기고 얼마 안 되어 폭우가 쏟아졌다. 무려 보름 가까이 계속된 비 때문에 사절단의 안위를 확인할 방법을 찾을 수 없었다.

제국의 황족이 사막에서 실종되어 행방을 모르게 되었으니 이러다 제국과 전쟁이라도 벌어지는 것 아니냐고 근심에 휩싸였다.

온종일 대책 회의를 했으나 머리를 맞대 봤자 뾰족한 수는 없었다. 그 와중에 연락을 받아 얼마나 안도했겠는가.

대비 레카는 전령으로 온 쿤의 수하에게 큰 상을 내리고 성대한 환영식을 준비했다. 그리고 자신이 직접 사절단을 마중 나갔다.

수십 명의 가마꾼이 동원된 거대한 가마는 다소 멀리서 멈추었다. 가마는 천장이 있고 사방이 뚫렸다. 휘장을 쳐 벽을 만들었다. 얇은 베일이 몇 겹이라 안쪽에 앉은 사람이 형태만 보였다.

격식 있는 차림새의 중년인이 다가왔다. 중년인은 일각수 위의 시에나를 향해 깊이 허리를 숙였다.

『귀빈의 방문을 환영합니다. 제후국으로서 예의를 다하기 위해 대비께오서 친히 마중 나오셨습니다. 왕궁 안으로 모시겠습니다.』

쿤이 통역했다.

그리고 문화적 차이도 설명했다.

"사막의 관습상 결혼한 여인은 공개적인 장소에서 모습을 노출하지 않음이 미덕입니다. 여인의 신분이 높을수록 엄격히 지킵니다. 가마에서 내리지 않는 이유는 거만해서가 아닙니다."

시에나는 고개를 끄덕이며 중년인에게 말했다.

"연합국의 환영에 감사하오."

중년인은 시에나에게, 통역한 쿤에게 각각 정중히 인사하고 물러갔다.

잠시 후 멈추었던 가마가 방향을 바꾸어 움직였다. 사절단은 그들의 안내를 받아 왕궁으로 들어갔다.

*   *   *

왕궁은 겹겹이 담으로 둘러싸여 있었다. 담에 있는 문을 통과하면 또 담이 보이고 그 담의 문을 통과하면 다시 담이 보였다.

원형의 문은 담의 안쪽과 바깥쪽을 연결하되 여닫는 문이 달리지 않아 임의로 개폐할 수 없는 형태였다. 담을 하나씩 지나갈수록 시에나는 깊은 미로로 들어간다는 생각이 들었다.

또 등장한 담을 통과하기 직전에 쿤이 멈추었다.

"전하. 저는 더는 들어가지 못합니다. 이곳은 남녀의 구별이 확실하여 출입 가능한 공간이 분리되어 있습니다."

"그렇다면 내 호위들도 들어갈 수 없소?"

"아닙니다. 전하께서는 제국의 특사이시니 사막의 관습을 강요하지 않을 겁니다. 다만, 저는 사막의 규칙에 따라야 합니다."

시에나는 그의 말을 이해했다.

그는 제국에서는 후작이고 연합국에서는 군장이었다.

"알았소."

"이따 연회장에서 뵙겠습니다."

그녀는 아쉬운 마음을 감추고 안으로 들어갔다.

쿤은 그녀가 꺾어진 모서리 너머로 사라질 때까지 서 있었다. 돌아서는 그의 마음이 무거웠다. 그녀의 곁에 호위들이 있어도 완전히 마음 놓이지는 않았다.

"쿤."

쿤이 흘끔 고개를 돌렸다.

우스가 말했다.

"제가 은왕 전하를 따라가서 호위할게요."

"네가?"

"예. 기사 작위가 있으니까 사절단으로 합류했다고 하면 돼요."

"기사는 네가 아니라 마틴이야."

"그놈이나 저나, 별 차이 있나요? 저도 칼리라고요."

우스가 어깨를 으쓱하며 말했다. 우스의 단순함은 때때로 복잡한 문제를 단번에 뛰어넘었다.

쿤이 피식 웃으며 우스의 어깨를 두드렸다.

"부탁한다."

"예."

우스가 휙 뒤돌아 거침없이 문을 통과해 안으로 들어갔다.

시에나는 총 열두 개의 담을 지나갔다. 드디어 내부 건물로 들어가는 문이 보였다.

앞에 모여 있던 같은 복색의 여자들—우스는 제국의 시녀와 비슷하지만, 신분이 더 낮고 반은 노예에 가깝다고 설명했다—이 시에나를 보자마자 무릎을 꿇고 뭐라고 떠들면서 바닥에 코를 박았다.

일행 중에 연합국에서 붙인 통역이 있었지만, 시에나는 우스를 쳐다봤다. 언어 해석이 필요한 게 아니라 행동의 이유가 궁금했다.

우스는 정제되지 않은 표현으로 군더더기 없이 핵심만 말했다. 시에나는 우스의 화법이 은근히 마음에 들었다.

"저건 신경 쓰실 필요 없어요. 그냥 거창한 인사 같은 거니까. 그냥 저럴 때 '나하쉬'라고 하면 돼요."

"나하쉬?"

시녀들이 일어났다.

"만능 단어죠. 뭐든 맘에 안 들면 그 말만 하세요."

시에나가 시녀들을 지나쳐 안으로 들어가려 하자 시녀들이 난색을 보이며 뒤따르는 기사들을 막았다. 이번에는 시에나뿐만 아니라 기사들도 우스를 쳐다봤다.

"이 안쪽은 은왕님만 들어가셔야 해요."

길버트가 항의했다.

"후작님은 우리에겐 사막의 규칙을 적용하지 않는다고 하셨습니다."

"이건 사막 규칙이 문제가 아니라, 제국에서도 호위들이 침실 안까지 따라 들어가지는 않잖아요. 이 안은 자고 씻고 옷 갈아입고, 그런 데라고요."

길버트가 겸연쩍은 표정으로 입을 다물었다.

"전하. 저희는 여기서 대기하겠습니다."

"그대들도 매우 곤할 텐데 번을 정해서 충분히 휴식하시오."

시에나는 안으로 들어갔다. 들어가자마자 바로 방이 아니었다. 복도 같은 공간이 있었고 그 너머에 또 문이 있었다.

그녀는 문을 통과해 들어갔다. 한 무리의 시녀들이 고개를 숙이고 있었다. 그리고 그중 복장이 다른 한 명이 시에나를 보며 생긋 웃었다.

"오랜만에 인사 올립니다. 그간 평안하셨습니까, 은왕 전하."

파티마였다.

시에나는 후드를 뒤로 벗었다.

"파티마 공주."

그녀는 파티마를 바라보며 활짝 미소지었다.

"안 그래도 그대 소식이 궁금했다오. 저녁때 만찬장에서 만날 수 있지 않을까 생각했소."

파티마는 살짝 커진 눈으로 시에나를 바라보다가 작게 소리를 내어 웃었다.

그녀는 고작 며칠 전에 특사가 철왕이 아닌 은왕이라는 정보를 들었다. 설레는 마음으로 재회를 고대했다가 자신의 설레발이 우습기도 했다.

은왕과 자신은 라드 후작을 사이에 두고 껄끄러웠던 관계였다. 더구나 자신은 적왕이 계획한 미약 사건에도 깊숙이 개입했다. 은왕이 감추고 싶은 치부를 아는 셈이다. 은왕은 자신을 다시 보는 일이 전혀 즐겁지 않을 거라고 생각했다.

하지만 자신을 반가워하는 은왕 표정에 사심이 없었다.

옛일은 아예 생각조차 하지 않는 것 같았다.

'그래. 이런 사람이었지.'

은왕은 거짓 표정을 짓거나 말을 꾸미지 않는다. 한때는 은왕의 그런 점을 시기했다. 상대 기분을 맞출 필요가 없는 우월한 위치가 부러웠다.

그런데 고국에 돌아와 대비 레카를 다시 만난 후 확실히 알게 됐다. 레카 역시 이 사막에서는 은왕 부럽지 않은 권력자였다. 그러나 레카는 항상 다른 사람을 의심했다. 늘 상대 속을 떠보는 말을 했고 앞에서 웃으며 뒤로는 죽이라고 명령했다.

그 사람이 어떤 사람인지는 그 사람 자체의 문제였다.

"저도 전하의 소식이 궁금했습니다. 오랜만에 제국 사람을 만나니까 고향 사람을 만난 듯 기쁘군요. 들으면 웃으시겠지만, 제가 귀국 후 향수병에 걸려 고생했답니다. 제국에서 지낸 시간이 정말 그리웠습니다."

"제국에서 즐거웠다니 다행이오. 나도 돌아간 후 잊지 못할 만큼 이곳에서 좋은 기억을 만들 수 있을 것 같소."

두 사람은 정감 있는 시선을 주고받았다.

"오랜 여행에 지치셨겠습니다. 사막에서는 외출만 하면 모래투성이가 되어 그게 참 곤욕스럽지요. 이따 연회에 참석하시려면 준비할 시간이 빠듯합니다."

파티마는 주변에 둘러선 시녀들에게 지시를 내리려고 시선을 돌렸다. 시녀들이 멍하게 은왕을 쳐다보고 있었다. 파티마 표정이 싸늘하게 굳었다.

『무엄하구나! 너희들이 감히 올려다보지 못할 귀인이시다. 우슬리에게 너희들을 다시 교육하라고 해야겠다!』

시녀들은 사색이 되어 바닥에 엎드렸다. 시에나와 파티마에게 번갈아 절을 하며 쩔쩔맸다.

"전하. 이것들의 무례를 따끔히 벌하겠습니다."

"무례?"

"감히 전하 존안을 똑바로 쳐다봤습니다."

시에나는 당황했다.

황궁의 시녀는 아랫사람이지만, 고용인의 개념과 비슷했다. 본인 의사로 시녀를 그만둘 수도 있었다. 대부분 평민이며 몰락 귀족 출신도 있었다.

아까 우스가 했던 말이 떠올랐다. 이곳 시녀들은 신분이 낮아 노예에 가깝다고 했다.

"어떤 처벌이오?"

"가벼운 처벌은 굶기거나 채찍형입니다."

"내 외모가 사막인들과 다르니 실수한 것 아니겠소. 나쁜 의도는 없었을 거요."

파티마가 생긋 웃었다.

"겸손한 말씀입니다. 전하의 아름다움에 넋을 잃은 것이겠지요. 그러나 실수도 잘못입니다."

"손님을 맞이하자마자 벌을 받으면 저들도 감정이 상하겠지. 난 처벌을 원하지 않소."

파티마가 못마땅한 시선으로 바닥에 코를 박은 시녀들을 내려다 보았다.

"전하께서 관대하게 용서하신다니 저도 뜻에 따르겠습니다. 하오나 전하. 이곳 시중인들은 황궁의 시녀들과 다릅니다. 만만히 보이면 기어오르니 호된 매질이 효과적입니다."

파티마가 시녀들에게 차갑게 호령했다.

『귀인께서 너희들 잘못을 너그러이 용서하셨으나 두 번의 용서는 없다.』

시녀들이 황송하다는 표정으로 시에나를 향해 절을 올렸다.

시에나는 시녀들의 과도한 굽실거림이 썩 유쾌하지 않았다. 작은 실수조차 용납하지 않는 파티마의 고압적인 태도도 뜻밖이었다.

"목욕물을 준비해 두었습니다. 모래 먼지를 씻어 내신 후 잠시 낮잠을 주무세요."

"낮잠은 괜찮소."

"전하. 제국에 낮 휴식 시간이 있는 것처럼 여기는 낮잠 시간이 있습니다. 이따 연회에 참석하시려면 한숨 주무시는 편이 좋을 거예요. 그럼 피부가 매끄러워서 화장이 훨씬 돋보이지요. 전하께서는 며칠에 걸쳐 사막을 가로질러 오신 분답지 않게 지금도 얼굴에서 빛이 나시지만요."

파티마가 너스레를 떨자 시에나는 피식 웃었다. 이런 말도 할 줄 아는 사람이었나. 사람은 한쪽 모습만 보고 판단하면 안 되는 것 같다.

"알았소. 사막에서 지내는 동안은 나도 이곳 관습에 따르겠소."

시에나는 안내하는 시녀를 따라갔다.

그녀는 황궁에도 없는 호사스러운 욕탕으로 들어서며 상당히 놀랐다.

욕탕은 연회홀처럼 탁 트인, 널찍한 공간이었다. 바닥에 판판한 돌을 깔고 아름드리 기둥들이 높은 천장을 떠받쳤다. 색색의 화려한 보석이 기둥과 벽을 장식했다.

바닥을 파서 만든 욕조 크기는 한 번에 수십 명이 들어가 수영을 해도 넉넉할 것 같았다. 그 욕조 가득히 뜨거운 물이 담겨 김이 올라왔다.

물이 부족한 사막 한복판인 점을 감안하면 제국에서 사치깨나 부린다는 귀족이 와인으로 욕조를 채운다는 풍문은 비할 데가 아니었다.

욕조 주변에 허벅지가 다 드러나는 흰옷을 걸친 시녀들이 무릎을 꿇고 앉아 있었다. 그들은 시에나 주변으로 모여들었다. 우르르 움직이는데도 번잡하다는 느낌이 없었다.

그들의 시중을 받아 옷을 벗었다. 그들은 나신이 된 시에나에게 얇은 가운을 입히고 허리끈을 묶었다. 그 후 욕조로 들어가도록 이끌었다.

욕조 모서리에는 내려가기 쉽도록 계단이 있었다. 시에나가 계단을 하나씩 내려갈 때마다 발목까지 오던 물이 종아리를 넘고 허벅지에 닿았다.

욕조는 깊었다. 돌을 깎아 만든 다양한 높낮이의 의자들이 물에 잠겨 있었다. 시에나는 그중 적당한 높이를 골라 앉았다. 수면이 어깨에서 찰랑거렸다. 물에 젖은 가운이 피부가 비치도록 투명해졌다.

따끈한 물에 몸을 담그자 몸이 나른하게 풀어졌다. 차가운 빗줄기를 맞으며 씻던 것과 비교할 수 없었다.

하지만 몸은 편해도 마음은 불편했다.

'욕조 크기를 조금만 줄이면 물이 필요한 백성들에게 더 혜택을 줄 수 있지 않을까.'

연합국 사정이니 특사가 간섭할 일은 아니다. 그나마 얼마 전에 충분히 비가 왔다는 점이 그녀의 죄책감을 덜어 주었다.

퐁, 그녀 옆으로 뭔가가 떨어져 물속으로 들어갔다. 물방울이 시에나의 얼굴로 튀었다. 반사적으로 고개를 들어 쳐다보자 창백하게 질린 시녀와 눈이 마주쳤다.

시녀가 무릎을 꿇었다. 덩달아 다른 자들도 그 자리에서 엎어졌다. 그들이 입을 모아 외치는 소리는 언어가 달라도 뜻이 짐작 갔다. '잘못했습니다.'든지 '용서해 주십시오.' 같은 말일 것이다.

'유난스럽기는.'

시에나는 미간을 찡그렸다.

'사막인들은 아랫사람을 혹독하게 다루는 모양이야.'

비굴하게 절절매는 모습을 즐겨 보는 자도 더러 있겠지만, 자신에게 그런 악취미는 없었다.

"나하쉬."

시끄럽던 목소리가 딱 그쳤다.

"나하쉬."

다시 한번 말하자 엎어져 있던 자들이 주춤주춤 일어났다. 아무 일도 없었던 듯 조용해졌다.

'만능 단어라더니. 과연.'

시에나는 쿡쿡 웃었다.

단어 뜻이 뭔지 궁금했다.

*   *   *

히실로는 뒷짐을 지고 제 처소를 초조하게 돌아다녔다.

'젠장. 일이 완전히 꼬였군.'

그는 아무 일도 없었던 척 왕성으로 돌아와 시치미를 떼고 있었다. 애초에 그는 비밀리에 움직였다. 측근 외에는 그의 부재를 아는 사람이 없었다. 나중에 제국 사절단에게 발생한 비극적 참상을 전해 듣고 놀라는 척하면 그만이었다.

제국과 연합국 사이에 심각한 외교 분쟁이 발생하겠지만, 투이사 부족이 왕권을 움켜쥐고 있으니 연합국이 어찌 되든 알 바 아니었다.

그는 내심 연합국이 다시 갈라지기를 바랐다. 특사를 납치해 신목의 가지 소유권을 인정받으면 따로 건국 선언을 하자고 부친도 구슬려 놓았었다.

하지만 며칠 전, 제국 사절단이 곧 도착한다는 소식을 듣고 실마셀마했다. 수하를 내보내 알아봤더니 정말 제국인들이 왔다. 이마에 뿔이 달린 백마도 봤다고 하니까 틀림없었다.

그날 제국인들이 사막귀에게 몰살당할 줄 알았다. 얼마 후 비까지 내려 내심 쾌재를 불렀다. 하늘도 자신을 도와준다고 생각했다.

'라드 군장. 그놈이 또 방해구나!'

히실로가 이를 아득 갈았다. 제국 사절단은 라드 군장과 함께 입성했다고 한다. 분명히 그자가 간섭해서 상황이 뒤틀렸다.

'무슨 수로 빠져나왔지?'

히실로는 사막귀를 사냥했을 가능성은 전혀 생각하지 않았다. 그건 인간이 당해 낼 수 없는 덩치의 괴물이었다. 자신이 하지 못하는 일은 다른 누구도 할 수 없다.

'어찌 돌아가는 상황인지 알아봐야 할 텐데.'

마침 좋은 기회가 있었다. 저녁에 환영 만찬을 겸한 연회가 열린다.

하지만 사절단에게 자신의 얼굴과 이름을 모두 노출한 상태다. 아무리 뻔뻔해도 목격자가 한둘이 아닌데 제국인들 앞에 나설 수는 없었다.

'히실로 호투가 갈 수 없으면 다른 사람이 가면 되겠지.'

히실로는 자신의 독채에서 제법 거리가 있는 아우의 처소로 갔다.

왕성 안에 자리 잡은 호투 부족장의 대저택은 규모가 대단했다. 부족장의 혈족이 모두 모여 살기에 작은 마을과 같았다.

쟈호만은 갑자기 들이닥친 형님을 보자 벌떡 일어났다.

히실로는 쟈호만 손에서 책을 빼앗아 이리저리 뒤집어 보더니 흥미 없다는 표정으로 바닥에 툭 던졌다.

『오늘 내가 네 이름을 써야겠다. 내 처소에 가 있고 내일까지 외출을 삼가라.』

쟈호만은 작은 한숨을 쉬며 물었다.

『……이번엔 무슨 일입니까?』

『넌 알 것 없어.』

『제 이름으로 무슨 일을 하시는지 저도 알아야 하지 않습니까?』

히실로는 코웃음 치며 대답도 없이 그대로 나가 버렸다.

명백한 무시.

쟈호만이 이를 악물며 이미 히실로가 나가 버린 출입구만 노려보았다. 하지만 꽉 쥔 주먹은 맥없이 풀렸다.

전사들을 휘어잡는 무예 실력과 괄괄한 성격의 히실로, 책 읽기를 즐기는 소심한 쟈호만. 동복형제로 태어난 둘은 매우 달랐다.

하지만 키와 체격은 똑 닮았다. 목소리도 유사했다.

그래서 히실로는 종종 가면으로 위장해서 쟈호만의 이름을 빌려 쓰곤 했다.

히실로는 제 얼굴을 내세우기 껄끄러운 일에만 쟈호만을 이용했다. 가면을 쓰고 다니는 기괴한 행적이 덧붙여져 세간에 쟈호만의 평판은 바닥을 쳤다. 그러나 참을 수밖에 없었다. 히실로는 족장의 유력한 후계자였다.

잔혹한 히실로는 자신이 족장이 되면 위협이 될 형제를 전부 죽일 것이다. 그런데 쟈호만은 전혀 경쟁이 안 되는 동복형제이니 살려 줄 가능성이 크다.

쟈호만은 형님의 자비에 기대어 비굴하게 목숨을 구걸하는 자신 처지가 비참했다. 그래도 살고 싶었다.

『주인님.』

시종이 들어왔다. 가져온 서신을 놓고 물러갔다. 서신을 펼친 쟈호만의 눈썹이 움찔했다. 자기도 모르게 주변을 둘러보았다.

'라드 군장이 왜……?'

다른 때라면 즉시 찢어 버리고 잊었을 것이다. 분란에 휘말리는 일은 항상 경계했다.

하지만 지금은 잔뜩 속이 비틀렸다. 버려지도 밟는 순간에는 꿈틀한다. 쟈호만은 시종을 불렀다.

『이건 누가 가져왔느냐?』

『심부름꾼이라고 했습니다. 답을 주시면 가져가겠다고 기다리고 있습니다.』

『그럼 그자에게……. 아니, 그자를 데려오너라.』

『예, 주인님.』

잠시 후 시종이 건장한 사내를 데리고 들어왔다.

'라드 군장의 전사인가?'

라드 군장이 부리는 압도적인 실력의 전사들은 워낙 유명했다. 집 안에만 틀어박혀 있는 쟈호만의 귀에도 들려올 정도였으니.

쟈호만은 보료에 앉은 채 손짓했다.

『이리 와 앉으라.』

사내는 거리끼는 기색 없이 쟈호만과 마주 앉았다. 무릎을 꿇지도 않았다. 쟈호만이 눈살을 찌푸렸다.

아무리 쟈호만이 형님한테 기를 못 펴도 부족장의 첫째 부인이 낳은 아들이었다. 히실로가 겉으로는 꽤 동생을 위하는 척했기에 누구도 쟈호만을 함부로 대하지 못했다.

'아무리 라드 군장의 수하라지만 무례하군.'

『내 서신을 무시하지 않은 건, 나와 이야기할 뜻이라고 해석해도 되겠소? 쟈호만 군장.』

언짢아하던 쟈호만의 입이 놀라 벌어졌다.

『라드…… 군장?』

쟈호만은 눈앞에 앉은 사내의 낯선 얼굴을 이리저리 살폈다. 유심히 뜯어보는데도 기억하는 라드 군장의 모습은 찾아볼 수 없었다. 아주 정교한 분장술이었다.

『그대는 신중한 성격이지. 괜한 호기심으로 내 서신을 가져온 심부름꾼을 만나지는 않을 거요.』

『내가 심부름꾼을 그냥 돌려보냈으면 어쩔 생각이었소?』

『그랬다면 그대는 일생일대 기회를 놓친 거지.』

『……무슨 기회?』

『호투 부족장이 될 기회.』

쟈호만이 '음' 하고 무거운 신음을 삼켰다.

무슨 헛소리냐는 말은 나오지 않았다.

라드 군장의 지지를 얻은 투이사 부족장은 연합국의 왕이 됐다. 라드 군장의 자신감은 허세가 아니었다. 쟈호만은 정말로 자신에게 기회가 왔음을 깨달았다.

『아무것도 바꾸고 싶지 않다면 난 즉시 일어나겠소. 오늘 난 여기 왔던 적이 없는 거요.』

『······.』

쟈호만은 인생이 걸린 결정을 앞두고 치열하게 갈등했다. 오래지 않아 흔들리던 눈동자가 중심을 찾았다.

쟈호만의 달라지는 눈빛을 보며 쿤의 입술 끝이 슬쩍 올라갔다.

쟈호만이 지그시 이를 사리물더니 말했다.

『무슨 이야기인지 들어 봅시다.』

애써 눌러두었던 야심이 슬그머니 고개를 들었다.

*   *   *

준비할 시간이 빠듯하다는 파티마 말대로였다. 시에나는 오후를 통째로 몸단장하느라 보냈다.

제국에서 목욕이란 물에 몸을 담근 후 향유를 바르는 정도이며 청결 유지가 주목적이었다. 그런데 이곳의 목욕은 문화였다. 욕탕에서 씻기, 마사지, 간단한 식사 등 다양한 용무가 가능했다.

시에나는 욕조에서 나온 후 침상에 엎드려 한 시간이 넘도록 온몸에 향유를 발라 하는 마사지를 받았다. 마사지사의 손놀림은 절묘했다. 적당한 압력으로 등과 목덜미를 누르고 문질러 기분을 노곤노곤하게 만들었다. 타인이 자신 몸을 마구 만지는 데에 불쾌함을 느낄 겨를이 없었다.

그녀는 마사지를 받다가 깜빡 잠들었다. 길지 않은 낮잠을 자고 깨어났을 때는 깊은 숙면 후의 상쾌함을 느꼈다. 가벼운 추가 마사지를 받은 후 과즙 음료와 꿀에 절인 과일 등으로 허전한 속을 채웠다.

연회복으로 갈아입는 과정에 다시 파티마를 만났다.

파티마는 옷 시중을 드는 시녀들을 감독하면서 시에나의 말동무가 되었다.

"전하께서는 키가 크시니까요. 제가 전하 치수를 가늠할 수 있어서 다행이었습니다. 아니면 준비된 연회복이 발목 위로 껑충 올라가 곤란했을 겁니다."

사막 왕국의 연회복은 제국의 드레스와 사뭇 달랐다. 레이스나 리본, 보석 등 장식이 전혀 없었다.

하지만 섬세한 자수, 여체의 곡선을 살리며 자연스럽게 몸에 휘감기는 치맛자락 주름이 제국 의복과 다른 의미로 화려했다. 어깨나 팔의 맨살은 드러내지 않았으나 살짝 비치는 천이라 고혹적인 느낌을 풍겼다.

"연회장 풍경이 제국과 다릅니다. 기본적으로 남녀가 앉는 곳이 나뉘어 있습니다. 정해진 자신의 자리에서 벗어나는 일도 없습니다. 출입구부터 가장 안쪽으로 들어간, 중앙 상석에 대비께서 앉고 상석의 우측에 국왕이, 좌측에 왕비가 앉습니다. 출입구에서 바라보면 좌측이 국왕, 우측이 왕비입니다."

파티마는 시에나가 연회장으로 들어가 당황하지 않도록 상세히 설명했다.

"상석에 대비가?"

"사막의 관습은 경조사 등의 집안 행사에 어른께 가장 좋은 자리를 양보하지요. 연회는 공무가 아닌, 행사로 분류합니다."

"흐음."

"국왕이 앉은 우측에 사내들이, 왕비가 앉은 좌측에 여인들이 앉습니다. 국왕과 가까운 자리부터 혈족, 군장, 전사들이 서열에 따라 앉습니다. 여인들은 부친 혹은 부군의 서열에 따라 앉습니다."

시에나는 파티마가 설명하는 장면을 머릿속으로 그려 보며 고개를 끄덕였다.

파티마는 내부 구조도 눈에 보일 듯이 자세히 묘사했다.

"내 자리는 어디요? 우측? 아니면 좌측?"

파티마가 쿡쿡 웃었다.

"그걸 정하느라 격론이 벌어졌다고 합니다. 특사가 남자였으면 아무 문제 없었겠지요. 하지만……."

"나는 여자이니까."

"예. 결론은 우측으로 정해졌습니다. 성별보다는 특사라는 지위가 우선한다는 의견이 우세했습니다."

별것이 다 논쟁거리가 된다 싶었지만, 시에나는 잠자코 듣기만

했다.

"전하 자리는 국왕과 가장 가까운 안쪽입니다."

"원래는 누가 앉소?"

"후계자입니다. 국왕의 후계자는 아직 너무 어려서 연회장에 나오지 못합니다. 그래서 후계자에 버금가는 서열이며 왕이 가장 신뢰하는 군장이 앉습니다. 그 사람은……."

파티마는 잠시 말을 끊었다가 의미심장하게 웃으며 말했다.

"라드 군장입니다."

파티마는 라드 군장의 이야기가 나오자 미묘하게 활기를 띠는 은왕의 눈빛을 읽었다. 자신이 제국에서 지냈을 때보다 두 사람 사이가 더 깊어졌다고 짐작했다.

"라드 군장은 전하께 한 자리 밀려나 앉을 겁니다. 그러니 전하의 옆자리이겠네요."

시에나는 낯선 연회장에 쿤이 옆에 있을 거라니까 한결 마음이 놓였다.

"홍화씨는 받으셨습니까?"

시에나가 놀란 눈으로 쳐다봤다.

"오해는 마세요. 알 만한 사람은 다 아니까요. 라드 군장이 홍화씨를 찾는다고 사막을 다 뒤엎고 다닌다는 말이 돌았거든요."

시에나는 입술을 살짝 깨물었다. 얼굴이 화끈거렸다. 그렇게 요란스레 찾은 것인 줄은 몰랐다.

"들리는 말로는 대비께 보란 듯이 일부러 그랬다더군요. 대비께서 라드 군장을 혼사로 엮으려고 무던히 애쓰셨거든요."

시에나는 고개를 끄덕였다. 그렇다면 이해가 간다. 돌려서 거절하는 방식이었을 것이다.

"그런데…… 홍화씨는 받으셨습니까?"

파티마가 다시 한번 물었다.

"받았소."

"정말요?"

파티마의 눈이 커지더니 까르르 웃었다. 그리고 '세상에, 그걸 정말 찾았나 보네.'라고 혼잣말을 했다.

"무슨 뜻이오?"

"별 뜻 아닙니다. 그저 쉽게 찾을 수 있는 게 아니라 신기해서요. 아, 이제 다 되었습니다."

몸단장을 마친 시녀들이 물러섰다. 파티마는 몇 걸음 뒤로 가서 시에나를 한눈에 담으며 탄성을 흘렸다.

"정말…… 어떤 말로도 표현할 수가 없네요."

사막인들이 가장 선망하는 보석은 순백의 진주다.

바다를 볼 수 없는 사막인들에게 바다의 생물이 만들어 내는 보석은 환상을 자극했다.

상상 속에만 존재하는 천상의 진주가 사람으로 화하면 이런 모습이 아닐까.

공교롭게도 은왕의 금색 눈동자 역시 사막인들이 숭배하는 색이었다. 오직 왕과 후계자만 금색의 터번을 썼다.

오늘 은왕이 연회장에 들어서는 순간, 남녀 가리지 않고 눈을 떼지 못할 것이다.

'라드 군장님 눈에서는 불이 나겠지.'

찬란하게 빛나는 연인을 뭇시선들이 곁눈질하는 꼴을 지켜보기만 해야 할 테니까.

새카맣게 속을 태울 쿤을 생각하니 왠지 고소했다. 미련은 없어도 약간의 삐딱한 심술은 남았다.

*　　　*　　　*

쟈호만 호투에게 배정된 자리는 중간에서 조금 더 출입문 쪽에 가까웠다. 히실로의 이름으로 참석했으면 더 상석을 받았을 것이다.

반가면을 쓴 히실로는 연회 시작 시각보다 다소 이르게 도착해 먼저 자리를 잡고 앉았다.

연회장은 널찍한 원형의 방이었다. 왕은 출입문으로 들어와 한 번도 방향을 꺾지 않고 직진하여 정면에 보이는 가장 안쪽의 자리에 앉는다.

오늘은 연회이니 대비 레카가 그 자리를 차지하겠지만, 이곳에서 회의가 열릴 때는 왕좌가 된다.

'언젠가는 반드시.'

히실로의 눈빛이 왕좌를 탐욕스럽게 훑었다.

연합국의 건국 왕 서거 이후 세 부족의 사이가 전과 달라졌으나 아직은 내부적인 싸움이었다. 대외적으로는 부족 간의 신경전도, 신목의 가지 탈취 사건도 알려지지 않았다. 연합국이 혼란스러우면 사막의 다른 부족이 틈을 노릴 것이기 때문이다.

그래서 공식적인 행사는 세 부족이 사이좋은 척 자리를 지켰다. 대부분은 적당한 사람을 보내 구색만 갖추었다. 오늘처럼 라마 부족장과 호투 부족장까지 참석하는 연회 자리는 오랜만이었다.

하나둘 들어와 자리를 채웠다. 대개 남자 측 자리가 먼저 차고 여자들은 뒤늦게 함께 들어왔다.

히실로는 본격적인 연회 시작 전에 한 잔의 술로 입가심했다.

'흠. 좋은 술을 내왔군. 오늘 연회에 신경 꽤 썼는걸.'

그는 술맛을 품평하다가 술렁이는 분위기를 느끼고 고개를 돌렸다. 출입문으로 들어와 왕좌 가까이 걸어가는 사내가 보였다.

'흥.'

히실로는 제 앞으로 지나가는 금색 터번의 사내를 노려보았다.

금색 터번은 왕과 그 후계자만 쓸 수 있다.

사막 출신도 아닌 라드 군장에게 금색 터번을 내린 왕의 처사를 이해할 수 없었다.

'죽은 왕도 저놈 앞에서 빌빌거렸지. 기개 없는 투이사 놈들.'

히실로는 안 보는 척 계속 눈으로 라드 군장을 좇았다. 가면을 쓰면 표정 관리에 신경 쓸 필요가 없어서 편했다.

'음? 왜 저기에 앉지? 아아……. 오늘은 특사에게 양보하나 보군.'

오늘 히실로가 군이 연회에 참석한 목적에 사심도 얼마간 있었다. 사막귀를 피해 도주했던 그 날, 납치를 시도하다가 황녀와 시선이 스친 짧은 순간이 자꾸 눈앞에 아른거렸다.

'눈동자가 금색이었어.'

반쯤 드러난 여인의 하얀 이마가 반듯했다. 아슬아슬하게 머리에 걸린 그녀의 후드를 그는 자신의 망상 속에서 수십 번은 더 벗겼다.

'오늘은 미인의 얼굴을 볼 수 있겠지.'

가면 속에서 히죽거리는 히실로를 쿤이 흘끔 쳐다봤다. 주시한다는 느낌을 주지 않으려고 쿤은 무심히 시선을 돌렸다. 그는 가라앉은 눈빛 깊숙이 치미는 분노를 눌러 담았다.

히실로가 오늘 참석한다는 걸 알고 함정을 파두었지만, 막상 가면 쓴 사내를 발견하자마자 놈의 숨이 끊어질 때까지 두드려 패고 싶었다. 제 놈이 저지른 짓이 있는데 여길 오다니. 낯짝도 두껍다.

'실컷 마셔라. 네놈이 마실 마지막 단술이 될 테니까.'

쿤은 술을 넘기며 부글거리는 속을 가라앉혔다. 그는 원래 잘 흥분하는 성격이 아니었다. 그런데 그녀와 관련된 일에는 곧잘 냉정함을 잃었다.

얼추 남자들 자리가 다 찼다. 대비와 국왕 부부, 부족장들 자리만 비었다.

우르르 여인들이 몰려 들어왔다. 제국의 귀부인들 모습과 사뭇 달랐다. 말소리가 들리지 않았다. 여인들은 조용히 제 자리를 찾아 앉았다.

쿤은 계속 출입구를 흘끔거렸다. 그리고 비어 있는 제 옆자리를 봤다. 다시 출입문으로 고개를 돌렸을 때 그는 잠시 굳었다가 벌떡 일어났다. 쿤의 근처에 앉은 자들도 덩달아 시선을 돌렸다.

여인들의 입장 끝자락에 약간의 간격을 두고 제국 사절단이 입장을 시작했다. 사절단은 전원 사막의 복식으로 갈아입었다.

기사들은 연회복이 아닌, 전사의 복장 차림이었다.

다만, 오늘 연회장에는 누구도 무기를 소지할 수 없으며 예외는 없었다. 손에 든 것은 검이 아니라 나무 봉이었다.

제국 기사들 틈에 우스가 있었다. 그런데 아무도 우스가 왜 그 자리에 있는지 궁금해하지 않았다. 우스는 보이지도 않았다. 사람들은 기사들 사이로 걸어 나오는 여인에게 넋을 놓았다.

'사막인들은 정말 황금을 좋아하는군.'

시에나는 그들의 취향이 독특하다고 생각했다. 그녀의 양쪽 팔목에 두꺼운 황금 팔찌가 번쩍거렸다. 장식 겸 나풀거리는 소매를 고정하는 역할도 했다.

내색은 안 했지만, 취향에 맞지 않았다.

장신구가 아니라 구속구 같았다. 대비 레카가 보내 준 물건이라 거절할 수도 없었다.

거대한 반지 같은 원형의 목걸이 수십 개가 그녀의 목에 걸렸다. 워낙 가늘게 제련하여 무겁지는 않았다. 걸음을 내디딜 때마다 목걸이끼리 부딪쳐 차르륵 차르륵 소리가 났다.

허리띠도 황금이었다. 허리띠를 빙 둘러 촘촘하게 매달린 가느다란 황금 사슬들이 허리 아래에서 찰랑거렸다.

시녀들은 시에나의 머리카락을 수십 개 가닥으로 가늘게 땋아서 금실로 묶고 끝에 푸른 보석을 매달았다. 역시 걸을 때마다 보석이 부딪쳐 소리가 났다.

'정신 사나워.'

속마음이야 어쨌건 턱을 살짝 들어 올린 그녀의 표정은 고고했다. 특유의 무표정이 서늘한 느낌을 풍겼다.

허리와 등을 곧게 세운 자세는 그녀의 장신을 돋보이게 했다. 그녀의 걸음걸이는 다소곳하지 않으나 사내들 걸음과는 다르게 우아했다.

어느새 하나둘씩 일어난 사람들이 거의 다 기립했다.

작은 소음도 사라졌다.

사막인들에게 연회란 신분 고하 상관없이 어울려 노는 자리라는 인식이 강했다. 자신보다 높은 사람이 온다고 일어나 맞이하지 않았다. 심지어 왕이 들어와도 앉은 채 고개만 숙였다.

사람들은 충격에 가까운 자극을 받았다. 아름다운 외모 자체보다 그녀가 풍기는 당당한 분위기에 매료됐다. '여자'가 특사로 왔다고 낄낄 대던 자들도 지금 이 순간만큼은 아무 말 하지 못했다.

워낙 사람들의 시선에 익숙한 시에나는 모두가 자신을 주시하는 상황에서도 주변을 의식하지 않았다. 그녀는 왕좌 가까이에서 걸음을 멈추어 몸을 좌측으로 틀었다.

쿤과 시선이 마주쳤다.

시에나가 손등을 보이며 오른손을 내밀었다. 쿤이 홀린 듯이 앞으로 걸어 나왔다. 그는 그녀의 손끝을 쥐고 허리를 숙였다. 그녀는 자신의 손등에 정중히 입을 맞추는 그를 내려다보았다.

여인들이 발갛게 물든 얼굴로 두 손을 모아 쥐어 가슴에 댔다. 처음 보는 이국적인 풍습이 몹시 인상적이었다.

쿤이 그녀의 손을 끌어 자리로 안내했다. 시에나는 그의 옆자리에 앉았다.

누군가 작은 숨을 내쉬었다. 그게 신호인 것처럼 여기저기에서 숨소리가 터졌다. 소곤거리는 말소리가 시작됐다. 적막이 사라졌다.

'헉.'

히실로가 밭은 숨을 내뱉었다.

'저 여자가…… 제국의 황녀?'

제국 사절단을 유인하려던 작전 실패가 원통했다. 저 미녀를 자신의 보호 아래에 두고 통제할 기회였건만.

'어떻게 해야 저 여자를 가질 수 있지?'

탐욕으로 배 속이 들끓었다. 이토록 간절한 욕망은 처음이었다.

아득한 옛날 이름 모를 나라의 왕이 이웃 나라의 미녀를 얻기 위해 전쟁을 일으킨 적이 있었다. 처음 그 이야기를 들었을 때는 비웃었다. 고작 여자 때문에? 그런데 지금은 그 왕의 심정이 이해가 갔다.

아무리 머리를 굴려도 뾰족한 수가 떠오르지 않았다. 제국이라니. 상대가 너무 강력했다. 나라 간 혼사는 서로 주고받는 게 있어야 성사된다. 제국이 사막에 황녀를 주면서까지 얻어 갈 이익이 없었다.

'가만. 제국은 황녀도 제위에 오를 수 있다고 했던가? 황녀의 정적이 누군지 알아봐야겠군.'

히실로가 온갖 망상을 하는 동안 부족장들이 자리에 앉고 국왕

부부가 입장했다. 가장 늦게 대비가 들어왔다.

국왕은 앉으면서 쿤과 시선을 교환했다.

왕은 시에나를 보고 눈이 커졌으나 표정을 관리했다. 사전에 대비한테 들은 말이 있었다.

『주상. 제국 특사가 여인이며 대단한 미인입니다. 경솔히 굴지 마세요. 라드 군장의 정인이라고 합디다.』

왕은 라드 군장 심기를 건드릴 생각이 없었다.

한껏 점잖은 태도로 시에나에게 말했다.

『제국 특사께서 먼 길 오시느라 고생이 많으셨소. 모래 폭풍과 폭우가 겹친 험로를 마다치 않은 특사께 감사를 표하오.』

"양국의 우의를 다질 중요한 임무를 맡게 되어 영광일 따름입니다. 성대한 환영으로 맞이해 주시니 배려에 감사드립니다."

왕과 시에나가 나누는 인사를 쿤이 통역했다.

그 후 대비가 인사말을 전했다. 대비는 목소리를 크게 내지 않았다. 시녀가 중간에서 말을 전했다.

시에나는 그 모습이 퍽 이상하다고 생각했다.

'대비의 위세가 왕권을 넘을 정도라고 들었는데. 나서지 않는 척하는 것도 사막의 관습인가.'

제국과 다른 형태의 연회장 풍경도 흥미로웠다. 모든 사람 앞에 개인용 작은 테이블이 있고 시중인들이 돌아다니며 술잔과 접시를 채웠다. 다들 의자에만 앉은 채 전혀 움직이지 않았다.

연회의 분위기가 무르익었다. 비워 둔 중앙에 무희들이 나와서 춤을 추었다. 그들은 가슴과 둔부만 가리는 옷을 입고 온몸을 흔들거나 가검을 들고 화려하게 움직였다.

왕은 공연을 보는 척하면서 시선을 돌렸다. 멀찍이 서 있는 사내와 눈이 마주쳤다. 왕이 눈을 깜빡였다. 잠시 후 사내가 호들갑스럽게 왕에게 다가와 귀엣말을 건넸다.

『뭐라?』

왕이 고함을 지르자 공연이 멈췄다. 무희들이 한편으로 물러섰다.

『그게 사실이라면 당장 죄인을 잡아들이겠다. 여봐라!』

마치 기다리고 있었던 것처럼 연회장 바깥에서 우르르 전사들이 들어왔다.

『죄인 히실로 호투를 추포하라!』

전사들은 연회장에 들어오기 전부터 누구를 잡아야 하는지 알고 있었던 듯 곧바로 가면 사내 주변을 에워쌌다. 히실로가 미처 반항하기 전에 제압하여 두 팔을 단단히 뒤로 틀어잡았다.

『이게 무슨 짓이오! 국왕!』

호투 부족장이 벌떡 일어나 소리쳤다.

족장이 신호하면 당장 달려들 것처럼 호투 부족 사람들은 이를 드러내고 위협적으로 으르렁거렸다.

『호투 대군장. 방금 제국 사절단을 마중하러 떠난 길잡이들의 실종 사건에 관한 결정적 증거를 입수했다는 보고를 받았소. 길잡이들을 살해한 자가 바로!』

왕이 히실로를 가리켰다.

『대군장의 아들, 히실로 호투 군장이오!』

『무슨 증거로!』

『죄인의 도주를 막기 위한 선 조치 후 증거를 살피면 될 일! 과인의 오판이라면 마땅히 책임지겠소.』

『날조된 증거다!』

왕이 비릿하게 웃었다.

『호투 대군장. 그뿐만 아니라 히실로 군장은 제국 사절단을 사막귀 무리로 유인하여 죽이려 했소.』

『아니야! 거짓이오!』

가면 사내가 구속된 몸을 뒤틀며 소리쳤으나 왕은 무시하며 말을 이었다.

『증인은 다름 아닌 제국 사절단이오. 대군장은 그대의 아들을 무조건 비호만 하다가 죄가 드러나면 뒷일을 전부 책임지시겠소?』

『으음…….』

호투 부족장이 선뜻 답하지 못했다.

『아버지! 아닙니다! 모함입니다!』

히실로가 악을 썼다.

『정말 히실로 호투가 죄를 지었다면 왜 애꿎은 나를 잡는가. 난 쟈호만이다. 형님을 잡으려면 호투 대저택으로 가 보시오!』

왕이 피식 웃었다.

『본인이 아니다?』

『나, 쟈호만이 집을 나서면 반드시 가면을 쓴다는 것을 모르는 사람이 없을 터. 내 허락 없이 내 가면을 벗길 수 없소. 타계하신 선왕께서 허락하신 일이오.』

『그건 그렇지. 본인이 정말 쟈호만 호투일 경우라면.』

왕이 고개를 돌렸다.

『안 그런가? 쟈호만 호투 군장.』

왕의 시선을 사람들이 좇았다. 앞으로 나서는 사내는 쟈호만이
었다.

『어어?』

사람들이 쟈호만과 가면 사내를 번갈아 봤다.

쟈호만이 특이한 병을 이유로 가면을 쓰고 다닌 지 몇 년 되었다.
그전에는 얼굴을 드러내고 다녔으므로 기억하는 자가 제법 많았다.

『제가 틀림없는 쟈호만 호투입니다.』

『쟈호만 군장. 그렇다면 저 가면 사내는 누구인가? 세상 사람들
은 모두 쟈호만 군장이 가면을 쓰고 다닌다고 알고 있다.』

『저는 단 한 번도 가면을 쓰고 외출한 적이 없습니다.』

『쟈호만! 네가!』

가면 사내가 악을 쓰며 발을 쿵쿵거렸다. 핏대가 오른 목에 힘줄
이 불거졌다. 우습게 봤던 동생의 배신을 믿을 수 없었다. 전사들에
게 붙들려 있지만 않아도 당장 쟈호만에게 달려들어 목을 졸랐을
것이다.

왕이 코웃음 치며 전사들에게 지시했다.

『가면을 벗겨라.』

히실로가 얼굴을 흔들어 거부하려 해도 소용없었다. 벗겨진 가
면이 바닥에 나동그라졌다. 히실로의 얼굴을 확인한 몇몇 사람들이

탄식했다.

왕이 시에나를 보며 말했다.

『특사께 묻겠소. 저자가 길잡이인 척 거짓 행세를 하며 사절단을 사지로 몰아낸, 그자가 맞소?』

왕이 공연을 중단시킬 때부터 시에나는 쿤의 통역으로 저들의 대화를 들었다.

그녀는 모든 상황을 왕이 주도하고 있으며 착착 이루어지는 과정이 작위적이라는 것도 눈치챘다. 기꺼이 왕의 계획에 동참하기로 했다.

시에나는 차갑게 히실로를 응시했다. 저 면상을 똑똑히 기억했다. 하마터면 저자 때문에 기사들을 잃을 뻔했다.

"저자는 자신을 히실로 군장이라고 소개했습니다. 길잡이 임무를 맡아 사절단을 안내하겠다고 했습니다. 하지만 저자는 사절단을 괴물에게 유인한 후 도주했습니다."

왕이 목소리를 높였다.

『죄가 명백하다! 죄인은 사절단을 해쳐 제국과 연합국을 이간질하려는 흉계를 꾸몄다.』

왕은 호투 부족장에게 말했다.

『호투 대군장! 그래도 아들을 두둔하시겠소? 저자의 죄에 연루되셨소?』

호투 부족장이 이를 악물었다. 그는 오늘 이 자리에 오면서 제국어에 능한 자를 동반했다. 특사와 좋은 관계를 만들어 보기 위해서였다. 통역이 전해 주는 말에 따르면 제국 특사와 왕이 거짓으로 말을 맞추는 낌새가 없었다.

그는 라마 부족장을 돌아보았다.

외면한 채 딴청을 피우는 모습을 보자 눈에 불꽃이 튀었다.

'이놈! 알고 있었구나. 교활한 라마 놈들.'

함정에 빠졌다. 다른 죄도 아니고 제국 사절단을 죽이려 했단다. 여기서 무력을 동원해 히실로를 빼냈다가는 완전히 연합국과 결별이다. 그뿐만 아니라 제국과도 척을 지게 된다.

또 다른 아들, 쟈호만을 보는 부족장의 눈이 가늘어졌다.

'괘씸한 놈.'

왕과 손잡았든, 라마 부족과 공모했든, 어쨌든 아들 녀석은 자신에게는 한마디 말도 없이 이런 일을 꾸몄다. 한편으로 제 형에게 눌려만 지내던 허약한 녀석의 다른 일면을 본 것 같아 불쾌하지만은 않았다.

그는 제일 강한 새끼만 백수의 왕이 된다고 믿었다. 그래서 제 자식들이 살벌하게 싸워도 방관했다.

그는 히실로를 보며 혀를 찼다.

'일 처리를 이런 식으로 하다니. 멍청한 놈.'

『나와 호투 부족은 관여하지 않았소.』

호투 부족장이 한발 물러섰다.

『아버지! 저를 버리시면 안 됩니다! 그거야말로 저들의 악독한 음모에 휘말리시는 겁니다!』

고래고래 고함을 지르는 히실로의 눈에 실핏줄이 터져 흰자위가 붉게 물들었다.

왕이 손을 위로 들었다.

『죄인을 투옥하라. 재판으로 샅샅이 죄를 밝히겠다.』

히실로는 전사들에게 붙들려 연회장 밖으로 끌려나갔다. 그는 계속 '아버지!', '모함입니다!'라는 말만 반복했다. 점차 멀어지는 고함이 더는 들리지 않았다.

『연회는 이쯤에서 마무리하겠소. 특사께 양해를 구하오.』

"환영해 주시는 뜻은 충분히 받았습니다."

호투 부족장이 입술을 씰룩이며 왕을 노려보다가 획 돌아섰다. 호투 부족이 가장 먼저 연회장을 나가 버렸다.

연회는 그렇게 파장이 났다.

6장
한 치 앞도 볼 수 없다

　제프리는 디안과 의견 충돌을 겪은 후 며칠 동안 두문불출했다. 처음엔 괘씸했다. 다 저를 위해서 한 일이거늘.

　밤잠을 아끼며 뛰어다닌 자신의 수고를 몰라주어 서운했다. 그런데 시간이 지나자 충격이 누그러졌다.

　'사람은 다 제각각인데 완전한 의견 일치가 있을 수 있겠나.'

　생각해 보니 지금껏 디안이 군말 없이 순순히 따라온 것이 오히려 정상이 아니었다. 사람과 사람의 관계는 싸웠다가 화해하면서 서로 이해하고 단단해진다. 제프리는 자신과 디안이 바람직한 통과 의례를 겪는 중이라고 결론을 내렸다.

　'내가 디안은 너무 어린 취급을 했던 것이 문제야. 그 녀석 나이가 몇인데. 곧 아이도 태어날 테고.'

생각을 바꾸니 오히려 흐뭇했다.

'그래. 제위에 오르려면 응당 그만한 줏대가 있어야지.'

다른 사람 의견에 휘둘리기만 해서는 제국을 다스리는 일을 어떻게 감당하겠는가.

'차라리 잘 됐어.'

조용히 쌓이다가 나중에 터져서 수습 불가능한 지경에 이르는 것보다 낫다. 미리 알았으니 대처 방법을 찾으면 된다.

'디안은 정말 에디스를 똑 닮았어. 모자가 함께 보낸 시간이 없는데도 역시 핏줄이라 이건가.'

제프리는 대책 없이 순진했던 자신의 누이를 떠올렸다.

에디스가 어느 추운 날 외출을 나갔다가 모자도 장갑도 없이 꽁꽁 얼어 돌아온 적이 있었다. 장갑은 어쨌냐니까 구걸하는 아이가 추워 보여서 벗어 줬단다.

디안은 그런 누이의 아들이었다.

'천성을 바꾸기는 힘들지. 디안이 어둠을 견디기 힘들어하면 밝은 곳만 보면 돼.'

디안은 하늘 아래 유일한 자신의 혈육이다. 누이의 하나뿐인 아들을 위해 기꺼이 더러운 물에 손을 담글 것이다.

'디안이 은왕을 믿는 게 문제란 말이야……'

지금은 디안의 자리를 다질 최적의 시기였다. 은왕도 리먼 공도 자리를 비웠다. 라드 후작이 방해될지 알 될지는 모르겠지만, 어쨌든 후작도 없다.

이 틈에 어서 계승 서열을 회복하고 장차 디안이 제위에 오른다는 사실을 귀족들에게 주지시켜야 한다.

제프리가 조급해진 이유는 현실적인 문제 때문이었다. 그는 이상과 현실의 괴리를 깨닫는 중이었다. 돈이라니. 이런 문제로 골치 썩을 줄은 몰랐다.

그래서 권세 있는 귀족들을 포섭해 자금을 끌어모아야 했다. 요며칠 접촉을 시도하는 약삭빠른 자들이 있지만, 쭉정이들이었다. 거물들은 관망하고 있다.

'일단 든든한 아군부터 하나 확보해야겠군.'

제프리는 블레스 공작 저를 방문했다.

란델은 환대로 제프리를 맞이했고 제프리는 친구의 변함없는 모습에 안도했다.

란델은 찻잔을 내려놓으며 눈을 크게 떴다. 방금 제프리가 한 말을 다시 확인했다.

"철왕 전하 출생의 증인이 되어 달라고?"

"자네와 우리 집안이 오래전부터 활발하게 교류했다는 사실은 많이들 알고 있으니까. 자네 말은 충분히 신뢰감이 있지."

"하지만 난 자네 누이의 임신 사실을 얼마 전에 자네가 말해 줘서 알았네."

"그야 그렇지만 그건……."

"제프리."

란델이 나직한 목소리로 그를 불렀다. 제프리가 심상치 않은 느낌을 받고 입을 다물었다.

"나보고 거짓말을 하라는 건가?"

제프리가 선뜻 대답하지 못했다.

"친구를 위한 거짓말은 누구에게도 피해 주지 않을 때, 내 양심이 허락하는 내에서만 할 수 있네. 철왕 전하의 출생은 내가 입에 담을 일이 아니야."

"란델. 철왕께서 폐하와 에디스의 아들이라는 건 틀림없는 진실일세. 거짓이지만 거짓이 아니란 말이네."

"날 설득하려 들지 말게. 내가 자네를 아케론 공이라고 부르기를 바라는가?"

"……."

친구가 아닌, 가문 대 가문의 수장으로 대한다는 말에 제프리의 눈동자가 흔들렸다. 거절당하리라고는 생각지 않았던 터라 제프리는 몹시 당황했다. 그는 겸연쩍어 헛기침했다.

"사람 참. 자네는 백부님의 고지식함을 그대로 닮았군."

제프리는 목이 타 차를 벌컥벌컥 들이마셨다.

슬쩍 란델의 눈치를 살폈으나 친구의 표정으로는 속내를 알 수 없었다.

양심에 반하는 짓은 못 하겠다는 건지, 다른 마음이 있다는 건지. 전에 란델이 은왕을 두둔했던 태도가 새삼 신경 쓰였다.

'설마?'

제프리의 마음속에서 의심이 피어올랐다. 제프리는 화제를 돌렸다. 일상적인 대화를 나누다가 옛 추억을 회상했다.

"나도, 자네도 고통의 세월을 보낸 데에는 리먼 가문이 결정적인 역할을 했지. 나는 아직도 분이 풀리지 않아 자다가도 일어난다네. 자네도 그렇지 않나?"

"……지나간 일로 속을 끓여 뭘 하겠나."

"리먼 공작령이 어수선한 이때, 휘청거리는 리먼이 중심을 찾기 전에 급습하려 하네. 리먼 가문이 선황을 기만하고 아케론 공작가를 모함했다고 고발할 참이지. 이것 역시 진실 아닌가. 자네도 피해자이니 나와 함께 목소리를 내주지 않겠나?"

"……."

란델이 물끄러미 제프리를 응시했다. 둘이 말없이 바라보는 시간이 길어질수록 제프리의 표정은 일그러졌다. 친구의 침묵에서 제프리는 거절의 뜻을 읽었다.

제프리가 탕, 테이블을 손바닥으로 내리쳤다.

"자네가 어떻게 이럴 수 있나? 어떻게 자네마저 나를 배신해!"

"제프리. 자네는 변했어."

"변한 건 자네겠지!"

제프리가 벌떡 일어났다.

"내 아버지께서 자네를 아들처럼 아끼셨는데. 난 자네만을 내 유일한 벗으로 여겼는데!"

란델은 성큼성큼 걸어 나가는 제프리를 잡지 않았다. 등 뒤에서 문이 거칠게 여닫히는 소리가 들렸다.

"돌아가신 백부님께서 지금의 자네를 보셨다면 몹시 상심하셨을 걸세. 자네가 돌이키지 못할 짓을 저지르기 전에 내가 막을 수 있으면 좋으련만."

란델은 쓴웃음을 지으며 중얼거렸다.

블레스 공작 저를 나온 제프리는 씨근덕거리며 주변을 두리번거렸다. 어디로 가야 할지 방향을 잡을 수 없었다.

어두운 거리에는 인적이 없었다. 그는 바닥을 내려다봤다가 하늘을 올려다보며 탄식했다. 미아가 된 기분이었다. 서럽고 화가 났다.

'세월이 자네의 혜안을 가렸군. 자네는 썩은 줄을 잡았어. 황제가 될 사람은 은왕이 아니라 철왕이야!'

오기가 났다.

친구에게, 세상 사람들에게 보란 듯이 자신의 손으로 철왕을 황제로 만들 것이다.

'그로시 공작 저로 가자.'

철왕비 비올렛의 조부, 그로시 공작은 곧 태어날 자신의 핏줄이 장차 제위를 잇는 영광을 마다할 리가 없었다. 적극 손을 보탤 것이다. 목적지를 정한 제프리가 움직였다.

*　　*　　*

패트리샤는 고개를 수그린 중년인에게 작은 주머니를 던졌다.

"수고했다."

중년인은 주머니를 조심스럽게 쥐고 굽실굽실 인사한 후에 물러갔다.

"슬슬 작당 모임을 한다 이거로군."

패트리샤가 싸늘하게 코웃음 쳤다. 방금 다녀간 자는 그로시 공작 저에 심은 정보원이었다. 제프리 아케론이 공작 저에 방문했다는 소식을 가져왔다.

패트리샤의 정보력이 많이 축소되었고 리먼의 지원도 끊겨 손발이 묶였으나 과거에 여기저기 뿌려 둔 씨앗은 무사히 싹을 틔웠다.

기존에 소속된 사람을 매수한 거라서 발각될 위험이 적었다. 정기적인 연락을 주고받는 것도 아니었다. 고급 정보도 아니다.

하지만 패트리샤는 하찮은 정보 속에서 옥석을 발굴할 줄 알았다. 가십이 난무하는 사교계를 주무른 경험 덕분이었다. 간단한 정황 사정만으로도 돌아가는 상황을 파악할 수 있었다.

'그로시 공작이 제프리 아케론의 첫 포섭자인가, 아니면 블레스 공작에 이은 두 번째일까?'

패트리샤는 한창 기세등등한 시절, 어지간한 귀족가에 전부 손을 써두었다. 다만, 블레스 가문은 관심 밖이었다. 그때는 그들이 영원히 영지에만 틀어박혀 지낼 줄 알았다.

지금 와서는 후회가 됐다.

빈틈을 만들지 말았어야 했는데.

'블레스 공은 무슨 생각인지 알 수가 없으니……'

옛날에 아케론과 블레스, 두 가문이 몹시 친밀했다는 정보를 기반으로 블레스 공이 제프리를 도울 거라고 짐작할 뿐이었다.

'블레스 공에 관해서는 나중에 생각하고. 일단은 그로시 공작부터. 제프리 아케론과 그로시 공이 손을 잡을 매개는 철왕비 배 속에 든 아이겠지.'

그렇다면 그들의 연결 고리를 끊어 줘야겠다.

'제프리 아케론. 너는 아무것도 하지 못해. 이름만 남은 아케론의 영광만 붙들고 뭘 할 수 있겠어.'

패트리샤의 붉은 입술이 잔혹한 미소를 머금었다.

다음 날, 비올렛은 적왕궁의 부름을 받았다.

은왕이 없어서 적적하니 말동무가 되어 달라는 적왕의 청을 거절하지 못했다. 비올렛은 철왕 대신 은왕이 특사로 갔다는 사실에 죄책감을 느끼고 있었다.

"여덟 달인가?"

"아직 여덟 달은 못 되었습니다. 적왕."

"배가 많이 부르군. 아이는 잘 놀고 있소?"

"예. 아주 활발합니다."

"내가 배 속에 은왕을 품었던 시절이 생각나는군."

추억에 젖은 패트리샤의 표정이 부드러웠다.

비올렛은 적왕이 자신을 원망할지 모른다고 생각했다가 긴장이 풀어졌다.

두 사람은 무난한 화제로 대화하며 차를 마셨다.

그리고 그날 저녁 비올렛은 원인을 알 수 없는 구역질과 구토에 시달렸다.

"왕비가 왜 저러는가. 무슨 문제인가?"

철왕의 물음에 의관이 답했다.

"현재로서는 원인을 알 수 없습니다. 복 중의 아기님은 건강하십니다. 증상을 더 지켜봐야 할 것 같습니다."

비올렛의 구토 증상은 곧 가라앉았다. 뒤늦은 저녁 식사도 맛있게 먹었다. 임부의 몸은 정상인과 달라 아무래도 예측이 어렵다. 해프닝 정도로 넘어갔다.

이틀 후 적왕은 비올렛을 불러 차를 마셨다.

그날 저녁에 비올렛은 두통을 호소했다. 의관이 달려왔으나 이번에도 원인을 모르겠다며 고개를 저었다. 두통은 대부분 사람이 겪는 흔한 증상이었다.

임부에게 진통제를 함부로 처방할 수 없으니 시녀들은 왕비가 통증을 느끼는 관자놀이를 주물렀다. 그러니까 두통은 곧 나아졌다.

이틀 후에 역시 적왕은 비올렛을 불렀다.

날씨와 출산 준비 등 일상적인 대화를 나누며 차를 한 잔 마신 것이 전부였다. 그날 저녁에 비올렛은 팔다리가 심하게 저려 침대에서 꼼짝할 수 없었다.

이쯤 되면 의심이 간다. 우연이 반복되면 더는 우연이 아니다. 디안은 시녀를 따로 불러 오늘 비올렛의 일정을 확인했다.

"오늘도 왕비가 적왕궁에 다녀왔다고?"

"예, 전하."

디안은 의관한테 진찰 결과를 들은 후 비올렛에게 갔다. 아까는 창백했던 그녀의 안색이 한결 나아졌다.

"전하. 이제는 약간만 저려요. 아이는 괜찮은 거죠?"

비올렛의 걱정은 오직 아이뿐이었다. 배 속에서 노는 아이의 움직임이 그녀의 불안을 가라앉혀 주었다.

"아무 이상 없다고 하니까 걱정하지 마."

디안은 아내를 달래며 온종일 무엇을 했는지 물었다. 정말 알고 싶은 것은 적왕과의 티타임이었지만, 비올렛이 자신과 아이를 해치려는 시도가 있다는 의심으로 괴로워하는 모습은 보고 싶지 않았다.

비올렛은 디안의 유도 질문에 술술 대답했다. 둔한 그녀는 아직 적왕을 전혀 의심하지 못하는 눈치였다. 그동안 비올렛은 적왕한테 많은 선물을 받았고 조사해 본다며 물건을 받아 간 은왕은 별다른 말이 없었다. 그녀는 적왕의 선의를 의심한 자신의 마음을 오히려 부끄럽게 생각했다.

디안은 비올렛의 이야기 속에서 딱히 수상한 점을 찾아내지 못했다.

'한 주전자에서 나오는 차를 나눠 마셨다는데……. 왜 비올렛만 자꾸 탈이 나지?'

아예 차라리 크게 탈이 나면 문제로 삼겠으나 증상은 잠깐이고 곧 회복했다. 다음날이 되면 특별한 후유증도 없었다. 의관도 대수롭지 않게 생각했다. 원래 임부는 다양한 증상이 나타난다고 말했다.

'가장 좋은 방법은 비올렛이 적왕과 만나는 자리를 피하는 거지만.'

피하는 것도 한두 번이지 아직 아이를 낳으려면 멀었다. 부름을 계속 거절할 수는 없었다. 적왕은 황실의 어른이고 비올렛은 아랫사람으로서 예의를 다해야 한다.

'어쩌지? 어떻게 하지?'

디안은 근심에 잠겨 침실 안을 왔다 갔다 했다. 적왕이 뭘 노리는 걸까. 물증 없이 의심만으로 추궁했다가는 정작 나중에 큰일이 터질 때 제대로 대처할 수 없을 것이다.

적왕이 마수를 드러낼 때까지 지켜보는 방법도 있다. 하지만 그러려면 중간에서 비올렛이 힘들다. 디안은 절대 비올렛을 미끼로 쓸 생각이 없었다.

'그래. 역시 피하는 게 좋겠어.'

아예 두 사람이 만날 기회를 차단하자.

디안은 출산일까지 그로시 공작 저에서 지내도록 비올렛을 설득했다. 마음이 안정되니 아이에게도 좋을 거라고 하자 비올렛은 솔깃해했다. 디안은 황제를 뵙고 허락을 받았다. 준비를 서둘러 다음 날 바로 비올렛은 출궁했다.

철왕비가 출궁했다는 소식을 들으며 패트리샤는 말없이 미소만 지었다.

*　　　*　　　*

―받았느냐!

목소리가 사방에서 울렸다. 정확히 어디에서 들려오는지 알 수 없었다.

"무엇을요?"

시에나는 소리쳐 물었다. 하지만 자신이 목소리를 낸 것인지, 머릿속으로만 생각한 것인지 확실하지 않았다. 감각이 마구 뒤섞였다. 자신이 눈을 뜨고 있는지, 감았는지, 지금 어디인지도 모르겠다.

—받았느냐!

"대체 무엇을 주셨다는 겁니까?"

시에나는 정체 모를 목소리에게 말을 함부로 할 수 없었다. 목소리에는 거스를 수 없는 힘이 있었다.

남자인지 여자인지 모를 모호한 음성이 사방에서 메아리쳤다. 웅웅 울리는데도 명료하게 들려 신기했다. 음절이 뇌리에 깊이 박히는 것 같았다.

—주었노라!

시에나는 흠칫 놀라며 눈을 떴다.

그녀는 어느 정도 익숙해진 낯선 침실 내부를 응시하며 눈을 깜빡거렸다.

'뭐지?'

꿈인가? 하지만 마지막 꿈 이후로는 다시는 꿈을 꾸지 않았다. 그리고 전에 꾸었던 꿈과 달랐다. 목소리만 들었을 뿐 아무것도 보지 못했다.

웅장한 목소리만 계속 귓가에 남았다. 신비로운 느낌이었다. 그녀는 곰곰이 생각했으나 짧은 문장 두 개만으로는 뜻을 추측할 수 없었다. 그녀는 몸을 일으켜 앉으려다가 이상한 느낌이 들어 이불을 젖혔다.

"아……."

붉은 핏자국을 보며 탄식했다.

미묘한 실망감에 휩싸였다.

지난 달거리가 사막으로 배를 타고 오는 초반에 있었다. 그녀의 주기는 일정했다. 그런데 예정일이 지났는데도 달거리를 시작하지 않았다.

'혹시……?'라고 생각했으나 신중히 기다렸다.

그런데 예정일보다 일주일 정도 늦기는 했지만, 오늘 달거리를 시작했다.

보름 가까이 그와 단둘이 동굴 생활을 하며 임신의 가능성을 충분히 알고 있었다. 조심스러워하는 쿤에게 오히려 자신이 적극적으로 부추겼다.

체외 사정하려는 그의 허리를 다리로 감아 놓아주지 않았던 일을 떠올리며 그녀는 화끈거리는 볼을 손등으로 문질렀다. 지나치게 노골적이었나 싶지만, 후회는 하지 않는다.

변수가 많은 자신과 그의 미래에 아이의 존재는 결정적인 이정표가 될 거라고 생각했다. 그래서 아이가 생겨도 괜찮다고, 아니, 어쩌면 조금 바라는 마음도 있었다.

'내가 아이를 갖게 되면 아들일까?'

꿈속 미래에 존재했던 그 아이가 다시 태어난다는 보장은 없었다. 그래도 기적을 믿고 싶었다. 아들을 낳으면 붙일 이름은 이미 정해 두었다.

"에카르트……."

입안으로 중얼거리자 가슴이 찡했다. 그녀는 피식 웃으며 머리를 흔들었다. 아직 먼 훗날, 언제 일어날지도 모르는 일로 감상에 젖는 게 우스웠다. 시에나는 시녀를 불렀다. 일어날 준비를 하라고 지시했다.

시에나가 연합국 왕궁에서 지낸 지 보름 남짓 지났다. 그녀는 극진한 대우를 받았다. 왕비가 쓰던 침전을 받았고 ―시에나는 극구 사양했으나 그게 귀빈을 대접하는 사막의 관습이라고 했다― 시중을 드는 시녀들만 서른 명이었다.

왕은 매일 밤 연회를 열어 시에나에게 온갖 진미를 대접하고 매일 다른 공연을 선보였다. 다른 두 부족도 가만히 있지 않았다. 매일 귀한 선물을 보내 시에나의 환심을 사려 했다.

신목의 가지 소유권을 확정하는 특사의 임무는 미루어졌다. 특사를 해치려 한 죄인의 재판이 우선이었다. 아직 히실로의 재판이 한창이었다.

히실로의 죄를 다른 두 부족과 엮으려 하는 왕과 발을 빼려고 안간힘을 쓰는 두 부족의 공방이 치열했다. 각자 자신에게 불리한 증거가 나올 때마다 시간을 끌었다.

아침 식사를 마치고 시에나는 그물막 의자에 기대어 눈을 감았다. 달거리를 시작해서 그런지 오늘따라 몸이 나른하게 늘어졌다.

『알루아.』

시에나는 눈을 떴다.

시녀들은 '귀부인'이라는 뜻의 '알루아'로 시에나를 호칭했다. 시녀가 바닥에 무릎을 꿇은 채 말했다.

『라드 군장께서 오셨습니다.』

『알았다.』

시에나는 이곳에서 지내는 동안 매번 통역의 도움을 받는 것이 번거로워 언어를 익혔다. 유창한 수준은 아니어도 쉬운 단어는 알아듣고 간단한 지시를 내릴 수 있었다.

사막의 언어는 제국어와 체계가 전혀 달라 숙달되는 데 어려움이 많았다. 그래도 파티마는 시에나가 무척 빠르게 습득한다며 놀라워했다.

시에나의 언어 스승은 쿤이었다. 그가 매일 오전 혹은 오후에 방문했다.

시에나가 지내는 침전은 본래 왕비가 쓰던 방이므로 내궁의 안쪽 깊은 곳에 있었고 사내들의 출입은 철저하게 금지했다. 시에나가 쿤을 만나려면 외궁으로 나가야 했다.

이곳은 남녀의 생활 구역이 나뉘어 있다 보니 일부러 계획하지 않으면 미혼의 남녀가 마주칠 일이 없었다.

시에나가 언어를 배우겠다고 하자 쿤이 얼른 교사를 자청했다. 그래서 두 사람은 어학 공부 핑계로 매일 만날 수 있었다. 두 사람의 공부방은 내궁에서 외궁으로 나가는 출입구 가까이에 있었다. 본래 회의실로 쓰는 방이라고 했다.

시녀 둘이 양쪽에서 출입문에 길게 늘어져 있는 발을 걷었다. 시에나가 열린 공간으로 들어갔다. 앉아 있던 쿤이 일어났다. 두 사람은 눈이 마주치자 따뜻한 시선을 나누었다.

시에나가 테이블에 앉고 쿤도 앉았다. 시녀들이 멀찍이 서서 대기했다. 쿤이 교재를 펼치며 말했다.

"재판이 곧 끝날 것 같아. 길어도 사흘을 넘기지는 않을 거야."

"그자의 형벌은 역시 추방령이야?"

방 안에 시녀가 있었지만, 두 사람의 말투는 편안했다. 어차피 시녀들은 제국어를 알아들을 수 없기 때문이다.

"그렇게 될 듯싶어. 그자가 호투 부족장의 아들이라서 중형을 내리기가 어려워."

시에나는 못마땅한 표정을 지었다.

"……어쩔 수 없지. 그자의 재판으로 더 시간을 끌고 싶지 않아. 우리 쪽 피해는 거의 없으니까."

쿤은 히실로가 추방된 후 따로 손을 쓰려고 구체적인 계획을 짜냈다. 하지만 굳이 그녀에게 말할 생각은 없었다. 자신의 잔인한 부분은 보여 주고 싶지 않았다.

두 사람은 공부한다는 본래의 목적에도 충실했다. 수업 도중에 시에나가 물었다.

"계속 묻는다고 생각만 하고 깜빡했어. 나하쉬가 무슨 뜻이야?"

쿤이 미묘한 표정으로 대답했다.

"제국어로는 정확한 뜻은 없고, 굳이 해석하자면 '그만'. 지금 네가 하는 모든 행동과 말이 성가시니까 하지 말라는 뜻이지. 어디서

들은 말이야?"

"칼리 경이 시녀들을 다룰 때 쓰는 말이랬어."

"우스가?"

쿤이 미간을 찌푸렸다.

"고압적인 말이니까 쓰지 않는 편이 좋아."

"응. 알았어."

쿤은 속으로 혀를 찼다.

순화해서 설명했지만, 험한 표현이었다. 나대지 마, 혹은 닥쳐, 정도랄까.

"이 표현은 무슨 뜻이야?"

시에나는 그가 대답이 없자 고개를 들었다. 쿤이 자신을 빤히 바라보고 있었다.

"지내는 데 불편함은 없어? 어디가 아프다던가."

시에나는 고개를 좌우로 저었다. 뜬금없는 질문이었다.

"그······. 몸은 좀 어때?"

"아픈 데 없다니까."

"아니, 내 말은······."

쿤이 숨을 푹 내쉬며 말을 꺼내지 못했다. 그는 힘겹게 겨우 말했다.

"우리가 동굴에서 오래 지냈잖아. 난 혹시······. 그러니까 당신 몸에 무슨 변화라든가······."

그의 횡설수설한 말을 알아듣고 시에나는 풋, 웃음을 터뜨렸다. 그녀는 직설적으로 말했다.

"임신 안 했어. 오늘 아침에 확실히 알게 됐어."

"아······."

쿤은 한참 아무 말이 없었다.

"다행이네. 아이가 생기면 아직 미혼인 당신에게는 큰 부담이지."

시에나는 아쉬움 가득한 그의 표정이 말하는 내용과 따로 논다고 생각했다. 복잡미묘한 표정의 그를 놀려 주고 싶었다.

"당신 표정은 왜 그래? 혹시 기대했어?"

"······아니야."

솔직히 기대했다.

하루 이틀도 아니고 무려 보름 아닌가.

'그래. 잘 된 거야. 그녀의 위신이 있지. 결혼 전에 임신하면 그녀를 두고 얼마나 말들이 많겠어.'

"점심 식사는 함께할까?"

"응. 좋아."

시에나는 의자에서 일어나다가 갑자기 눈앞이 핑 돌아서 손으로 테이블을 짚어 지탱했다. 쿤이 화들짝 놀라 재빠르게 그녀를 부축해 안았다.

"괜찮아?"

시에나는 눈을 꼭 감았다가 떴다. 잠깐의 현기증은 금방 사라졌다.

"괜찮아."

"의사를 부를게."

"별 것 아니야. 오래 앉아 있다가 갑자기 일어나서 그래."

시에나는 대수롭지 않게 말했다. 쿤의 표정은 심각했다. 그는 시에나처럼 대충 넘어갈 수 없었다.

"잠을 잘 자? 입맛은? 열이 난다거나 속이 불편하다거나. 사소한 거라도 이상하다 싶은 증상이 있으면……. 아니. 이러쿵저러쿵할 것 없이 치료사를 부르는 게 낫겠군."

그는 대기해 있는 시녀 쪽으로 고개를 돌렸다.

『지금 당장…….』

"쿤."

시에나가 당황하여 그의 팔을 붙잡았다.

"난 정말 괜찮아."

"풍토병을 조심하라고 했던 내 말이 과장이 아닌 건 당신도 알잖아."

쿤은 길잡이로서 사절단을 왕궁까지 안내하는 동안 사막 생활에 유의할 사항들을 알려 주었는데, 그중 특히 풍토병을 조심하라고 경고했다.

외지인들은 대부분 사막 생활 초반에 질병을 앓았다. 원인은 다양했다. 일교차가 극심한 기후 때문에 병에 걸리거나, 사막의 강렬한 햇빛을 우습게 봤다가 열사병을 앓거나, 마시는 물이 몸에 안 맞아 배앓이를 하거나 등등.

그리고 이런 증상들로 체력이 약해졌을 때 풍토병을 앓으면 죽음에 이르기도 했다. 실제로 제국 사절단 대부분이 증상의 크고 작은 정도의 차이만 있을 뿐 줄줄이 치료사의 도움을 받았다.

특히 길버트는 배앓이 때문에 한동안 호위 임무를 우스에게 전적으로 맡겨야 했다. 며칠 만에 길버트는 얼굴이 반쪽이 되어 나타났다.

그런데 오직 한 사람. 시에나는 멀쩡했다.

"당신이 그랬지. 풍토병은 다른 질환과 합병증으로 온다고. 난 지금껏 아무렇지도 않았고 아주 건강해."

"건강한 상태에서 증상이 나타날 가능성도……."

"정말?"

"……."

"매일 나와 만나니까 알 텐데. 내가 얼마나 잘 지내고 있는지."

쿤이 잠시 아무 말 없다가 한숨을 내쉬었다.

"내가 치료사를 부르면 주변에서 시끄럽게 호들갑을 떨겠지. 그런 과정들이 성가셔."

"……몸이 조금이라도 이상하면 꼭 치료사를 불러. 알았지?"

"그렇게. 당신은 걱정이 너무 많아."

쿤은 피식 웃는 그녀를 잠시 바라보다가 한쪽 팔로 그녀의 어깨를 감싸 당겨 안았다. 시에나가 미소지으며 편한 자세로 그를 마주 안았다.

그녀를 안은 쿤의 표정은 어두웠다.

그는 빨리 그녀를 돌려보내고 싶었다. 그녀와 함께 지내는 이 시간은 뭐라 말할 수 없이 좋았다. 그녀 곁으로 돌아갈 날만 손꼽아 기다리다가 매일 얼굴 보고 대화할 수 있어서 그는 하루하루가 선물을 받는 기분이었다.

그러나 개인적인 만족감보다 근심이 더 컸다. 이곳은 안전하지 않았다. 무슨 일이 벌어질지 예측할 수도 없다. 그녀가 안전한 황궁으로 돌아가야 편히 잠을 잘 수 있을 것 같다.

'어서 재판이 끝나야 할 텐데.'

지지부진한 재판 과정이 못마땅했다. 사실, 여러 가지로 손을 써둬서 이례적으로 빠르게 진행 중이었지만 그는 마음에 차지 않았다.

'왜 이렇게 불안해하는지 모르겠네.'

시에나의 그의 염려가 과하다고 생각했다. 건강 문제만이 아니라 그는 안전에도 무척 신경 쓰는 눈치였다. 왕궁의 경비는 삼엄했다. 파티마는 라드 군장이 궁중 경비 체계를 관리 중이라고 했다. 왕의 믿음이 대단하단다.

'솔직히 말씀드려서 왕께서는 대비보다 라드 군장님을 더 믿는 것 같아요.'라고 파티마가 귀엣말했다. 그가 인정받는다는 말에 자신의 어깨가 으쓱했다.

시에나는 그의 어깨에 턱을 괸 채 저만치 서 있는 시녀들을 봤다.

'저들도 쿤이 싹 물갈이했다지.'

시녀 인선까지 좌지우지한다는 건 대단한 권한이다. 제국에서는 황제도 하지 못할 일이다.

물론 제국과 같은 선에 두고 비교할 수는 없다. 이곳의 시녀는 자신의 권리를 주장하지 못했다. 종속적이고 존재감이 없었다.

딱히 황궁에서 시녀의 눈치를 살핀 건 아니었지만, 저들은 '사람'보다 '사물'에 가까웠다. 저들은 시에나가 자는 동안에도 물러가지 않았다. 구석에서 밤새 대기했다. 신경 쓰인다고 하자 파티마는 말했다.

「가구처럼 생각하세요. 입이 무거우니 그 점은 염려 마시고요. 보고 들은 것을 옮겼다가는 즉각 처형이거든요.」

정말 저 시녀들을 없는 사람 취급해 볼까?

시에나는 쿤과 둘만 있을 때가 아니면 해 본 적이 없는 과감한 행동을 시도했다.

쿤의 가슴을 살짝 밀어내며 몸을 뗐다. 그리고 그의 입술에 입을 맞췄다. 가벼운 키스 단계를 넘어 그의 입술을 살짝 깨물고 혀끝으로 핥았다. 당혹스럽게 흔들리는 검은 눈동자를 보며 쿡쿡 웃었다.

동굴에서는 시도 때도 없이 덤벼들던 짐승이 왕궁에 들어온 이후에는 음전한 신사가 되었다. 가벼운 포옹 이상은 절대 하지 않는 그를 놀리려 했다. 그런데 몸이 휙 돌아가자 그녀의 눈이 휘둥그레졌다.

그녀의 허리가 테이블 가장자리에 닿은 상태로 몸이 뒤로 기울어졌다. 쿤의 한쪽 팔이 시에나의 등을 감싸 받쳤으나 그녀는 반사적으로 두 팔을 그의 목에 감아 매달렸다.

두 사람의 얼굴이 가까이 마주했다.

그의 눈동자가 짓궂게 반짝이는 모습을 보고 이번에는 시에나가 당황했다.

"쿤, 잠깐……."

당황한 그녀의 눈동자가 저만치 서 있는 시녀들을 흘끔거렸다.

"잘 참고 있는 사람을 건드릴 땐 그만한 각오는 한 거지?"

시에나는 자신의 실수를 알아차렸다. 그는 사막의 풍습에 꽤 익숙한 사람이었다. 시녀를 가구처럼 인식하는 일도 자연스러울 것이다.

점잖은 신사는 순식간에 가면을 벗었다. 그녀의 입안으로 침입한 혀가 거침없이 치열을 훑었다. 그녀의 혀를 빨아들이고 삼키는 소리가 날 정도로 타액을 받아 마셨다. 농염한 키스가 그녀를 순식간에 달아오르게 했다. 사내가 주는 쾌락을 아는 여인의 몸이 파르르 떨렸다.

이곳의 귀부인 의복은 소재가 무척 얇았다. 온몸을 누르는 그의 단단한 몸이 적나라하게 느껴졌다. 마치 아무것도 입지 않은 상태로 그에게 안긴 것 같았다.

숨이 차도록 길고 긴 키스 후 그의 입술이 떨어졌다. 시에나가 꼭 감았던 눈을 천천히 떴다. 숨을 몰아쉬며 서로를 바라보는 두 사람의 눈동자가 열기로 가득했다.

시에나는 자신의 약함을 깨달았다. 자신도 쾌락에 약한 인간에 불과했다. 여기가 어디든, 누가 보고 있든 상관없었다. 그가 멈추기를 바라지 않았다.

하지만 그녀는 그를 도발하지 않았다. 고개를 약간 돌리며 시선을 아래로 떨어뜨렸다. 우습도 현실적인 이유로 제동이 걸렸다. 달거리를 시작했기 때문이다. 아쉬우면서도 충동에 휩쓸리지 않아 다행이었다.

쿤은 눈을 질끈 감았다가 떴다. 흐린 눈빛이 또렷해졌다. 그는 그녀를 꽉 안았다가 놓아 주었다.

'왕을 더 재촉해야겠다.'

어서 재판이 끝나도록, 그녀가 특사 임무를 마치고 하루라도 빨리 귀환하도록.

차라리 안 보이면 그저 그리워하면서 견디겠다. 옆에 두고 보기만 하려니 미칠 것 같다. 겹겹의 견고한 방어막으로 보호받던 보석이 지금 손 뻗으면 닿는 곳에 있었다.

그녀는 모를 것이다. 그는 하루에도 몇 번씩 그녀를 데리고 아무도 모를 곳으로 홀쩍 달아나고픈 충동에 시달렸다. 자신의 욕심을 꾹 누르는 것만으로도 힘겨웠다.

*　　*　　*

쿤은 맞은편에 앉아 식사에 한창인 그녀를 보고 있었다. 그의 손이 음료 잔을 든 채 허공에서 멈추었다. 그의 시선을 느낀 시에나가 의아한 표정으로 그를 쳐다봤다. 쿤이 물었다.

"그 요리. 입맛에 맞아?"

시에나가 제 앞의 요리 접시를 내려다보았다.

사막 부족의 전통 요리였다. 고기를 양념으로 재워 구웠다.

"응. 괜찮아. 색다른 맛이야."

쿤은 속으로 '난 그걸 처음 먹은 날, 한 입 먹고 뱉어 버렸는데.'라고 중얼거렸다. 고기 양념에 독특한 향신료가 들어간다. 외지인은 향이 거북해서 익숙해지기까지 오래 걸렸다. 거리끼는 기색 없이 잘 먹는 그녀가 신기했다.

그녀는 황궁에서 태어나고 자랐다. 험한 일을 겪은 적도 없고 주변의 떠받듦만 받았을 것이다. 그런데 그녀가 잠자리나 먹을 것으로 예민하게 구는 모습을 한 번도 보지 못했다.

사절단이 전부 낯선 환경에 힘들어하며 시름시름 앓을 때도 그녀는 홀로 생기 넘쳤다. 튼튼하기가 사막의 야생마 수준이었다.

쿤은 그녀의 훌륭한 적응력과 체력을 볼 때마다 세간에서 말하는 '신족의 특별함'을 느끼곤 했다.

식사를 마친 후 시녀들이 후식으로 발효유를 가져왔다. 제국인들이 식후에 차를 마시듯 이곳 사람들은 양젖을 발효한 음료를 마셨다.

시큼떨떨한 맛이 나서 역시 외지인들은 질색했다. 하지만 시에나는 두말없이 마셨다. 마신 후 혀끝에 남는 고소함이 좋았다. 그녀는 문득 떠오른 일을 물었다.

"사막귀 출몰의 배경 조사는 아직 진행 중이야?"

동굴에서 지낼 때 쿤이 사막귀 등장이 자연스러운 현상이 아니며 주도한 자가 있고 배후가 있는지 알아볼 거라고 말했다.

쿤의 눈동자가 흔들렸다. 그는 동요를 감추고 자연스러운 태도로 대답했다.

"붉은 두건이라고 불리는 마적 떼가 있어."

쿤은 사막에서 활동하는 마적과 붉은 두건에 관해 간단히 설명 후 그들이 리트를 탈취하려고 모의했고 사막귀를 유인하여 사절단을 공격했다고 말했다.

"내가 준 선물이 당신을 위험에 빠뜨린 격이야. 당신에게 좀 더 확실히 주의 줬어야 했는데."

"그건 당신 잘못이 아니야. 리트를 데려오기로 결정한 사람은 나니까. 그런데 사막귀를 유인하다니. 그게 가능해?"

"나도 그게 궁금해서 어떤 수단인지 알아봤지. 소리였어."

"소리?"

"특정 식물의 열매를 특수 처리하면 입에 물고 불었을 때 피리처럼 소리가 난다고 해. 사막귀가 그 소리에 반응한다더군. 어떤 작용인지는 연구해 봐야 할 것 같아."

마틴은 자신에게 맡겨진 임무를 훌륭히 완수했다.

마적 우두머리가 아는 것을 모조리 탈탈 털어 낸 후 돌아와 쿤에게 보고했다. 그리고 한마디 덧붙였다.

「말로만 대장은 아니던데요. 생각보다 꽤 질기게 버텼습니다. 닷새나 숨이 붙어 있었습니다.」

시에나는 그의 얘기를 흥미롭게 듣다가 고개를 갸웃했다.

"그런데 마적들이 내가 리트를 데려온 걸 어떻게 알았지? 내가 사막에 도착한 후 하루가 안 되어 공격받았으니 미리 준비했다는 거잖아."

"일부가 제국의 국경을 넘었다더군. 사막 접경 지역은 국경 관리가 허술한 편이라서 가능했겠지. 정기선이 마지막 부두에 도착하기

하루 전, 잠시 정박했을 때 당신이 리트를 데리고 나와서 산책했다며?"

"아……. 맞아. 그랬어."

그녀는 잠시 생각했다가 미간을 찌푸렸다.

"그럼 더 이상하잖아. 내가 그 정기선에 타고 있었다는 걸 알고 미리 정찰을 보냈다는 건데."

시에나는 대답이 없는 그를 응시했다.

"애초에 날 노렸던 거야? 사막의 마적이 왜? 연합국 왕과 적대하는 세력이 마적과 결탁한 건가?"

"아니. 연합국은 관계없어."

"연합국은 무관하다면 누구?"

마틴이 마적 우두머리한테 알아낸 사실은 사막귀를 유인하는 피리만이 아니었다. 자신들이 왜 사절단을 공격했는지도 실토했다.

쿤은 놀라운 내용을 보고받은 후 계속 고민했다.

그녀에게 말을 해야 할까, 그냥 모르는 척 넘어가야 할까.

하지만 적극적인 거짓말로 속이는 게 아닌, 적당히 넘어가는 방식으로는 영민한 그녀를 속일 수 없다는 건 알고 있었다.

"당신을 노린 게 아니었어. 그들의 표적은 사절단의 특사였지."

쿤을 바라보는 시에나의 미간에 주름이 깊어졌다.

"확실히 말해 줘. 사절단의 특사를 노린 것인지, 원래 특사로 예정되었던 철왕을 노린 것인지."

"……."

"철왕이구나."

"……."

시에나는 이를 악물었다.

테이블 위에 올린 손이 꽉 주먹을 쥐었다. 모든 일의 배후에 오직 한 사람의 얼굴만 떠올랐다.

'어머니.'

실망과 분노를 넘은 절망이 그녀의 배 속에서 진탕 쳤다.

"내게 말해 주지 않을 셈이었어?"

"고민 중이었어. 결과적으로 다친 사람은 없으니까."

"당신은 특사가 나로 바뀌었다는 사실을 모르고 마중 나왔지만, 예정대로 철왕이었으면 느긋하게 움직였겠지?"

"……그랬겠지."

"그럼 철왕은 사절단과 함께 사막귀에게 몰살당했겠네. 가짜 길잡이들은 그때도 사절단을 미끼로 삼아 도망쳤을 테니까."

"시에나. 어차피 발생하지 않은 일이야."

시에나는 헛웃음을 흘렸다.

애써 일을 크게 만들지 않으려는 그의 고뇌를 이해했다. 적왕은 철왕을 죽이려는 의도였겠으나 어쨌든 시에나가 공격받았다. 어머니가 딸을 죽이려 한 것이다.

여러 가지 사건들이 있었어도 자신의 마음 한구석에 여전히 어머니에 대한 작은 미련은 남아 있었나 보다.

시에나가 패트리샤한테서 거리를 둔 이유에는 패트리샤가 돌이킬 수 없는 짓을 저지르기 전에 막고 죄를 짓지 않도록 하려는 마음도 있었다.

어머니를 증오만 했다면 스스로 파멸하도록 그저 내버려 뒀을 것이다.

하지만 소용없는 노력이었다.

'어머니는…… 그런 사람이야. 바뀌지 않아.'

그 사람 자체에 대한 회의감이 밀려왔다. 피와 살이 섞인 자신의 어머니가 그토록 악한 존재라는 사실이 몸서리치게 끔찍했다.

"시에나."

그녀는 고개를 들었다. 어느새 그가 테이블을 돌아 그녀의 곁에 서 있었다. 그가 팔로 그녀의 머리를 감싸며 품으로 당겼다. 시에나는 순순히 기대며 눈을 감았다. 눈이 후끈하며 목이 메어 따끔거렸다.

"황족 시해는 참형이야."

시에나는 울분이 억눌린 목소리로 말했다.

쿤은 말없이 한숨만 쉬었다.

"당신은 나와 어머니의 싸움에 누구도 끌어들이지 말라고 했었지. 이번 일도 공론화하면 안 된다고 생각해?"

"용서하라는 뜻이 아니야. 하지만 적왕이 무슨 짓을 하든 당신이 적왕을 압박하는 수단 외에는 일을 크게 만들지 마."

그녀의 어머니라서 적왕의 과오는 그녀의 약점이 된다. 황제는 시에나의 약점을 덮고 감싸주는 게 아니라 공격의 빌미로 삼을 것이다.

제국만의 특이한 상황이 아니다. 쿤은 대륙의 많은 나라를 다니며 목격했다. 권력 앞에서 혈육의 정은 무의미했다. 당신 어머니는 당신에게 해롭고 당신 아버지는 믿지 말라고 조언해야 하는, 그녀의 외로운 처지가 마음 아팠다.

시에나는 눈을 감고 그의 손가락이 부드럽게 머리카락 사이를 빗어 넘기는 감각에 집중했다. 그의 조용한 위로가 조금씩 그녀의 마음을 진정시켰다.

"증거는 있어?"

"문서화된 증거는 없어. 중간에 몇 다리를 거쳤지. 관련자를 추적해 올라가는 중이야."

시에나가 냉소를 지었다.

"하긴. 증거를 남겨 둘 분이 아니지. 만약의 경우에도 꼬리 자르기로 정황 증거조차 사라질 거야."

"그럴지도."

"추적하면 틀림없이 리먼 가문 사람이 연루됐을 거야. 그런 사람이 나오면 내게 알려 줘. 중요한 역할을 했든, 심부름꾼에 불과했든 상관없어. 리먼 가문 사람이기만 하면 돼."

쿤의 손이 멈칫했다.

이번 일로 적왕을 직접 공격하지 않고 우회적으로 리먼 가문을 이용해 압박하려는 그녀의 의도를 눈치챘다.

그는 미소지었다. 안도하는 한편으로 섭섭하기도 했다. 부러질지언정 휘지 않는 그녀는 어떤 거센 비바람이 몰아쳐도 최후까지 굳건히 서 있을 것이다. 그녀는 가느다란 나뭇가지가 아니라 거목이었다.

"리먼 공이 억울하겠네."

"억울하기는."

시에나는 코웃음 쳤다.

지금은 더그가 적당히 몸을 숙이고 있으나 진심으로 리먼 가문이 저지른 지난 죄를 반성한다거나 새 사람으로 거듭났다고 믿지 않았다. 아마 지금은 닥친 불부터 끄자는 심정일 것이다. 꿈에서 봤던 더그의 교활한 눈빛이 그 사람의 본질이다.

어머니가 저지른 이 엄청난 음모는 외숙을 통제할 훌륭한 카드가 될 것이다. 외숙이 정말 이번 일과 무관해도 상관없었다. 열 개의 혐의 중 한 개가 무죄라도 나머지 아홉 개의 죄가 사라지는 것은 아니니까.

*　　*　　*

왕이 득의만면한 표정으로 판결했다.

『히실로 호투의 군장 직위를 박탈하고 즉시 호만 바깥으로 추방한다.』

두 손이 뒤로 묶인 채 꿇어앉아 있던 히실로는 승복하지 않았다.

『이럴 순 없소! 모두가 합심하여 한 사람을 죄인으로 몰아가는데 누가 무고함을 증명할 수 있단 말이오!』

히실로는 고래고래 소리를 지르다가 왕의 곁에 서 있는 황금색 터번의 흑발 사내를 노려보았다. 부족장의 후계에게 추방령이라는 중형을 선고되기까지 고작 보름도 걸리지 않았다. 이런 적은 없었다.

히실로는 모든 일의 배후에 라드 군장이 있다고 확신했다.

『라드! 네놈이이이!!!』

벌떡 일어나 쿤에게 돌진하려던 히실로는 곧바로 뒷덜미가 잡혀 바닥에 철퍼덕 엎어졌다.

『놔라! 이놈들이 내가 누군지 알고!』

우악스러운 손놀림으로 자신을 꽁꽁 묶는 전사들에게 아무리 소리쳐도 몸을 사리는 자는 없었다. 전사가 포대를 가져다가 히실로의 머리에 푹 씌웠다. 앞이 보이지 않자 히실로가 괴성을 지르며 발광했다. 우스꽝스러운 꼴을 쿤이 차갑게 내려다봤다.

차라리 쿤이 작은 비웃음이라도 표현했다면 히실로는 자신의 목숨을 구명할 가능성이 조금이라도 있었을 것이다. 쿤은 얼마든지 거짓 웃음을 꾸밀 수 있지만, 죽이기로 마음 먹은 상대를 보면서는 절대 웃지 않았다.

쿤이 왕에게 말했다.

『재판이 끝났으니 물러가 보겠습니다. 특사께서 결과를 궁금해 하십니다.』

『그리하시게.』

『특사께서는 임무 수행이 늦어져 우려하고 계십니다. 서둘러 자리를 마련해 주십시오.』

『알겠소. 대군장들과 의논해 일정을 잡으리다.』

쿤이 돌아서서 재판정을 나왔다.

왕궁의 내부는 미로처럼 복잡했다. 암살자의 잠입 및 도주를 차단하기 위해서였다. 그는 여러 개의 문을 지났다. 또 하나의 문을 통과했을 때 쿤의 눈이 가늘어졌다. 저편에 모인 사람들이 보였다.

그들은 대화하다가 인기척을 느꼈는지 고개를 돌렸다. 눈에 익은 자들이 몇 있었다.

그중 한 명은 호투 대군장이었다.

호투 대군장은 히실로가 추방령 선고를 받자마자 일어나서 재판정을 나갔다. 곧바로 저택으로 돌아갔을 줄 알았는데 측근들과 이야기가 길어진 모양이었다. 저들은 전사들이 섞인 다수, 쿤은 혼자였다. 주변에 다른 사람은 없었다.

쿤이 왕을 경호하는 방식은 집중과 선택이었다. 중요한 곳은 엄중한 경비를, 그렇지 않은 곳은 내버려 뒀다. 그래서 왕궁 안에 인적 없는 장소가 많았다.

쿤은 태연하게 걸음을 옮겼다. 그들 곁을 지나치는 쿤을 호투 대군장이 불러 세웠다.

『과연 담대하군. 라드 군장.』

쿤이 걸음을 멈추고 돌아봤다.

『호투 대군장. 제게 하실 말씀이라도?』

대군장이 성큼 한 걸음 내디뎠다. 전사들이 대군장을 호위하며 흩어졌다. 전사들이 포위하는 범위 안에는 쿤도 있었다. 여전히 표정 변화도 없는 쿤을 보며 대군장이 껄껄 웃었다.

『나는 참으로 유감스럽게 생각하오, 라드 군장. 우리가 이보다는 훨씬 좋은 관계가 될 수도 있었지. 지금은 좀 생각이 바뀌었나? 계집의 배 위에서 죽은 그 얼간이보다는 내가 낫지 않은가?』

『선왕께 예의를 지키십시오.』

『예의?』

대군장이 코웃음 쳤다.

『그자는 애초에 왕이 될 그릇이 아니었지. 내가 왕이 되었다면 이런 분란은 애초에 일어나지도 않았을 거요.』

『만약을 거론하는 일은 소용없습니다.』

『좋은 말이군. 그럼 더는 만약을 가정하지 않도록 서로 속내를 나누어 봄이 어떤가? 집에 귀한 술이 있소.』

『초대는 감사하나 지금은 곤란합니다. 특사를 뵈러 가는 길입니다.』

『오! 특사.』

대군장이 과장된 표정으로 눈을 크게 떴다.

『라드 군장은 재주가 신묘하지. 한 손에는 페로의 왕을, 다른 한 손엔 제국의 황녀를. 입맛대로 쥐고 흔들지 않는가. 그대도 사내가 맞긴 하더군. 내가 보내는 선물을 번번이 돌려보내기에 사내구실을 못 하는 줄 알았지.』

호투 대군장이 평소에 말투가 거침없기는 해도 이 정도로 이죽거리거나 모욕적으로 시비를 건 적은 없었다. 히실로의 추방으로 어지간히 속이 뒤집힌 듯했다.

『제국의 특사께서 대단한 미인이던데…….』

무표정하던 쿤이 반응했다.

『내가 어디까지 참아 줄지 궁금한가?』

대군장이 눈살을 찌푸렸다.

쿤이 팔짱을 끼며 비소를 머금었다.

『더 떠들어 봐. 나도 내가 어디까지 참을 수 있을지 궁금하니까.』

『건방진!』

대군장의 뒤에 서 있던 자가 발끈하여 나서려 했으나 대군장이 제지했다. 대군장이 하, 하고 가소롭다는 웃음을 흘렸다. 그리고 비무장 상태의 쿤을 아래위로 훑었다.

『내가 너를 건드리지 못한다고 생각하나? 여기가 왕궁이라서? 저 안에서 꼼짝도 하지 않는 겁쟁이 왕이 널 지켜 줄 거라고 믿는 건가?』

쿤이 픽 웃었다.

『이렇게 상황 파악을 못 하니까 왕이 못 된 거다.』

『뭐야?!』

쿤은 자신을 에워싼 전사들을 스쳐봤다.

『고작 이런 것들이 널 지켜 줄 거라고 믿는 건가?』

『입만 살았구나.』

대군장이 사납게 내뱉으며 뒤로 물러났다. 그게 신호가 되어 전사들이 일제히 쿤에게 달려들었다.

여러 개의 검이 사방에서 쿤을 겨냥해 쇄도했다. 쿤이 상체를 숙이며 한쪽 다리를 길게 뻗었다. 바닥에 발을 붙이면서 몸을 회전했다.

달려오는 자들의 다리를 걸어 넘어뜨리려는 의도가 빤했지만, 누구도 속도를 늦추지 않았다. 그 정도 애들 장난 같은 수법에 말려들지 않을 자신이 있었다.

하지만 쿤의 다리에 실린 힘은 호투 전사들의 어림짐작을 훨씬 뛰어넘었다. 세 명이 무릎이 꺾여 그대로 나동그라지면서 포위망이 단번에 뚫렸다.

쿤이 숙였던 몸을 일으키며 재빠르게 물러섰다. 그를 노리는 검들이 허공만 갈랐다.

쿤은 넘어진 자의 가슴을 내리찍듯이 밟았다. 컥, 고통스럽게 마른기침을 토해 낸 자가 몸을 구부렸다. 손에서 놓친 검이 바닥에 굴렀다.

전사가 쿤의 목을 노리며 검을 휘둘렀다. 쿤이 상체를 뒤로 젖혀 공격을 피했다. 동시에 그의 손이 주인 잃은 검을 쥐었다.

그가 무기를 쥔 순간 저울의 추는 완전히 기울었다. 덤벼드는 자들의 검을 이번에는 피하지 않고 받아쳐 걸어 냈다. 날카로운 금속음이 메아리치는 소리가 요란했다.

강한 반발력으로 손목이 울리자 전사들이 인상을 찡그리며 검을 꽉 쥐었다. 무기를 놓치는 것만큼 수치스러운 일은 없기 때문이다.

전사들이 보인 잠시의 빈틈을 놓치지 않았다. 여유롭게 두 명을 제친 쿤이 팔을 쭉 뻗었다. 뾰족한 검 끝이 아슬아슬하게 대군장의 목울대에 닿았다.

충분히 찌를 수 있었다. 마치 비웃는 것처럼 쿤은 그 자세로 멈추었다. 뒤늦게 허둥지둥 전사들이 쿤을 포위하며 검 끝을 쿤의 몸에 바짝 겨누었다. 조금만 힘을 주면 사방에서 그의 몸을 파고 들어갈 것 같았다.

『누가 더 빠를지 내기해 볼까?』

내가 네 목을 찌르는 속도일까, 전사들이 나를 찌르는 속도일까.

쿤의 말에 담긴 뜻을 알아들은 대군장의 눈빛이 흔들렸다. 절대 내기에서 진다고 생각지 않는 듯 느긋한 쿤의 표정이 속을 뒤집었다.

대군장은 자신의 목숨을 걸고 모험할 생각은 없었다. 이를 악물고 전사들에게 물러나라고 지시했다. 전사들이 적당한 거리로 물러서자 쿤이 검을 내렸다.

대군장의 눈빛에 노여움과 경탄이 함께 뒤섞였다. 연합국 건국 때 아군이 되어 함께 전쟁을 치렀으나 맡은 전선이 달라 실력을 직접 보는 건 오늘이 처음이었다.

'아깝군.'

초반의 어긋남이 아쉬웠다.

히실로마저 저리되었으니 관계를 돌이킬 시기는 지났다.

대군장은 복잡한 시선으로 쿤을 쏘아보다가 돌아섰다. 다른 자들도 함께 움직였다.

쿤은 멀어지는 그들을 보며 혀를 찼다.

'부족장이라는 자가 저렇게 제 기분에 따라 행동하다니.'

힘만 센 멍청이라는, 라마 부족의 비웃음은 틀린 게 없었다.

"쿤."

부르는 소리를 듣고 고개를 돌렸다. 조금 전부터 근처에 두 명이 와 있는 기척은 알고 있었다. 적의가 없어서 칼리고 단원이겠거니 짐작했다. 대결 중 집중력을 깨뜨려 방해가 될까 봐 조용히 대기했을 것이다.

역시나 한 명은 마틴이었다. 그리고 마틴의 곁에 선 남자를 보고 쿤의 표정이 굳었다. 왜소한 체격의 사내가 눈빛은 형형했다. 쿤이 탄식처럼 중얼거렸다.

"스테판······."

쿤이 껄끄러워하는 단 한 사람.

라드 일족 재정을 총괄 관리하는 돈의 귀재이자 지독한 잔소리 꾼.

"오랜만에 인사드립니다. 쿤. 건강해 보이시니 다행입니다. 이런 데서 일대 다수로 드잡이하실 만큼 말이지요."

"음······. 오랜만이야."

"혼자 다니시지 말라고 누누이 말씀드렸습니다. 오늘로 총 쉰여 섯 번째입니다."

"반가운데, 내가 지금 급한 일이 있거든. 나중에 얘기해."

스테판은 눈을 가늘게 뜨고 줄행랑치는 쿤의 뒷모습을 응시했다.

"마틴."

마틴이 움찔했다.

"우, 우스가 지금 다른 일을 하는 중이에요."

마틴은 형제를 변호했다. 스테판에게 찍히면 일상이 고달파진다. 음료 한 잔 값까지 지출 계획서를 제출해야 할 것이다.

"쿤의 호위가 무슨 다른 일?"

"쿤의 지시로 은왕님 호위를······. 제국 사절단 특사로 왕궁에 머물고 계시거든요."

"흐음."

스테판이 턱을 문질렀다.

"그분을 뵈어야겠다."

"예?"

"안 그래도 궁금했지. 원로 회의까지 열게 만든 분이니까 말이지."

스테판은 열두 원로 중 한 분인 스승을 모시고 막 도착했다. 그리고 곧 나머지 열한 명의 원로도 연합국의 수도, 호만으로 모일 것이다.

원래 제국 수도에 모이기로 했으나 쿤이 사막에서 머무는 기간이 기약 없이 길어졌다. 원로들은 원로 회의를 무작정 미루지 말고 호만으로 모이자고 합의했다.

"어……. 그게……."

"왜?"

"제가 결정할 수 있는 일이……. 쿤의 허락을 받아야 해요."

"무슨 허락? 그분을 만나는데 왜 쿤이 허락을 하고 말고 결정해?"

"스테판. 쿤은 정말 진지해요. 은왕님에 관한 일에는 앞뒤 가리지 않는다고요."

"더 잘됐네. 그럼 그분 말을 쿤이 잘 들을 거 아니야?"

"예, 뭐……."

"난 딱히 쿤의 연애에 간섭할 생각 없어. 일족 문제를 그분과 연관 지을 생각도 없고. 한 가지만 확인하면 돼."

"뭘요?"

"그건 알 거 없고. 뒷일은 내가 책임질 테니까 넌 내가 그분을 뵐 자리나 만들어 봐."

스테판은 쿤을 생각하면 항상 걸리는 부분이 있었다.

일족들과 원로들은 입을 모아 쿤을 칭송했다.

라드 일족의 오랜 염원을 이루어 줄 구세주라고 믿어 의심치 않았다.

스테판은 원래 라드 일족 출신이 아니었다. 대륙 어느 왕국에서 태어나 고아로 떠돌아다니다가 스승이 거두어 현재 이 자리까지 이르렀다.

비록 라드 일족 출신이 아니어도 그는 누구보다도 일족을 사랑했다. 고아인 자신을 편견 없이 받아 주고 지도부의 핵심 위치까지 올라갔다. 대륙 어떤 나라에서도 불가능할 것이다.

다만, 솔직히 라드 일족의 한 맺힌 염원은 절실하게 공감하지 못했다. 덕분에 색다른 시선으로 쿤을 볼 수 있었다.

소년이 청년으로 자라는 모습을 지켜봤다. 쿤이 엄청난 부담을 짊어지고 견디는 모습이 신기했다. 정석으로 올바르고 능력마저 완벽해서 더 신기했다.

어떻게 저럴 수가 있을까. 자신이 같은 입장이면 이중인격이 되거나 엇나가거나 미칠지도 모른다고 생각했다. 그런데 보면 볼수록 점점 위화감을 느꼈고 어느 날 뭔가 잘못되었는지 깨달았다.

쿤은 마치 땅에 발을 딛지 않고 사는 사람 같았다. 어딘가 붕 떠 있었다. 거대한 일족의 사명이 오직 쿤이 살아가는 목표이며 어디에도 개인의 욕망도 삶도 없었다.

일족의 염원을 이루기 위해 오직 앞만 바라보고 달려가는 쿤은 치열했지만, 그건 자기 자신을 불태워 주변을 밝히는 장작불과 같았다.

스테판은 쿤이 자신이 할 수 있는 모든 노력을 다했는데도 노력으로는 도저히 넘어설 수 없는 순간이 오면 모든 것을 미련 없이 놓을 거라고 생각했다.

그게 자신의 목숨일지라도.

그래서 그는 쿤을 괴롭히기 시작했다. 간섭하고 잔소리했다. 쿤을 무조건 숭배하며 동떨어진 존재로 만들고 싶지 않았다.

쿤을 곁에 호위를 붙여 혼자 있지 못하게 한 것도 진짜 목적은 쿤을 보호하기 위해서가 아니었다. 궁지에 몰린 상황일 때 쿤은 호위를 살리기 위해서라도 끝까지 삶을 포기하지 않을 것이기 때문이다.

스테판은 쿤이 연애를 시작했다는 말을 듣고 흥미로웠다. 그 연애가 아주 요란하다는 말을 듣고 궁금했다. 쿤이 여자 때문에 일족의 염원이 걸린 거대한 계획을 무위로 돌렸다는 말을 듣고 기절할 만큼 놀랐다.

쿤이 푹 빠졌다는 제국의 황녀는 쿤에게 어떤 의미일까. 그 여자는 쿤이 땅에 발을 딛게 만들 수 있을까.

*　　　*　　　*

히실로의 판결 이후 사흘이 지났다.

쿤은 이런저런 일로 분주했다. 판결이 내려졌으나 호투 부족 측에서는 어떻게 해서든 집행을 미루려 했다. 그는 부지런히 돌아다니며 뒷공작을 했다. 후환을 남기고 싶지 않은 쟈호만 군장이 한몫 거들었다.

기어이 이틀 만에 히실로를 호만 바깥으로 쫓아냈다. 후속 조치까지 대충 마무리하느라 하루가 더 걸렸다. 히실로는 약간의 물과 식량만 가진 채 사막으로 쫓겨났다.

하지만 히실로의 비참한 처지는 며칠을 넘기지 않을 것이다. 호투 부족장의 지시로 은밀하게 원조할 것이 분명했다. 부족장의 아들 사랑이 극진해서가 아니었다. 부족의 체면이 걸린 문제이기 때문이다.

'마음 같아서는 놈의 목을 당장 따 버리고 싶지만.'

최소한 그녀가 사막에 머무를 동안에는 그놈을 건드릴 생각이 없었다. 그녀의 안전을 위협할 변수가 될지도 모르니까.

곧 공석이 된 호투 부족장의 후계 자리를 두고 싸움이 벌어진다. 호투 부족의 내부 사정은 아주 복잡하게 얽힐 것이다.

시간이 지나면서 자연히 히실로에 대한 관심이 줄어들 테고 시에나가 무사히 제국으로 돌아간 후, 어느 날 호투 부족은 비보를 받게 되리라. 히실로가 불행하게도 사막귀의 공격을 받아 죽었다고.

그자의 죽음은 겉보기에는 지독히 운 나쁜 사고사일 뿐이다.

쿤이 응징하기로 마음먹은 대상은 히실로뿐만이 아니었다.

가짜 길잡이 일행이었던 전사들 모두 죽음을 피할 수 없을 것이다. 이미 쿤의 지시를 받은 칼리고 몇 명이 사막으로 나갔다. 아직 귀환하지 않고 어딘가에 숨어 있을 히실로의 수하들을 추적하기 위해서였다.

히실로에 관한 1차 조치는 마무리했다. 쿤은 왕을 재촉해 이틀 후로 날을 잡았다. 왕, 호투 대군장, 라마 대군장이 모인 자리에서 특사가 신목의 가지 소유권자를 확정하고 황제의 친서를 전달하면 특사 임무는 완료다.

쿤은 소식을 전하러 시에나를 만나러 갔다.

시간을 내기가 어려워 언어 수업을 잠시 쉬었다. 사흘 만에 그녀를 볼 생각에 설레었다. 내궁 입구에서 기다리는 쿤에게 시녀가 나와서 고했다.

『군장님. 알루아께서는 손님 맞이하시느라 접견실에 나가 계십니다.』

『알았다.』

접견실은 언어 학습실로 이용하던 방에서 멀지 않았다. 쿤은 접견실로 이동하면서 의아했다.

'손님? 그녀가 만날 손님이 있었나?'

그녀를 만나기 바라는 사람은 물론 많았다. 라마와 호투 부족은 선물 공세를 하며 만나 달라고 읍소했다. 하지만 시에나는 특사 임무의 공정성을 위해 공식 행사 외에 사적인 만남은 없을 거라고 못 박았다.

접견실 앞에는 출입문을 지키는 자들 외에 우스와 길버트가 서 있었다. 쿤이 인상을 찌푸리며 그들에게 다가갔다.

길버트가 자세를 고치고 깍듯이 고개를 숙였다.

사막귀 사냥을 목격한 그 날 이후 쿤을 대하는 태도가 달라졌다. 마치 기합이 잔뜩 들어간 신병 같았다. 비단 길버트뿐만이 아니었다. 사절단으로 온 기사 전원이 쿤을 보는 눈빛에 경외감이 어렸다.

쿤이 고개를 끄덕여 길버트의 인사를 받으면서 우스에게 물었다.

"호위가 왜 나와 있어?"

"은왕 전하께서 나가 있으라고 하셨어요."

"손님이 누군데?"

"그게요……."

우스가 머뭇거리는 사이에 시녀가 나왔다.

『군장님. 알루아께서 안으로 모시라고 하셨습니다.』

쿤은 우스에게 더 캐묻지 않고 시녀를 따라 안으로 들어갔다. 그리고 그는 들어서자마자 흠칫 놀라 멈추어 섰다.

시에나와 한 테이블에 마주 앉아 있던 스테판이 일어났다.

스테판은 시에나에게 말했다.

"전하. 저는 이만 물러갈 때인가 봅니다. 두 분이 함께하는 자리에 끼어들었다가는 눈칫밥만 먹겠지요."

시에나가 미소 지으며 답했다.

"오늘도 좋은 이야기, 잘 들었소."

쿤이 어리둥절한 표정으로 스테판과 시에나를 번갈아 보았다.

스테판이 왜 여기에? 두 사람이 친밀해 보이는데? '오늘도'라는 말은 처음 만나는 게 아니라는 말이잖아?

쿤의 머릿속에서 여러 가지 의문이 둥둥 떠올랐다.

스테판은 쿤에게 꾸벅 고개만 숙이고 곁을 지나쳤다.

"스테판."

스테판이 멈추어 서서 몸을 돌렸다.

"은왕 전하를 뵈러 오신 것 아닙니까? 쿤."

쿤은 다시 돌아서서 나가는 스테판을 잡지 못했다. 스테판 말대로 지금은 그녀에게 전할 소식이 우선순위였다. 쿤은 스테판이 앉았던 의자에 앉았다. 오묘한 표정으로 할 말을 고르는 그를 보며 시에나가 웃었다.

"내가 만나면 안 되는 사람이야?"

"……그건 아니지만. 당신에게 이상한 말을 한 건 아니겠지?"

"이상한? 예를 들면?"

"당신을 언짢게 만드는 무엇이든."

"전혀. 다방면에 아는 게 많은 사람이라서 재미있는 이야기를 많이 들었어."

쿤은 시에나의 표정을 살폈다. 그녀는 정말 기분이 유쾌해 보였다. 약간 굳었던 쿤의 표정이 풀어졌다.

"이틀 후로 부족장 회의 확정이야. 연합국 건국 후 투이사 부족장이 왕이 되면서 부족장 회의는 해산했는데 이번에만 임시 부활한 셈이지. 그날 왕은 투이사 부족장으로서 다른 두 부족장과 동등한 자격으로 참석……."

"혹시 기분 나빠?"

"뭘?"

"스테판은 당신 수하잖아. 그런데 당신 허락 없이 나를 만났지."

"당신을 만나는데 왜 내 허락을 받아."

"무슨 얘기를 했는지 궁금하지도 않고?"

"말해 준다면 듣겠지만, 내가 캐물을 권리는 없지. 두 사람이 나눈 대화인데."

쿤을 잠시 바라보던 시에나가 싱긋 웃었다.

「내기하시겠습니까? 쿤은 제가 멋대로 전하를 만났다고 노여워하지 않으실 겁니다. 무슨 이야기를 나눴느냐고 묻지도 않으실 거고요. 그게 얼마나 놀라운 점인지 전하께서는 잘 모르실 겁니다. 사람은 자신의 아래에 소속된 자를 통제하려 들거든요.」

스테판은 지금껏 시에나가 만나 본 쿤의 수하 중 가장 특이했다.

칼리 형제, 레반, 담쟁이 저택의 집사 등. 그들은 전부 말이나 태도에서 쿤을 주인으로 여기는 마음이 은연중에 드러났다.

그런데 스테판은 쿤이라는 사람 자체를 무척 좋아한다는 느낌이었다. 충성보다는 애정에 가까웠다.

「우월감으로 상대를 멸시하지 않고 상대가 뛰어나도 질시하지 않습니다. 세상을 전부 뒤져도 쿤 같은 남자는 또 찾지 못하실 겁니다. 셀 수 없이 많은 사람을 만나 본 제가 보장합니다. 그러니 전하. 놓치면 분명히 후회하십니다.」

스테판의 표정은 몹시 진지했다.

권고인지 협박인지 알 수 없었다. 시에나는 어이가 없기도 하고 재미있기도 해서 웃음을 터뜨렸다.

「두 분 앞에 여러 가지 현실적인 문제가 있다는 건 압니다. 전하께서 힘겨워하시면 쿤은 오히려 물러날 겁니다. 그러니 전하께서 놓지 말아 주십시오. 제가 이래 봬도 꽤 말발이 섭니다. 제가 온 힘을 다해 도와드릴 테니까 혹시 노인네들……. 흠. 아무튼, 누가 뭐라고 해도 귀담아듣지 마세요.」

천방지축 우스가 스테판 앞에서 얌전해지는 모습을 봤다. '꽤 말발이 선다'는 오히려 겸손한 표현 같았다. 든든한 우군을 얻었다.

꿈속 미래에서 황제는 말했다. 공왕의 주변 사람들이 모두 자신을 배척했고 인정하지 않았다고. 꿈에 등장한 우스의 태도에서도 드러났다. 황제한테 강한 반발심을 감추지 않았다.

그런데 바뀌었다.

레반은 서신 한 통만 남겨도 사막 여행에 필요한 모든 물건을 바리바리 싸서 보내 줬다. 주인 없는 저택을 찾아가도 그의 집사는 시에나를 주인의 침실로 안내했다. 우스는 시에나의 호위를 자처하고 성실하게 곁을 지켰다.

시에나는 정말 모든 게 바뀌었다는 사실을 느꼈다. 마음 한구석에는 한 치 앞도 보이지 않는 미래에 대한 불안이 있었다. 변덕스러운 운명에 휘말려 어그러질까 봐 겁났다.

이제는 확신이 간다. 모든 일이 잘될 것이다.

그녀는 마음이 벅차올랐다.

"쿤. 황제 폐하의 친서 전달 후 난 곧바로 귀국하려고 해."

어머니가 철왕을 죽이려 했다는 계획을 알고 난 후 시에나는 비올렛이 걱정됐다.

철왕 대신 자신이 사막으로 왔으니 어머니는 계획이 어긋나 놀라고 초조할 것이다. 원망이 디안과 비올렛에게 향할 가능성이 컸다.

"차질 없이 출발할 수 있도록 준비할게."

"당신은 언제 와?"

"음?"

"연합국의 왕권이 안정되면 당신이 여기에 더 머물 이유가 없잖아."

"……그렇지."

호만으로 원로들이 오고 있다. 조만간 원로 회의가 열릴 것이다. 일족의 앞날을 논의하는 일이 주요 안건으로 오를 것이다. 새로운 청사진이 필요하기 때문이다.

원로 회의가 언제 끝날지 기약할 수 없다.

열흘, 혹은 한 달, 그보다 더 걸릴지도 모른다.

"서둘러 마무리하고 갈게."

지금 쿤이 대답할 수 있는 최선이었다.

원로 회의의 결과가 어찌 나오든 쿤을 구속하지 못한다. 최종 결정권은 전적으로 쿤의 권한이었다.

하지만 아직 한 번도 자신과 원로들 의견이 충돌한 적은 없었다.

어쩌면 이번에 최초로 의견 차이가 있을지도 모른다.

그녀와 일족 중에서 선택해야 하는 순간이 온다면 어떻게 해야 할까. 마음이 무거웠다.

* * *

사절단을 환영하는 성대한 연회가 열렸던 장소가 회의장이 되었다.

투이사, 라마, 호투. 세 부족은 건국을 선포하기 전까지 부족장 회의를 통해 이견을 조율했다. 건국 후 해산했다가 오늘만 임시로 부활했다.

오늘은 왕좌가 비었다. 왕은 다른 대군장과 동등한 자리로 내려와 앉았다. 이 자리에서는 왕이 아닌, 투이사 부족장이었다. 국왕으로서는 상당히 양보한 셈이다. 그래서 다른 두 부족도 임시 회의 개최를 거부할 수 없었다.

세 개의 테이블이 적당한 간격을 두고 떨어진 채 서로를 마주 보게 놓였다. 테이블 앞에 각 부족장이 앉고 그 뒤로 부족별 서른 명씩이 뒤에 섰다. 그들은 오늘 회의의 증인이 될 것이다.

시에나는 세 부족 모두와 거리를 둔 위치에 앉았다. 그녀는 중립성을 인상적으로 드러낼 방법을 고민하다가 파티마의 조언을 받아 신녀 복장을 입었다. 긴 소매가 무릎까지 늘어졌고 나무 탈을 써서 얼굴을 감추었다.

사막은 거친 자연환경 때문인지 자연 숭배 사상이 발전했다. 어느 부족이든 길흉화복을 점치는 신녀가 존재했다. 작은 부족에서는 신녀가 사법권을 갖고 있기도 했다.

쿤은 오늘 회의에 관여하지 않을 것이며 특사의 경호를 맡겠다고 선언했다. 왕의 아군인 라드 군장이 물러나겠다는데 다른 두 부족이 반대할 이유가 없었다.

쿤은 무장을 하고 시에나의 뒤에 섰다.

만일의 사태에 대비해 회의장 전체를 빙 둘러서 칼리고 단원들과 전사들을 배치했다.

라마 부족장 곁에 작은 의자가 하나 더 놓였다. 유모의 손을 붙들고 들어온 어린 소년이 앉았다. 선왕의 열두 번째 아들이자 라마 부족이 내세우는 왕위 계승자, 아힌이었다.

시에나 앞의 테이블 위에는 금 쟁반으로 받친 투명한 함이 놓였다. 긴 직사각형 형태이며 수정을 깎아 만들었다. 안에 있는 신목의 가지가 보였다.

호투 대군장의 표정이 불편했다. 후계가 제국 사절단을 죽이려 했다는 점이 호투 부족에게 불리하게 작용했다. 꽁꽁 감추어 두었던 신목의 가지를 꼼짝없이 내놓았다.

회의가 시작됐다.

국왕은 자신의 계승권이 정당하다고 주장했다.

『나는 선왕의 생전에 후계의 자격으로 공무를 처리하고 행사에 참석했다.』

라마 대군장은 선왕의 유언에 따라야 한다고 주장했다.

『선왕께서 유언으로 아힌 투이사 군장에게 왕권을 승계했다.』

호투 대군장은 라마 부족장의 의견에 힘을 보탰다.

『왕명이 곧 법이다. 선왕의 유언은 법의 선포나 다름없다.』

형식만 회의일뿐, 각자가 자기주장만 내세웠다. 상대의 의견에 전혀 귀 기울이지 않으니 영원한 평행선이었다.

쿤은 열띤 공방을 벌이는 그들을 보며 조소했다.

'그래도 제국 특사 앞이라고 나름 자제하는군.'

전에 몇 번 오늘과 비슷한 자리가 있었는데 그런 난리 통이 없었다. 험한 말은 예사고 칼부림이 벌어지기도 했다.

시에나는 세 부족장의 주장을 묵묵히 경청했다. 누구의 편도 들지 않았고 끼어들지도 않았다.

오전부터 시작한 회의는 휴식 없이 진행했다.

어느새 오후가 훌쩍 넘었다. 뒤편의 증인들은 좀이 쑤셔 못 견디겠다는 표정을 지었다. 자세도 흐트러졌다. 부족장들도 말수가 줄었다.

어느 순간 조용해지자 시에나가 말했다.

"차기 왕권의 계승 문제를 두고 연합국 내부에 첨예한 의견 대립이 있다는 사실은 이해했습니다. 그러나 제후국은 제국의 속국이 아니며 제국은 제후국의 내정에 간섭하지 않습니다. 따라서 왕권의 정당성은 제국이 판단할 문제가 아닙니다."

부족장들은 떨떠름한 표정을 지었다.

아무리 목 아프게 떠들어 봤자 전부 헛수고라는 뜻이었다.

그렇다고 '제국이 왕을 정해 달라.'라고 하면 속국을 자처한다는 뜻이니까 '제국을 신하의 예로 대하는 것은 외교 정책일 뿐 연합국은 자주국이다'라는 원칙에 반했다.

시에나는 일부러 부족장들이 하고 싶은 말을 실컷 하도록 내버려 두었다. 회의 시작 당시에는 서로를 살기등등하게 노려보던 부족장들의 눈빛이 많이 풀렸다. 지쳤기 때문이다.

"황제 폐하께서는 제국과 국경을 마주한 사막 지역의 불안을 항상 우려하셨습니다. 폐하께서 연합국에 신목의 가지를 하사한 뜻은 연합국이 구축한 사막의 질서를 북돋아 격려하시기 위함입니다. 신목의 가지는 제국의 신성한 국보입니다. 신목의 가지가 분란과 불신의 초래한다면 신의 뜻에 반하므로 제국은 신목의 가지를 회수하겠습니다. 그러기를 바란다면 이 자리에 있는 누구든 거수해 주십시오."

부족장들은 서로의 눈치만 살폈다. 내가 갖지 못하느니 차라리 없는 게 낫다고 속으로는 생각할지언정 이 자리에서 말할 수는 없었다.

"신목의 가지는 사사로운 소유물은 아니지만, 관습적으로 관리자 자격의 상속을 인정합니다. 다만, 현재 정당한 상속권자가 누구인지 다툼이 있습니다."

모두가 숨죽여 특사의 말에 집중했다.

"영광스럽게도 황제 폐하께서는 본 특사에게 폭넓은 권한을 위임해 주셨습니다. 본 특사는 황제 폐하의 뜻에 따라 사막의 안정과 평화를 위해 적합한 자격 있는 관리자를 지명하겠습니다."

시에나의 말이 끝나자마자 부족장 뒤에 서 있는 세 부족의 증인들이 술렁거렸다. 지루해하던 표정에 생기가 돌았다.

"선왕의 상속자, 요타 투이사 군장, 아힌 투이사 군장. 이외에 관리권의 상속을 주장하는 자가 있다면 나서십시오."

대답이 없었다.

시에나는 세 부족장에게 확인했다.

"이견이 없습니까?"

세 부족장 모두 '없다'라고 대답했다.

시에나가 세 부족을 돌아보았다. 탈을 쓰고 있는 그녀의 표정은 알 수 없었다. 하지만 신녀를 상징하는 나무 탈이 천천히 움직이는 모습은 엄숙한 분위기를 자아냈다.

"페로 연합국 건국법은 전문과 총 서른아홉 조항으로 구성되어 있습니다. 세 부족 각각의 계명이 서로 겹치지 않도록 정리하여 세 부족이 열세 조항씩, 총 서른아홉 조항의 율법이 연합국의 기본법이 되었다고 들었습니다."

뜬금없는 이야기가 나오자 다들 어리둥절한 표정이었다.

"특히 건국법의 전문은 부족장 회의를 통해 제정하였으며 연합의 화합을 상징합니다. 선왕의 상속자들에게 묻겠습니다. 전문의 내용을 알고 있습니까?"

부족장들의 표정에 희비가 갈렸다.

국왕이 자신 있게 대답했다.

『건국법의 전문은 연합국의 정신. 선왕의 후계라면 마땅히 내용을 숙지해야 합니다.』

라마와 호투 대군장은 낭패한 기색으로 일곱 살 소년을 돌아보았다. 멍한 표정으로 앉아 있는 어린 소년은 건국법 전문은커녕 아직 글자도 다 익히지 못했다.

『특사께서는 공정하지 않으십니다.』

라마 대군장이 나섰다.

"어떤 점이 불공정합니까?"

『특사께서 투이사 부족장과 사전에 서로 말을 맞추지 않았다고 누가 보장합니까? 매일 라드 군장을 접견하신다고 들었습니다.』

"라마 대군장께 묻겠습니다. 건국법 전문은 연합국의 백성이라면 누구나 성년식에서 암기해야 한다고 들었습니다. 맞습니까?"

『……그렇습니다.』

"라마 대군장은 건국법 전문을 알지 못합니까?"

라마 대군장은 대답하지 못했다.

안다고 하면 국왕을 돕는 격이고 모른다고 하면 자신만 우스워진다.

『그럼 특사께서는 건국법 전문을 아는 자는 누구든 신목의 가지 관리자가 될 수 있다는 말씀입니까?』

"본 특사는 조금 전 관리권의 상속자는 나서라고 분명히 말했습니다. 정당한 상속자는 요타 투이사 군장과 아힌 투이사 군장, 두 사람뿐이라고 모두 인정하지 않았습니까?"

이번에도 라마 대군장은 대답하지 못했다. 분한 표정으로 이를 악물었다.

시에나는 실실거리는 국왕과 불만이 가득한 두 대군장을 번갈아 보더니 입을 열었다.

『투이사. 라마. 호투. 세 부족이 화합하여 하나가 되었음을 선언

하노라.』

제국어가 아닌 모국어가 제국 특사의 입에서 자연스레 흘러나오자 세 부족 사람들의 눈이 모두 휘둥그레졌다.

『투이사의 조화로움과 라마의 현명함과 호투의 용맹함으로 위대한 선지자 페로의 뜻을 받들어······.』

시에나가 읊는 내용은 연합국 건국법의 전문이었다.

『하나. 페로 연합국은 부족의 다양성을 존중한다. 둘······.』

전문에 이어 시에나는 서른아홉 조항을 차례차례 낭독했다. 마치 눈으로 보며 읽는 것처럼 막힘이 없었다. 눈 감고 들으면 사막인처럼 발음도 완벽했다.

조용한 회의장에 시에나의 목소리만 울렸다.

그녀가 서른아홉 조항의 암기를 모두 마쳤을 때 회의장은 숨 막힐 것처럼 조용했다.

"요타 투이사 군장이 신목의 가지 관리권의 정당한 상속자임을 인정합니다. 부족장 회의의 전원 합의체 원칙에 따라 이견이 있으면 말씀하십시오."

라마와 호투 부족장은 둘 다 입을 꾹 다물었다. 타국인인 제국의 특사도 완벽하게 건국법을 암기하는데 건국법의 전문조차 모르는 어린 후계자를 끝까지 주장할 명분이 없었다. 부족 내의 지지도 받지 못할 것이다.

누구도 이견이 없었다.

시에나는 증인들이 지켜보는 자리에서 국왕에게 신목의 가지와 황제의 친서를 전달했다. 진통이 클 거라고 예상된 임시 부족장 회의는 말썽 없이 마무리되었다.

*   *   *

시에나는 연합국의 수도 호만에 도착하자마자 사절단의 무사 도착을 보고서를 제국으로 보냈다.

소식을 들은 패트리샤는 그제야 마음의 평화를 얻었다. 수심이 가득하던 얼굴이 조금이나마 화색을 띠었다. 가장 큰 근심은 덜었으나 여전히 패트리샤를 골치 아프게 하는 문제들이 남았다.

시녀가 조용히 곁으로 다가와 고개를 숙였다.

"다녀왔습니다. 적왕."

패트리샤가 말없이 손을 내밀었다.

시녀가 소매 안에서 작은 주머니를 꺼내 패트리샤의 손바닥에 올렸다.

패트리샤는 주머니 속의 종이를 꺼냈다. 라드 상회에서 발급한 어음이었다. 액수를 확인한 그녀가 미간을 찌푸렸다. 그녀는 쯧, 짜증스레 혀를 찼다.

"나가 보라."

"예, 적왕."

시녀가 물러갔다.

패트리샤는 다시 어음을 들여다보고 던지듯 테이블에 내려놓았다.

공작가의 자금 지원이 끊기면서 온실 관리에 비상이 걸렸다. 온실에서 재배하는 작물들의 규모를 줄이는 방법밖에 없었다.

하지만 멀쩡히 잘 자라는 것들을 차마 뽑아 버릴 수는 없었다. 얼마나 큰 노력과 시간과 돈을 쏟아부은 결과물인데!

온실 규모를 차근차근 줄이려면 당분간은 유지비가 필요했고 패트리샤는 급전을 마련하기 위해 자신이 지닌 패물을 가져다 팔았다.

적왕이 돈이 없어서 보석을 판다는 소문이 나면 그런 망신이 없었다. 패트리샤는 자신을 드러내지 않기 위해 시녀를 통해 거래했다.

소유자가 확실하지 않은 고가의 보석은 구매자 입장에서 위험 부담이 있으므로 가격을 제대로 쳐주지 않는다.

패트리샤는 값비싼 보석을 헐값에 넘기자니 속이 뒤집혔다. 무엇보다도 돈 문제를 걱정하는 자신의 처지가 기가 막혔다.

'오라버니를 만나야 담판을 짓든지 말든지 할 텐데.'

더그는 여전히 수도에 없었다. 공작가에 심부름꾼을 보내어 물어봐도 공작의 귀환 일정은 미정이라는 답만 돌아왔다. 패트리샤를 짜증스럽게 하는 문제는 더 있었다.

'왜 조용하지?'

철왕비가 공작 저로 나간 지 보름이 지났다. 지금쯤이면 단단히 탈이 났어야 했다. 공작 저로 들어간 귀리에 손을 써 두었기 때문이다. 황궁의 식재료는 건드리기 어려워서 철왕비가 궁 밖으로 나가도록 유도했다.

귀리는 임부와 태어날 아이에게도 좋은 식품이라는 인식이 널리 퍼져 있었다. 제국인들은 신분과 관계없이 임부는 반드시 귀리를 하루에 한 끼 이상 섭취했다.

온실에서 키우는 식물 중 씨앗이 귀리와 거의 유사한 독초가 있었다. 귀리와 섞어 놓으면 구별이 어려울 정도로 비슷했다.

성질이 몹시 차갑고 자궁을 수축시킨다.

사흘 이상 섭취하면 미약한 복통을 느끼고 열흘 이상 섭취하면 진통이 시작된다.

예정일이 지났는데도 출산의 기미가 없는 임부가 섭취하면 진통이 오므로 쓰기에 따라서는 약이 될 수도 있었다. 그런데 임신 초, 혹은 출산 예정일이 한참 남은 임부가 섭취하면 미숙아가 태어나거나 사산되었다.

'어떻게 된 거야? 철왕비 아침 식사로 매일 오트밀을 올린다고 했는데.'

어디서 어긋난 것인지 알 수가 없었다.

패트리샤가 전혀 상상도 하지 못한 부분에서 그녀가 꾸민 계략이 가로막혔다.

철왕은 아침마다 꼬박꼬박 아내의 얼굴을 보러 공작 저에 방문했다. 비올렛이 아침 식사를 하는 동안 디안은 하인에게 곡물차를 한 잔 가져오라고 지시했다. 매일 반복되는 일이다 보니 이제는 따로 시키지 않아도 알아서 하인이 차를 가져왔다.

디안은 아무도 보지 못하는 틈에 슬쩍 손가락 끝을 바늘로 찔러 피를 내어 찻잔에 한두 방울 떨어뜨렸다. 워낙 해괴해서 누가 보는 곳에서는 차마 못 할 짓이었다.

시에나가 사막으로 떠나기 전, 디안을 만나러 왔을 때 말했다.

> 「철왕. 혹시, 혹시 말이에요. 그런 일이 있어서는 안 되겠지만,
> 철왕비가 중독 증상을 보일 경우, 어떤 약도 쓰지 못할 때 철왕의
> 피가 해독약이 될 수 있어요.」
> 「피? 내 피 말이에요? 내 피를 비올렛에게 먹이라고요?」
> 「이상한 말로 들리겠지만, 신족의 피에 그런 효과가 있어요.」

정말 이상한 말이었다.

하지만 디안은 시에나의 말을 웃어넘기지 않았다. 은왕은 절대
헛말을 할 사람이 아니니까.

적왕 때문에 비올렛을 그로시 공작 저로 보내면서 디안은 불안
했다. 안전함에서는 공작 저는 절대 황궁보다 나을 수 없었다. 기
사들이 겹겹이 지키고 있으니 암습자의 접근은 어렵다 쳐도 보이지
않는 위험이 가장 걱정이었다.

독의 매개가 될 물건은 어디에든 있었다. 음식만이 아니라, 화장
품이나 향기로도 중독될 수 있다.

문득 은왕의 조언이 떠올랐다. 디안은 자신의 피가 해독약이라
면 미리 매일 먹이는 건 어떨까, 생각했다. 그의 손가락 열 개는 성
한 곳이 없었다. 그래도 이 차 한 잔을 비올렛에게 먹이고 나면 마
음이 편했다.

디안은 찻잔을 들고 아내의 침실로 들어갔다. 침대에 앉아 식사
를 막 마친 그녀가 디안을 보며 웃었다. 그는 아내의 곁에 앉아 찻

잔을 쥐여 주었다.

"오늘도요?"

"응. 오늘도."

"정말 이게 뭔지 말해 주지 않으실 거예요?"

"비밀. 당신 몸에 좋은 거야."

비올렛은 차를 전부 들이켰다. 고개를 갸웃했다. 맛은 그냥 무난한 곡물차였다. 그녀는 빈 찻잔을 쥐고 어제도 했던 하소연을 반복했다.

"오트밀은 정말 먹기 싫어요."

배 속의 아기 때문에 거부 못 하고 먹지만, 오트밀은 비올렛이 가장 끔찍하게 싫어하는 음식이었다.

"당신 몸에 좋고 아기에게도 좋다잖아."

"칫."

"어디, 오늘은 이 녀석, 얌전히 잘 놀아?"

디안이 비올렛의 배를 손으로 감쌌다. 금실 좋게 알콩달콩한 대화를 주고받는 철왕 부부를 흐뭇하게 바라보던 하녀들이 조용히 물러갔다.

*　　*　　*

시에나는 황제의 친서를 국왕에게 전달한 다음 날 바로 출발하려 했다. 그런데 갑작스러운 모래 폭풍이 호만을 덮쳤고 거친 바람은 닷새가 넘도록 이어졌다.

바람이 잠잠해진 후 드디어 사절단은 호만을 떠났다. 국왕이 반나절 거리까지 따라와 배웅했다.

1차와 2차 사절단을 모두 합한 인원은 대행렬이었다. 쿤이 길잡이가 되어 제국 사절단 일행을 땅의 끝 부두까지 데려갔다. 별다른 사건 사고 없이 사흘 만에 부두에 도착했다.

정박한 정기선에 기사들과 관리들이 차례로 승선했다.

시에나는 쿤과 작별 인사를 나누느라 가장 늦게까지 배에 올라타지 않았다.

길버트는 다른 호위들과 함께 수십 걸음 떨어진 거리에서 대기했다.

"조심히 돌아가."

"배를 타고 물길 따라서 가기만 하면 되는걸."

"당신은 안 보이는 곳에서 무슨 일을 저지를지 모르니까."

"누가 들으면 내가 대단한 말썽꾼인 줄 알겠네."

"아닌 줄 알았어?"

쿤은 새침하게 흘겨보는 그녀의 얼굴을 한 손으로 감싸 쥐었다. 그는 아직도 갈등 중이었다. 그녀를 납치해서 도망갈 수 있는 마지막 기회였다. 제국의 기사들이 전부 몰려와도 잡히지 않을 자신이 있었다.

"금방 올 거지?"

"……응."

"내가 황궁에 도착할 즈음이면 올해의 마지막 달이 시작되겠지. 올해 안으로 꼭 와야 해?"

"응. 꼭."

두 사람 눈이 마주쳤다.

누가 시작했는지 알 수 없게 서로를 끌어안았다. 멀리서 두 사람을 보던 은왕의 호위들과 칼리고 단원들이 슬그머니 눈을 허공으로 돌렸다.

그의 품에서 떨어질 때 시에나는 몹시 아쉬웠다. 당장 지금 나와 함께 제국으로 돌아가자고 말하고 싶었다.

쿤은 멀어지는 그녀와 기사들을 바라보았다. 시에나가 배에 올라타 모습이 완전히 보이지 않게 된 후 곧 배가 출발했다. 그는 배가 완전히 보이지 않게 된 후에도 좀처럼 자리를 뜨지 못했다.

땅의 끝 부두에서 출발한 정기선은 열흘 만에 수도 선착장에 도착했다. 시에나는 날짜를 계산해 보았다. 약 두 달 반만의 귀환이었다.

시에나는 입궁하자마자 곧바로 태양궁으로 들어갔다. 황제를 뵙고 특사 임무 완수를 보고했다. 그 후 적왕궁에 들러 형식적인 인사라도 할까 하다가 그냥 은왕궁으로 갔다. 어머니를 피하려던 게 아니라 몹시 피곤하여 쉬고 싶은 마음이 간절했기 때문이었다.

베스가 눈물을 글썽이며 은왕궁 앞에서 기다리고 있었다.

"먼 길 다녀오시느라 참으로 고생이 많으셨습니다."

시에나는 말 한마디 없이 떠난 자신 때문에 마음고생 했을 텐데 반갑게 맞이해 주는 백작부인에게 미안하고 고마웠다.

"잘 지냈소? 별일은 없었소?"

"제게 무슨 별일이 있겠습니까. 험한 곳을 다녀오신……."

베스가 유심히 시에나의 안색을 살폈다.

"전하. 어디가 불편하십니까?"

"아아……. 뱃멀미를 했더니."

시에나가 크게 숨을 들이마셨다가 내쉬었다. 아직도 속이 울렁거렸다. 돌아오는 내내 속이 메슥거려서 고생했다.

그녀는 처음으로 멀미를 경험했다. 처음에는 왜 이러는지 몰랐다. 증상을 말하자 길버트가 '뱃멀미를 하시는 모양입니다.'라고 말해서 그제야 그게 멀미 증상인 줄 알게 되었다.

"저런. 속이 불편하십니까?"

시에나가 고개를 끄덕였다.

"이상하네요. 뱃멀미는 배에서 내리면 즉시 낫던데……. 좀 누우셔요. 시간이 지나면 곧 나아지실 겁니다."

"한숨 자야겠소. 적왕궁에 사람을 보내서 인사를 전해 주시오."

"예, 전하."

시에나는 옷만 갈아입고 침실로 들어갔다.

"전하께서 낮잠을 다 주무시고. 많이 곤하신 모양이네."

베스가 걱정스럽게 중얼거렸다.

＊　　　＊　　　＊

황제는 은왕이 귀환 인사를 올리며 제출한 보고서를 읽었다. 잠깐 훑어보기만 하려다가 아예 자리를 잡고 앉아 읽기 시작하면서 이후의 일정을 모두 뒤로 미뤘다.

두툼한 보고서에 은왕의 꼼꼼한 성품이 고대로 드러났다. 사절단이 연합국 왕성에 도착한 날부터 떠나는 날까지 은왕이 특사로서 누구를 만나고 무엇을 했는지가 자세히 보기 쉽게 정리되어 있었다.

황제는 읽다가 픽 웃었다.

'관리들이 반만 흉내 내줘도 좋겠군.'

작성자를 불러서 이게 무슨 뜻이냐고 두 번 묻는 수고를 할 필요가 없으니 얼마나 좋은가.

끝까지 다 읽은 황제는 생각에 잠겼다.

왕이 죽은 후 세 부족은 모두 밀사를 제국으로 보내 황제와 접촉했다. 각자 자신을 지지해 주면 선물을 드리겠노라, 제안했다. 황제가 새로운 국왕의 손을 들어준 이유는 간단했다. 그가 내민 선물이 더 마음에 들었기 때문이다.

라마, 호투 부족은 물질적인 공물을 상납하겠다고 했다.

그런데 국왕, 요타 투이사는 정치적이고 장기적인 계획안을 보냈다.

양국 모두에게 이로운 방향으로 연합국을 다스리겠다고 했다. 제국 입장에서 꽤 구미에 당기는 계획이 몇 가지 있었다. 국왕이 제국의 상황을 잘 아는 누군가의 조언을 받았다는 뜻이고 그 조언자가 누구일지는 뻔했다.

라마, 호투 부족의 밀사가 '라드 군장이 연합국의 혼란을 부추긴다.'라는 식으로 성토했기에 라드 후작이 국왕을 지지한다는 건 분명히 알 수 있었다.

황제는 왕이 라드 후작의 도움을 받든, 라드 후작이 연합국을 막후에서 흔들든 관심 없었다. 제국과 관계없기 때문이다.

어차피 신목의 가지는 수여했다. 소유권 확인만으로 얻을 게 많으니 남는 장사다. 그렇다고 국왕을 적극적으로 도와줄 생각도 없었다.

구색을 갖추어 특사는 보내지만, 국왕을 지지한다는 제국의 뜻만 전달하면 족했다. 그래서 특사에게 폭넓은 권한을 위임했다. 결론만 맞으면 과정은 알아서 하라는 뜻이었다.

'깔끔하게 끝냈군.'

예상과 달랐다.

훨씬 난장판이 벌어질 줄 알았다.

무력을 동원해 신목의 가지를 되찾고 그 과정에서 라드 후작이 개입해 은왕을 도울 거라고 생각했다.

'연합국의 건국법을 이용하다니. 머리를 잘 썼군.'

국왕에게 유리한 조건을 이용한 건 맞지만, 불합리하다는 주장이 먹히지 않을 교묘한 방식이었다.

'은왕 자질이 뛰어나긴 하지.'

애틋한 애정이 없다고 해서 관심이 없는 것은 아니었다.

리먼 가문에 유감은 많아도 은왕과 연결 짓지는 않았다. 은왕은 신족이니까.

황제는 은왕이 철왕 대신 자신이 연합국으로 가겠다며 찾아온 날을 떠올렸다. 이유를 묻자 은왕이 답했다.

「폐하. 저는 성년이 되었다는 이유만으로 왕의 책봉을 받았습니다. 제가 왕으로서 적합한 능력을 지녔는지 저 스스로 시험하고 폐하께도 증명하고 싶습니다.」

은왕의 말만 들으면 적잖은 야심이 담긴 듯했다. 철왕보다 자신이 더 적합한 후계라는 주장 같았다. 그런데 석연치 않은 부분이 있었다.

「폐하. 청하옵건대 예정대로 철왕이 가는 것처럼 특사가 바뀐 사실은 당일까지 공표하지 않았으면 합니다.」

그날, 이유를 묻지 않고 허락했다.

그런데 은왕이 조용히 연합국으로 떠난 이후 문득 의아했다. 은왕이 특사 임무를 자신의 업적으로 삼으려면 거창하게 여론전을 벌이는 편이 유리했다. 철왕 대신 나서서 험한 임무를 맡았다고 포장하기도 좋고.

'은왕은 무슨 생각인가.'

황제는 은왕이 철왕을 위해 특사 임무를 자처했다고는 전혀 짐작하지 못했다.

황제에게 남매의 우애란 평생 사막에서 벗어난 적 없는 자가 바다를 모르는 것과 같았다.

황제는 요즘 자신의 예측에서 벗어나 행동하는 은왕에게 흥미를 느꼈다.

근래 은왕이 적왕과 거리를 두는 정황이 포착되었다.

그것 역시 황제가 이해할 수 없는 부분이었다. 철왕이라는 강력한 경쟁자가 등장했으니 힘이 되어 줄 적왕과 더 잘 지내야 하지 않나.

"폐하."

턱을 괴고 생각하던 황제가 시선을 돌렸다. 어느새 시종들이 싹 빠져나가고 서재 안에 아무도 없었다. 흑색의 망토로 온몸을 감싼 사내가 한쪽 무릎을 꿇고 앉아 있었다.

황제가 사내를 보며 말없이 손을 까딱했다. 사내가 일어났다. 황제의 곁으로 가서 봉투를 내밀며 허리를 숙였다.

황제가 봉투에서 문서를 꺼냈다. 읽어 내려가는 황제의 무심한 표정이 점점 흔들리고 페이지를 넘기는 손길이 거칠어졌다.

사내는 다시 물러나 무릎을 꿇고 앉아 긴장된 표정으로 숨소리조차 죽였다. 황제가 테이블에 문서를 내던졌다. 그리고 벌떡 일어나 씨근덕거리며 소파 주변을 서성거렸다.

항상 세상을 관조하듯 느긋했던 황제가 엉망이 된 제 기분을 아랫사람 앞에 드러냈다.

'감히. 감히!'

황제는 뚜렷하지 않은 누군가에게 분통을 터뜨렸다. 자신은 천하의 지배자다. 손가락 사이로 빠져나가는 무력감을 용납할 수 없었다.

오래전 그때, 아케론 가문을 기어코 지우려는 선황제의 의지 앞에 광왕은 무력했다. 한낱 보잘것없는 존재로 전락했고 철저히 배

제되었다. 아무리 소리쳐도 공허한 외침일 뿐이었다. 그때의 끔찍한 불쾌감이 되살아났다. 입안에서 쓴맛이 느껴질 정도로 배 속이 뒤집혔다.

황제는 선대 리먼 공작이 저지른 기만행위를 안 후 즉시 죄를 묻는 대신 모르는 척 은밀하게 힘을 기르는 방법을 택했다. 그때 황제가 마음만 먹으면 리먼 공작을 칠 수도 있었다. 다만, 꽤 힘겨운 싸움이었으리라.

황제는 자존심이 상했다.

선황은 압도적으로 아케론 공작가를 짓밟았다. 자신이 선황보다 뭐가 부족해서 고작 공작 가문 하나와 힘겨루기를 해야 한단 말인가.

선황이 아케론 가문을 짓밟은 방식으로 리먼 가문도 무너뜨리겠다고, 아등바등하는 공작가를 오연하게 내려다보며 밟을 거라고 결심했다.

황제는 오랜 시간 인내했다. 다만, 선대 리먼 공작은 황제의 계산을 넘는 인물이었다. 교활했고 용의주도했다. 황제는 공작을 누를 압도적 힘을 추구하다가 기회를 잃었다. 리먼 공작이 세월의 힘을 이기지 못하고 죽었다.

황제는 갑자기 목표를 잃고 당황했다. 그즈음 나타난 제프리가 자극제이자 촉진제 역할을 했다. 제프리가 복권하여 아케론 영지를 되찾으면 아케론 영지민을 이용해 리먼 공작가를 공격하는 방식을 쓸 수 없다. 시간제한이 생기자 조바심이 났고 즉시 행동을 개시했다.

황제는 착취당하는 옛 아케론 공작령의 영지민들이 세력화하도록 지원했다. 그들은 배후에 황제가 있다는 사실을 알지 못한 채 리먼 공작에 대항해 들고 일어났다.

동시에 황제는 반당 세력에게 접근했다. 그들이 폭도가 된 영지민들을 도우면서 리먼 공작에게도 접근하도록 부추겼다.

리먼 공작은 영지민들의 폭동을 우습게 보고 초반에 안일하게 대처했다. 본보기로 몇 잡아다가 처형하면 그만이라고 생각했을 것이다.

하지만 보잘것없어 보이는 그들의 배후에는 황제가 있었다.

느슨한 대응에 리먼가의 군사들이 오히려 대패했다.

여기까지는 황제가 짠 판 위에서 움직였다. 모두 황제의 손아귀에 있었다. 문제는 그 이후였다.

예상보다 리먼 가문이 제법 버틸 때는 대수롭지 않게 생각했다. 마지막 발악이려니 했다. 그런데 리먼 가문의 대응 방식이 어느 날 바뀌었다.

리먼 공작은 공격이 아닌 회유를 택했다. 아케론 영지민들에게 착취한 만큼 충분히 배상하겠다고 약속했다. 말만으로 끝내지 않고 공작성 창고 문을 열어 재물과 식량을 풀었다.

그뿐만 아니라 아케론 영지민들의 원성이 자자했던 악랄한 관리자들을 처형했다.

일국의 왕에 버금가는 제국 공작이 비천한 무지렁이들에게 손을 내밀다니. 더구나 더그는 그토록 존경하는 아버지, 선대 리먼 공작의 잘못을 인정하고 아들인 자신이 바로잡겠다고 공표했다.

황제는 더그의 됨됨이를 안다. 절대 그만한 자비로움도, 배포도 없는 자였다. 모든 게 어긋나기 시작했다. 주린 배를 채운 아케론 영지민들의 눈에서 독기가 빠졌다.

어리석은 백성들은 오히려 리먼 공작을 칭송하기 시작했다. 일부 과격파가 있고, 황제가 심은 자들이 선동하려고 애썼으나 이미 기세가 꺾였다. 리먼 공작령은 서서히 평화를 되찾았다. 리먼 공작은 더는 궁지에 몰리지 않았다.

황제는 더그가 반당의 힘을 빌려 폭도들을 공격하도록 유도해서 리먼 공작이 반당과 결탁했다는 죄를 씌우려 했다. 그 모든 계획이 허무하게 무너졌다.

사내가 황제에게 가져온 문서는 접촉했던 반당마저도 발을 뺀다는 소식이었다.

'분명히 누군가 개입했다.'

감이 잡히지 않았다. 처음에는 라드 일족을 의심했다.

하지만 지난 몇 개월간 라드 후작은 아예 제국 내에 없었다. 연합국 일에 매여 다른 데 신경 쓸 여유도 없어 보였다. 라드 일족의 자금이나 정보가 리먼 공작령으로 흘러간 정황도 전혀 없었다.

은왕 주변을 캐 볼까도 생각했다. 그런데 은왕이 특사로 가면서 흐지부지되었다. 그리고 은왕에게 리먼 가문 외에 이렇다 할 만한 세력이 전혀 없다는 것을 황제는 전부터 알고 있었다.

황제는 다시 소파에 앉았다.

'누가 방해하는지 알아내야 한다.'

자신이 통제할 수 없는 상황이 노여웠다. 제국에서 벌어지는 일을 자신이 몰라서는 안 되었다.

'대체 누가 리먼 공에게 그만한 영향력을 행사할 수 있지?'

더그가 자발적으로 창고 문을 열었다고는 절대 믿지 않았다. 황제가 명령을 기다리는 사내를 보며 말했다.

"너는 당장⋯⋯."

황제는 미간을 찌푸리며 말을 멈추었다. 저릿한 두 손을 쥐었다가 폈다. 저리는 증상이 가라앉지 않자 시선을 내린 황제가 흠칫했다.

"⋯⋯물러가라. 나중에 부르겠다."

"예, 폐하."

사내는 나타났을 때처럼 조용히 사라졌다.

그러나 황제의 관심은 오로지 자신의 손에 쏠려 있었다. 그는 자신의 열 손가락을 구부려 손톱을 내려다보았다. 마치 잉크에 담근 것처럼 시커멓게 변색한 손톱이 서서히 옅어지면서 본래의 혈색을 되찾았다.

황제는 다시 정상으로 돌아간 손톱에서 눈을 떼지 못했다.

이 증상을 안다. 희귀한 질환을 상징하는 발병 증상이었다.

'그럴 리가⋯⋯. 그럴 리가 없다.'

신족은 병에 걸리지 않는다.

황제의 눈동자가 당혹스럽게 흔들렸다.

*　　　*　　　*

시에나는 낮잠을 잤어도 개운하지 않아 언짢았다. 여전히 울렁거리는 속은 불편하고 노곤한 피로감이 남았다. 그래도 그녀는 일어났다. 자신이 황궁을 떠나 있던 동안 벌어진 일들을 파악해야 했다.

옷을 갈아입으면서 시녀에게 보좌관 호출을 지시했다. 시녀들이 물러간 후 곧 베스가 들어왔다.

"전하. 진지를 올리겠습니다. 시장하시지요?"

밥 소리를 들으니 없던 입맛이 더 떨어졌다. 시에나는 고개를 저었다.

"지금은 생각이 없소. 보좌관한테 보고부터 받겠소."

베스가 시에나의 눈치를 살피며 말했다.

"전하. 적왕궁에 전하께서 돌아오셨다는 인사는 전했습니다."

시에나는 말없이 고개만 끄덕였다.

"전하께서 적왕궁에 잠시 다녀오심이 어떠신지……."

시에나가 쳐다보자 베스가 멋쩍어하며 말했다.

"전하께서 특사로 가셨다는 소식을 듣고 적왕께서 충격이 크셨습니다. 예정된 연회도 취소하시고 거의 적왕궁에서 꼼짝하지 않으셨습니다."

적왕궁에 시녀를 보내면 베스는 적왕이 한걸음에 달려올 줄 알았다. 그런데 시녀는 혼자 되돌아왔다.

요즘 적왕은 예전 같지 않았다. 원망조차 드러내지 못할 만큼 두려움의 대상이었던 적왕이 이렇게 한풀 꺾일 줄 누가 알았겠는가. 베스는 적왕이 안 되어 보였다. 은왕께서 언젠가 말한 것처럼 자신은 참 속없는 사람인 모양이다.

패트리샤가 왜 몸져누웠는지 사정을 아는 시에나는 그저 우스웠다. 철왕을 겨누어 칼을 찔렀는데 은왕에게 향했다는 사실을 알고 얼마나 놀랐을까.

'어머니는 반성한 게 아니야. 제 발이 저려 몸을 사렸을 뿐.'

패트리샤가 진심으로 뉘우쳤다면 자신의 잘못을 자백한 후 바로 잡으려고 노력했어야 했다. 납작 엎드려 그저 폭풍이 지나가기만을 기다린 어머니에게 시에나는 아무 감정이 들지 않았다. 미움조차도 남지 않았다.

그러나 시에나는 내색 없이 말했다.

"백작부인 말대로 하겠소. 그래야 그대 마음이 편할 것 같으니."

베스의 눈이 커졌다. 시에나가 싱긋 웃었다.

"유모 말을 내가 어찌 거역하겠소."

베스가 놀라워하며 즐겁게 웃음을 터뜨렸다.

"여행이 사람을 성장시킨다는 말이 정말인가 봅니다. 전하께서 그런 말씀을 다 하시고."

"그럼 한 번 더 다녀올까?"

"안 됩니다!"

베스가 정색하며 말했다가 능청스러운 은왕의 표정을 보고 다시 웃었다.

"아, 그리고 전하. 주무시는 사이에 철왕궁에서 보낸 시종이 다녀 갔습니다. 철왕 전하께서 은왕 전하 소식을 들으시고 서둘러 환궁 하셨던 모양입니다."

"환궁? 철왕께서 궁에 안 계셨소?"

"아……. 왕비님께서 공작 저에 나가 계십니다. 그래서 철왕 전하
께서 매일 공작 저에 다녀오십니다."

"공작 저에? 무슨 이유로?"

시에나가 캐물었으나 베스는 아는 것이 없었다. 비올렛이 적왕
과 티타임 후 몸에 이상이 생긴 것은 철왕이 입단속 해서 알려지지
않았다.

'철왕부터 만나 봐야겠군.'

"철왕궁에 다녀오겠소. 보좌관이 오면 잠시 기다리라고 전해 주
시오."

"예, 전하."

시에나가 응접실에서 나가려는데 시녀가 들어왔다. 벤 스투스가
뵙기를 청한다고 전했다. 시에나는 기다리라고 하려다가 마음을
바꿨다.

'영지에 무슨 일이라도?'

벤은 쿤이 수도를 떠난 후 봉토에서 시행하는 특용 작물 재배 현
황을 살피는 새 임무를 받았다.

"스투스 경에게 집무실에 가 있으라고 해라. 곧 가겠다."

"예, 전하."

시에나는 벤을 후작 저로 보내 그가 은왕을 배신하고 정보를 가
로채는 것처럼 패트리샤를 속였다. 패트리샤가 얻는 정보를 통제
하는 동시에 벤이 신임받는 측근이 되었다고 패트리샤가 믿도록 유
도하려는 작전이었다.

그런데 쿤이 수도를 떠난 후 벤의 역할이 붕 떴다.

시에나는 고심하다가 봉토에서 시행 중인 특용 작물 재배 사업을 떠올렸다. 예전에 벤을 뺑뺑이 돌릴 셈으로 봉토에 보낸 적이 있었다. 그때와는 사정이 달라졌다.

특용 작물 재배는 시에나가 몹시 관심을 두고 진행하는 프로젝트였다. 벤에게 맡긴 임무는 정말 중요했다. 벤이 보고하기를, 패트리샤는 벤이 좌천되었다고 생각하지 않으며 특용 작물 재배에 몹시 관심을 보였다고 했다.

시에나가 집무실로 들어가자 문가에 서 있던 벤이 고개를 숙였다.

"전하. 인사 올립니다. 특사 임무를 성공적으로 완수하셨다고 들었습니다. 무탈하신 전하를 다시 뵈니 기쁘기가 한량없습니다."

"잘 지냈는가?"

"전하께서 맡기신 중임에 최선을 다했습니다."

"적왕께서 경을 따로 불러 추궁하지는 않으시던가?"

은왕이 특사가 되어 떠난 사실을 왜 너는 몰랐느냐고 적왕이 벤을 닦달했을 수도 있었다.

"소신이 맡은 임무가 있어 그런지 나무라지 않으셨습니다."

의도한 상황은 아니었는데, 마침 시에나가 특사로 떠나는 며칠 전 벤은 봉토로 떠났다. 그래서 시에나가 사막으로 가는 날, 벤은 수도에 없었다.

"내가 지금 다른 일정이 있네. 영지에 급한 일이 있는 게 아니라면 나중에 듣지."

"온실 정보입니다. 중요한 내용인지는 모르겠습니다."

시에나는 벤에게 온실에 관한 것은 무엇이든 바로 보고하라고 말한 적이 있었다. 그녀는 몸을 돌려 소파로 갔다.

지시는 일관성이 있어야 한다. 지금 듣지 않고 돌려보내면 벤은 이후에 온실 정보를 입수했을 때 시간을 다투어 보고할 만큼 중요한지 아닌지를 판단하려 할 것이다.

"와서 앉게."

"예, 전하."

벤은 작은 주머니를 소파 테이블에 올렸다.

"얼마 전에 온실에서 황궁 밖으로 반출된 것입니다."

시에나가 주머니를 열었다. 안에 든 것은 곡물의 낱알 약간이었다.

"이게 뭔가?"

"저는 귀리라고 생각합니다."

"귀리?"

시에나는 수확한 귀리를 처음 봤다. 먹어 본 적도 없었다.

귀리는 식감이 거칠어 선호도가 낮았다. 값이 저렴하지 않기 때문에 부담 없는 먹거리도 아니었다. 거래 목적은 대부분 환자를 위한 특식, 오트밀 재료용이었다.

"이게 온실에서 나왔다고?"

"예, 전하."

"경은 그걸 어찌 알았나?"

벤이 잠시 머뭇거렸다.

"적왕을 따라 온실에 갔을 때 봤던 사람과 장터에서 우연히 마주

쳤습니다."

벤은 온실에서 잡초를 뽑던 여자를 장터에서 다시 봤을 때 기분이 묘했다. 설명할 수 없지만, 사람들 속에서 홀로 섞이지 못하는 여자의 이질감이 익숙했다. 동류라는 느낌이었다.

그 여자를 이용할 마음은 없었다. 온실은 신중히 접근하라고 했던 은왕의 당부를 항상 명심했다. 그런데 며칠 후 장터에서 여자를 또 봤다. 반복된 우연히 신기해서 여자 주변을 기웃거리다가 대화를 나눌 계기가 생겼다.

대화 중에 벤은 뒷골목 출신이 아니면 모르는 속어를 실수로 내뱉었다. 여자가 무심코 맞장구쳤다가 멈칫했다.

두 사람은 눈빛을 교환했다. 굳이 말로 확인하지 않아도 알았다. 외로웠던 두 남녀는 빠르게 가까워졌다.

"온실 작물이 궁 밖으로 나가는 일이 무척 오랜만이라고 했습니다. 일손이 한 명 부족해서 평소에는 담당이 아니었던 운반 일을 했다고 합니다. 그날따라 감독도 소홀했고요. 몰래 소량을 주머니에 넣었다가 제게 전해 주었습니다."

잠자코 듣던 시에나가 피식 웃었다.

"일을 맡겼더니 연애를 하고 있었군."

벤의 얼굴이 벌겋게 달아올랐다.

"……송구합니다."

"이미 한 일은 뭐라 하지 않겠지만, 위험한 일은 하지 말라고 하게. 적왕께서 빈틈을 허용하는 분이 아니지 않은가."

"예, 전하. 명심하겠습니다."

"수고했네."

벤을 내보낸 후 시에나는 손바닥에 올린 낟알들을 유심히 살폈다.

'귀리라고……?'

온실에서 귀리를 재배했다? 도무지 어울리지 않는 조합이었다.

'조사해 보는 게 좋겠지.'

시에나는 주머니를 잘 챙겼다. 조만간 레반을 만나 조사를 부탁할 생각이었다.

*   *   *

시에나는 철왕궁을 방문했다. 디안이 철왕궁 앞까지 뛰어나와 맞이했다.

두 사람은 응접실로 들어갔다. 디안은 시에나에게 앉으라고 권하지 않고 유심히 시에나를 아래위로 살피다가 그녀의 주변을 빙빙 돌았다.

"철왕. 뭐 하는 거예요?"

"괜찮아요? 오가는 여정에 다쳤다거나 사막에서 지내는 동안 병이 나서 고생했다거나……."

"잘 지내다가 왔어요."

디안이 두 손을 맞잡고 허공을 바라보며 희극 배우처럼 '아아, 신이시여. 정말 감사합니다!'라고 부르짖었다.

시에나는 기이한 짓을 하는 철왕을 지나쳐 소파에 앉았다.

디안이 후다닥 빠른 걸음으로 다가와 시에나와 마주 앉았다. 그는 내내 생각하고 또 생각했던 말을 꺼냈다.

"은왕. 우리 다시는 이러지 맙시다. 뻔히 죽을 길이라도 그냥 내가 가는 게 낫겠어요. 편하게 잠든 날이 없다고요."

시에나가 빤히 바라보자 디안이 움찔했다.

그는 머쓱해하며 목덜미를 긁적였다.

"이미 다 지나간 일로 이런 말 해 봤자 사람 우습지만⋯⋯. 그런데 정말 걱정했어요."

말하면서 디안은 참 자신이 궁색한 말만 늘어놓는다고 생각했다. 은왕이 없는 사이에 외숙은 자신을 조카라고 주장했으니 변명의 여지가 없었다.

입장 바꿔 생각해도 자신이 은왕이면 정이 뚝 떨어질 것이다. 차라리 매를 먼저 맞자는 심정으로 디안은 말했다.

"들었는지 모르겠지만, 아케론 공작가는 복권되었어요. 그리고 아케론 공은 내 외가가 아케론 가문이라고 공표했고요."

"그럼 철왕은 서열을 되찾았나요? 폐하께서는 특별한 말씀이 없으시던데요."

"아니요!"

디안이 다급히 부정했다.

"공인되지는 않았어요."

"계승 서열 회복은 송년 연회 때 발표하는 게 좋겠어요. 어지간한 귀족은 대부분 참석하는 자리니까요. 화제 몰이하기에 아주 좋지요."

"……네?"

"철왕비가 출산한 이후일 테니까 시기도 적절해요. 여러모로 기억에 남을 연말로 한 해를 마무리하겠네요."

마치 소풍 날짜라도 잡는 것처럼 말하는 은왕을, 디안이 물끄러미 쳐다봤다. 그의 입술이 미세하게 달싹이다가 다시 다물렸다. 그는 계획을 약간 수정했다.

'은왕. 내 의견은 묻지 않고 특사 임무를 가져갔으니 나도 은왕 의견은 묻지 않을게요. 은왕이 먼저 시작한 거니까 나중에 너무 화내지 마요.'

시에나가 제국을 떠나 있는 동안 디안은 자기 자신에게 물었다. 너는 정말 신목의 관을 갖고 싶은가. 감당할 자신이 있느냐. 주제가 된다고 생각하나.

두 달이 훌쩍 넘는 시간은 충분히 생각할 수 있을 만큼 길었다.

그는 살아남기 위해 황제가 되고자 했다. 제위에 가까워질수록 솔직히 욕심도 났다. 황궁 밖 세상을 모르는 은왕보다 자신이 더 낫다는 자신감도 있었다.

얼마나 오만한 착각이었는지.

디안은 황제가 되어야 한다고 자기 자신을 설득했던 이유를 전부 잃었다. 살아남으려고 발버둥 칠 필요가 없어졌기 때문이다. 은왕이 황제가 되면 철저하게 자신과 아내와 아이를 비호해 줄 거라는 굳건한 믿음이 생겼다.

제위를 꿈꾼 자신의 욕심이 얼마나 터무니없었는지도 깨달았다. 분수가 넘치는 것을 탐냈다가는 신벌을 받게 될 것이다.

은왕보다 잘할 수 있다는 자신감은 일찌감치 사라졌다. 은왕이 어떤 사람인지 몰라서 할 수 있었던 착각이었다. 은왕은 자신과 동일선에 올려 두고 비교될 사람이 아니었다. 같은 아버지를 두었는데 두드러진 능력 차이가 분하지도 않았다.

그래서 디안은 확실히 알았다. 독기조차도 없는 자신에게 제위는 너무 벅찬 자리라고. 아마 그 자리에 오르면 자신을 불행해질 거라고.

마음에 걸리는 건 딱 하나, 쿤 라드. 그 녀석이다.

은왕의 계승 서열이 확고히 자리 잡을수록 두 사람 앞날은 험난할 것이다.

'근데 내가 끼어들 일은 아니니까.'

두 사람 감정이 어느 정도로 깊은지, 서로를 위해 자신이 가진 것을 얼마나 포기할 수 있을지는 두 사람이 답을 찾아야 하는 문제였다.

"비올렛은 어때요?"

"잘 있어요."

"공작 저에서 지낸다면서요. 출궁한 지 꽤 되었다지요."

"비올렛이 공작 저를 더 마음 편해해서요."

"정말 그 이유뿐이에요? 계기가 있다면 말해 줘요."

"그게……."

디안이 망설였다. 비올렛은 건강하게 잘 지내고 있다. 황궁에 있을 때보다 표정도 더 편안해졌다. 시간이 지나면서 디안은 자신이 너무 예민했던 건가, 생각했다. 근거 없는 의심으로 은왕 앞에서 적왕을 모함하는 게 내키지 않았다.

시에나의 눈이 가늘어졌다. 그녀는 디안의 석연찮은 반응을 놓치지 않았다.

"철왕. 특히 내 어머니와 관련된 일이 있으면 숨기지 마요."

디안이 움찔했다.

"철왕."

"……대단한 일은 아니었고요."

디안은 어쩔 수 없이 비올렛이 적왕과 차를 마시고 나면 몸이 이상했다고 말했다. 별일 아니었다는 듯, 가벼운 표정을 지었다.

"내가 유난스럽게 굴었지요."

"아니에요. 잘 판단했어요."

시에나는 틀림없이 어머니가 무슨 수작을 부렸다고 확신했다. 왜 그랬는지 의도는 모르겠지만. 그건 차차 생각해 봐야겠다.

"공작 저 경비는 신경 쓰고 있지요?"

"그럼요. 철통 방비예요. 아 그리고 은왕, 이왕 온 김에 말하는 게 낫겠네요."

디안이 일어났다. 그는 잠시만 기다리라고 하며 응접실을 나갔다. 다시 돌아온 디안은 책 한 권을 소파 테이블에 올렸다.

시에나가 고풍스러운 가죽 표지를 보고 미간을 찡그렸다. 사막으로 떠나기 전, 디안에게 줬던 성물 '위대한 소원'이었다. 경직된 표정의 디안은 사고를 친 후에 혼날 것을 각오하며 자백하는 말썽꾼 같았다.

"은왕. 내가 이 책에 약간의 실험을 했는데……."

시에나가 인상을 쓰자 디안이 얼른 변명했다.

"이상한 짓은 안 했어요. 망가뜨린 거 아니에요. 이 책의 신기한 기능을 알아냈다고요. 뭔지 모르는 보물을 갖고만 있어서 뭐 해요. 쓰임새를 알아내야지."

싸늘하게 디안을 쏘아보던 시에나의 눈빛이 조금 풀렸다.

디안은 시에나의 무언 허락에 용기를 얻어 성서를 펼쳤다. 어차피 전부 백지이니 아무 페이지나 열었다. 그는 책과 함께 가져온 깃펜으로 백지에 줄을 쭉 그었다.

놀란 시에나가 뭐라고 하기 전에 백지를 가로지른 검은 선이 스르르 사라졌다. 시에나가 흔들리는 눈으로 다시 백지가 된 페이지를 응시했다.

"자, 봐요."

디안은 거침없이 줄을 좍좍 그었다. 잉크의 흔적은 스며드는 것처럼 사라졌다.

"뭘 써도 다 없어져요."

디안이니까 할 수 있는 실험이었다.

역대 제국 황제들은 이 책을 제위와 함께 물려받았다. 오직 대대로 황제만 존재를 아는 극비이자 국보였다. 신처럼 받들며 페이지를 한 장 넘기는 것조차 황송해했다.

하지만 디안은 성물의 거룩함에 감화되지 않았다. 그에게는 신기한 능력을 지닌 책일 뿐이었다.

"무엇을 쓰든 다 사라지지만 예외가 있어요. 신의 언어에는 반응이 달라요."

"다르다?"

디안은 이것저것 써 보다가 세상을 떠난 역대 황제의 이름도 적어 봤다. 의미 없는 낙서를 할 때와 차이가 없었다. 그런데 문득 은왕이 말해 준 선황의 유언이 떠올랐다.

―신의 언어로 이름을 적어 신께 너의 존재를 알려라.

황족은 태어나면 공식 이름 이외에 신의 언어라 부르는 제국의 고어 한 글자를 비공식적 이름으로 받는다. 선황의 유언대로라면 이 책에 고어를 적어야 했다.

"잘 봐요."

디안은 말로 하는 설명보다 시에나에게 직접 보여 주는 방식을 택했다. 백지에 고어를 한 글자 적었다.

고어는 소수 선택받은 자만 익힐 수 있는 신의 언어다. 제국어와 생김새가 사뭇 달랐다. 문자라기보다는 그림, 혹은 도형에 가까웠다.

디안이 지금 적은 고어는 제국 초대 황제의 이름이었다. 디안의 말대로 성서의 반응이 달랐다. 문자 가장자리에서 테두리처럼 희미한 빛이 뿜어져 나왔다. 빛은 점점 번져서 문자를 집어삼켰다. 문자가 사라지는 결과는 같았으나 과정이 달랐다.

그리고 완전히 문자가 사라진 후 그 자리에 짤막한 고어 한 문장이 나타났다.

—염원하라.

잠시 후 문장은 사라졌다.

시에나는 한참 동안 성서의 펼쳐진, 아무것도 없는 순백으로 돌아간 페이지를 뚫어지게 쳐다봤다.

"……다른 문자도 써 봤어요?"

"선황 폐하까지만요."

고어는 총 93글자다. 제국을 다스린 황제의 숫자가 93명을 채우려면 멀었다. 그러니 역대 제국 황제들은 모두 겹치지 않는 고어를 이름으로 받았다.

디안의 말은 선황의 이름까지만 적어 봤다는 뜻이었다. 현 황제, 디안 자신, 은왕의 이름은 적지 않았다. 아직 누군가의 이름이 된 적 없는 고어도 적지 않았다.

"이 이상은 모르겠어요. 그런데 왠지 이 성서의 쓰임새가 선황 폐하의 유언과 다를지도 모른다는 생각이 들더군요. 소원을 빌라는 막연한 것 말고 이 책이 존재하는 분명한 의도가 있는 것 같아요. 은왕 생각은 어때요?"

"……."

디안은 은왕의 눈치를 살피며 그녀 쪽으로 책을 밀었다.

"은왕이 이거 가져가요."

시에나가 시선을 들었다.

"내가 두 달 넘게 붙들고 알아낸 건 여기까지예요. 은왕은 새로운 시선으로 뭔가 찾아낼 수 있을지도 모르지요."

시에나의 흔들리는 표정을 읽고 디안이 계속 설득했다.

"내가 갖고 있으면 더 과격한 수단을 써서 성서를 망가뜨릴지도 몰라요. 뭔가 발견하면 내게 알려 주면 되잖아요."

시에나가 작은 한숨을 내쉬며 고개를 끄덕였다. 디안이 슬쩍 웃었다. 은근슬쩍 책 되돌려 주기 성공이다.

시에나는 성서를 챙겨 일어났다.

"매일 공작 저에 들른다면서요?"

"내일 아침에 가면 은왕이 무사히 돌아왔다고 전할게요. 비올렛이 은왕 걱정을 많이 했어요."

"비올렛은 언제 환궁 예정이에요?"

"출산 예정일이 임박하면 들어와야지요. 아직 예정일까지 보름은 넘게 남았으니까요."

"내일 같이 가도 될까요?"

"당연히 돼요. 비올렛이 간만에 기분 좋겠는데요. 요즘 오트밀 먹기 싫다고 투덜이가 되었거든요."

시에나는 픽 웃었다가 멈칫했다.

"오트밀?"

"환자식, 몰라요?"

"알아요. 왜 비올렛이 오트밀을 먹어요?"

"나도 몰랐는데 오트밀이 임부에게 건강식품이래요. 산달이 가까워질수록 반드시 섭취해야 한다더군요."

시에나는 확인을 위해 물었다.

"오트밀 재료가……."

"귀리. 참 맛없는 음식이긴 해요. 비올렛이 어릴 때 잔병치레가 잦아서 오트밀을 꽤 먹었나 봐요. 정말 싫어해요."

책을 쥔 그녀의 손에 힘이 들어갔다. 심장이 쿵쿵 뛰었다. 아까 벤이 보고한 내용을 되짚었다. 온실에서 황궁 밖으로 귀리를 반출한 시기를 계산했다.

비올렛이 출궁한 날로부터 닷새 전이었다. 이게 우연일까?

'절대. 우연일 리가 없지.'

시에나는 이를 악물었다.

*　　*　　*

다음 날 시에나는 디안과 함께 공작 저에 방문했다. 방문 시각은 비올렛이 아침 식사를 시작하기 직전이었다.

"어머나, 은왕 전하! 돌아오셨다는 소식은 들었어요."

비올렛이 침대에 누운 채 디안과 함께 들어오는 시에나를 보며 활짝 웃었다. 하녀 부축을 받아 일어나려 하자 시에나가 제지했다.

"몸이 무거운데 일어나지 마세요."

시에나는 비올렛의 배에서 눈을 떼지 못했다. 마지막으로 봤을 때도 꽤 배가 나왔다고 생각했다. 그런데 그때보다 두 배는 부푼 것 같았다.

'설마 오트밀 때문은 아니겠지?'

시에나는 임부의 배가 저렇게 많이 나오는 줄은 몰랐다.

잠시 후 하녀들이 아침 식사를 가져왔다. 손님들이 오셨지만, 임부의 식사라서 규칙적인 시간을 엄격히 지켰다.

"오늘 왕비 식사 시중은 내가 할 테니까 내려놓고 다들 물러가라."

디안이 하녀들을 모두 내보냈다. 디안과 시에나가 시선을 교환했다. 싱글싱글 웃던 비올렛이 심상치 않은 분위기를 알아차렸다.

"무슨…… 일이라도 있으신가요?"

"비올렛. 너무 놀라지 말고 잘 들어요."

시에나와 디안은 어제 긴 대화를 나누었다. 그리고 비올렛에게도 알려 주자고 합의했다. 언제까지 그녀에게만 숨길 수는 없었다. 비올렛도 주변을 둘러싼 위험을 알아야 자기 자신과 아이를 지킬 수 있을 테니까.

"독……. 독이라고요."

비올렛은 도무지 믿기지 않는 듯 몇 번을 중얼거렸다. 우려했던 일은 없었다. 어머니가 된 비올렛은 강했다. 충격받은 마음을 잘 추슬렀다.

"자, 이제부터 어떻게 할지 얘기해 봅시다."

당장 아침 식단을 바꾸면 누군지 알 수 없는 간자를 통해 적왕의 귀에 들어갈 테고 진상을 밝히기가 더욱 요원해질 거라는 사실에 세 사람 의견이 같았다.

공작 저에 들어온 식재료를 조사하고 간자를 색출하는 동안 비올렛은 일상에 변화를 주지 않기로 했다.

"그럼 이 오트밀은 어쩌지요?"

디안이 비올렛이 바라보고 있는 오트밀 접시를 들었다.

"오늘부터는 내가 먹지."

"전하. 독이 들었을지도 모른다면서요."

"난 중독이 안 되니까 괜찮아."

디안이 숟가락으로 오트밀을 푹 퍼서 입안으로 넣었다. 비올렛이 걱정 가득한 눈으로 바라보았다. 디안은 한 접시를 깨끗이 비운 후 오만상을 찌푸렸다.

"비올렛. 오늘부터 당신을 존경할게. 이걸 그동안 어떻게 먹었어?"

심각한 와중에 세 사람은 웃음을 터뜨렸다.

* * *

조사 보고서를 읽으며 시에나는 차갑게 분노했다. 예측했지만 막상 확인하자 노여움으로 몸이 떨렸다.

시에나는 벤이 건넨 온실 출처의 귀리를 레반에게 넘겼다. 조사 결과서가 대략 열흘 만에 그녀의 손에 들어왔다.

아무 단서가 없었다면 조사에 훨씬 많은 시간이 걸렸겠지만, 임부에게 해로운 독성으로 범위를 줄였더니 단기간 내에 결과를 낼수 있었다.

―귀리와 닮은꼴, 전혀 다른 종. 조산 유도함. 임신 달 수에 따라 유산, 사산됨.

쾅, 시에나가 손바닥으로 책상을 내리쳤다.

'당신은 나를 배 속에 품고 낳았잖아. 간절한 어미의 마음을 모르는 것도 아니면서. 어떻게 이런 짓을 해?'

이로써 확실해졌다.

꿈속 미래에서 비올렛은 이 수법에 당했을 것이다. 의심조차 못하고 아무도 모르는 사이에 천천히 중독되었으리라. 아이를 잃고 비올렛도 덩달아 잘못되었을 가능성이 있다.

'철왕에게 말하기를 정말 잘했지.'

시에나는 가슴을 쓸어내렸다. 디안이 자신의 피를 꾸준히 비올렛에게 먹인 덕분에 비올렛은 중독되지 않았다.

하지만 그 요행을 알려 준 장본인이 자신이라고 해도 시에나의 참담한 기분은 전혀 나아지지 않았다. 철왕 부부 앞에서 고개를 들수가 없었다.

> 「은왕. 자책하지 마요. 은왕 잘못이 아니에요. 오히려 은왕 덕
> 분에 비올렛이 무사했어요.」

디안은 오히려 시에나를 위로했다. 시에나는 철왕이 고마운 게아니라 기가 막혔다.

'내가 해야 돼. 철왕은 못 해.'

철왕이 황제가 되면 상황은 더 나빠질 것이다. 어지간하면 눈감아 주고 이렇다 저렇다 말도 하지 않을 것이다.

꿈속에서 철왕은 패트리샤에게 온실을 쓰게 해 줬다. 당연히 적

왕이 된 비올렛에게 관리권이 넘어가야 하는데도 자신을 호시탐탐
노리는 정적에게 관용을 베풀었다.

'내가 어머니의 손발을 묶고 아무것도 할 수 없게 만들어야 해.'

때로는 용서와 관용을 악의로 되돌리는 사람이 있다. 시에나는
자신의 어머니가 그런 사람이라서 씁쓸했다.

〈다음 권에서 계속〉